賴上皇商妻

4

完

頡之 著

風 文創 787

目錄

第九十一章　皇商

昨夜畫了一宿的圖紙，所以到日上三竿，蘇木還未起床。晉為皇商的旨意是在蘇記宣的，她自然也沒在第一時間聽到，不過早早就曉得，並沒有太大的驚喜。高興是有，多的還是滿腦子的筒車。

每每這時，吳氏該抱著六月來屋裡說閒話，今兒卻沒動靜。望著空蕩蕩的屋子，蘇木問道：「綠翹，我娘和六月哩？」

綠翹回道：「方才雙瑞回來報信，咱被封為皇商，御賜的牌匾掛到蘇記廳堂了。老爺特叫他回來告訴咱這個好消息。夫人樂壞了，來喊您時，見您睡得香，猶豫半天，才抱著小少爺獨自去的。」

蘇木點點頭。「鋪子裡只怕擠滿了人吧，也不曉得爹娘能否應付得來？」

綠翹笑了笑，上前去扯被子。「小姐，您該起來了，咱好歹晉皇商，也該在鋪子點上炮仗，熱鬧一番。」

蘇木無奈，只得由著她將自個兒捯飭。等主僕二人趕到鋪子時，屋裡已站滿了人，有相熟的，也有面生的。蘇世澤和吳氏木訥地站在人群中，接受道賀、回禮。二人的樸實於屋子一眾人市儈的嘴臉，顯得尤為鮮明。好在有尹掌櫃和孫躍周旋，堂內還算有條不紊。

直至正午，堂內人才慢慢少下來，吳氏和蘇世澤癱坐在內堂，足足喝了兩壺茶水。

蘇木抱著被丟在內堂半天的六月，坐至二人邊上。「爹、娘，受人追捧的滋味如何？」

蘇世澤擺擺手，像是累極了。「可別說了，真不是人幹的活，比開二畝地還累。那什麼王員外、李老闆，講起話來彎彎繞繞，我是一個字也沒懂，只好陪笑。話說不出兩句來，不曉得惹二人惱怒沒有？」

吳氏也道：「可不是？那些夫人拉著我，家裡長、家裡短地嘮嗑。起初聽著還帶勁，原來京都人家內宅這般精采，不是哪個少爺納了小妾要寵妾滅妻，就是某位夫人逼死妾室；抑或是哪房太太多年未孕。結果，翻來覆去都是這些事，我都能背下來了。」

蘇木噗哧笑出聲。原以為二人會叫苦不迭，卻不承想這般態度。

「虧得妳睡懶覺，躲過一劫。」吳氏點了點她的鼻尖，卻是寵溺。能得今日風光，全是這丫頭的功勞。

「東家老爺、夫人、小姐，外頭又來客了，請相一見。」小廝進門來報。

兩口子嘆了口氣，站起身欲應酬，蘇木卻攔下了，對那小廝道：「且讓尹掌櫃和孫管事接待吧！」

小廝得令出去了。夫妻倆面面相覷，蘇世澤開口。「這是不用去了？那些人像是京都商會的……是有名望的商人組建，也欲邀請咱。我不懂，也不會說話，只將尹掌櫃推出去，他三言兩句將人打發了，只道再議。」

什麼商會，無非就是一眾商人聚集一起，互惠互利，相互合作，謀取更多財富罷了。這樣的組織參加有風險，不參與又可能被人將一軍，處理不當便是兩個極端。蘇記還未完全站穩腳跟，確實不可硬碰硬，不過尹掌櫃早先就在茶樓做過掌櫃，這些洶湧暗潮的事他自是熟悉得當，曉得妥善處理。

「不妨事，今兒太亂了，咱也不認識那些什麼李老闆、王員外，是真是假也未可知。且過上幾日，尹掌櫃將人員梳理出來，哪些可結交的，咱備份禮送去，也算認識了。」蘇木安撫道。

身分突然轉變，她有意讓兩口子接觸，有了今日的初體驗，於往後認知便多分了解。她在嘗試學習新領域，夫婦倆也得跨越農門適應新身分，一家子共同努力，共同進步。

幾日熱鬧過後，蘇木便一心撲向筒車上，隔三差五往垣村跑，同木工師傅一道解決難題。耗時一月河渠至垣村的水渠終於通了，二里路修了四座筒車，源源不斷的水流自江河而來，灌溉乾涸的田野。

貧瘠之地突然冒出四座高大的筒車，引起了周圍人的注意，這樣稀罕之物不幾日就傳遍了各大小村落，自然也傳到了京都，傳到工部。如此利國利民的東西，他們立即派人考察。

車高四、五十尺，由一根長二十多尺、口徑十尺的車軸支撐著四十八根木輻條，向四周展開。每根輻條的頂端都帶著一個刮板和水斗。刮板刮水，水斗裝水，河水沖來，藉著水勢緩緩轉動著輻條，一個個水斗裝滿了河水被逐級拉上去。臨到頂，水斗又自然傾斜，將水注入渡槽，流到灌溉的農田裡。

此為天車啊！一眾身著朝服的官員圍著筒車評頭論足，有人介紹，有人記載，車的由來也派人打聽，至垣村才曉得這樣利國利民的東西是皇商蘇記大作，主管的官員立即領人上蘇記。眾人紛紛好奇，蘇記三天兩頭來一些來頭不小的人物，前些日子封皇商，那今兒呢？

筒車既成，著重養地，如今最佳栽種期已過，便只能來年開春。蘇木同蘇世澤各處奔波覓樹種，先前孫躍已著人尋了一些，現今便帶人相看。她是打算種新茶，只要茶樹選得好，炒茶技術在手，自然能做出品種不同、味道上乘的頂級好茶。

至於在郡郊栽種的梅占和矮腳烏龍，蘇木讓人描繪出來，回京便讓孫躍派人去尋，如今似有眉目。父女倆正親自去查看，買賣下來，至開春直接移種。是以這幾日二人皆不在鋪子。

「你東家去哪兒？速速請回。」那官員是個心思熱火的，沒耐心進雅間細談。若得天車，他工部是立大功一件啊！自然想馬上見到人，將天車接手。

「大人恕罪，東家小姐外出覓茶種，這四方海闊的，小人也不曉得往哪處去尋啊？」尹掌櫃慢條斯理道。小姐料想得不錯，筒車製成三日便有人上門來問，還是朝廷官員。

官員火燒火燎。「何時歸？往哪方去了？我這就派人去尋！」

「東家尋茶種，四面八方，哪處有茶去哪處，小人實在不好指路。大人何事如此緊急？

這鋪子事情我能作主。」尹掌櫃依舊不溫不火。

官員無法，無頭蒼蠅般尋人，確實難，也不曉得人何時歸來，只好道：「京郊垣村的天車，可是你東家派人修葺的？」

尹掌櫃做思考狀，而後道：「正是。」

見人知道，官員一喜。「天車造福於民，工部欲收購廣造，派發各地，抗澇治旱。此事利國利民，將載史冊傳誦千古啊！屆時吾皇也將予以褒獎，這是蘇記飛黃騰達的好機會！」

他內心急迫，百般好處全部道出，只盼人快快應承，他好回去交差。來人是工部官員，所說的話都鉅細靡遺傳到瞧熱鬧之人耳中。京郊的天車只道是奇物，卻不曉得有這樣大的貢獻，眾人紛紛議論，暗嘆蘇記走運。

尹掌櫃見眾人反應，不再裝糊塗，一拍腦門。「瞧我這腦子，大人原是說的那筒車！東家走前交代了，若有人來問，只管將圖紙交出，什麼恩惠、賞賜都不重要，利國利民，造福百姓才是正道！我這就去拿！」說完，忙轉身去內堂。

官員簡直大喜過望。人尋不著，圖紙竟留下了，這下好了！

片刻，尹掌櫃拿著畫軸出來，又道：「東家說了，圖紙您帶去，看是否需要製作筒車的匠人？若需要，我便將人尋來。」

「再好不過！」官員已經喜不自勝。如此迅速將圖紙和人帶回去，這效率只等聖上褒獎了！

唐府書房。父子正伏案辦公。唐大人手執畫卷，不可思議地轉頭問向兒子。「你道這畫卷是那丫頭繪的？」

唐相予也是不可置信。「兒子也難信。若說捯飭些稀奇古怪的吃食，毋庸置疑是她的手筆。這樣造福天下的東西是她想出來，其智慧深不可測，兒子慚愧。」

唐大人再觀畫卷。能想到利用水的衝擊帶動車輪轉動，從而循環往復，引水東流，簡直精妙！這丫頭真是個聰慧之人。

「不過，」唐相予想起製冰法。「漸起的製冰法也是她想出來的。幾年前，兒子郡城的酒樓掌櫃機緣巧合借了她一百多兩銀子，救了一家人，她便白給了這製冰法以作報答。說來酒樓生意能更上一層，也有她的功勞，幾樣熱賣的菜式皆出自她手。」

唐大人再驚。稀罕菜式不足掛齒，可那製冰法帶來多少便利，減少巨額開銷不說，尋常人家也能得用。「你呀，眼光好！」唐大人搖頭讚嘆。

唐相予一喜。父親對木兒不說喜歡，也不若娘一般反對，今兒卻是頭回誇讚，雖說委婉，卻是實實在在的讚賞。

「爹，工部將圖紙遞上，聖心大悅，加官晉爵指日可待。孟大人作為各部之首，這回贏得漂亮。」

唐大人卻不以為意。「這功勞能不能得還未可知。蘇記的天車人盡皆知，他想獨攬功勞並不能成。且前些日子，聖上本欲封蘇記當家為三品茶司，蘇記普茶和那款新茶確實深得聖心，封個官是為鼓勵繼續開發極品好茶，偏讓孟大人牽出朝廷動盪，生生攔下了。此回又製出這樣造福天下的東西，還不計較先前，雙手奉上圖紙。如此大度，吾皇能不重新作主？至於工部獎賞，只怕也要大打折扣了。」

唐相予若有所思。「倒是歪打正著了……」

不對！父女二人不在京都，偏留下了圖紙，還有尹掌櫃的周到說辭，這哪裡像偶然，分明是交代好的！她說了，不用等幾年，過幾日就會賜官。她想得到的，又豈會讓人白白奪去？

孟大人攔下她的賜官，便想了法子奪回來，還是借由孟大人之手，偏還做出一副不在意的樣子，真是有趣！一旦官籍加身，京都的官家圈便多了一戶人家，至廟會之時，怕是有得熱鬧了。母親碰上木兒，也不曉得作何反應？

不過，奇怪的是，近些日子芝兒頻頻提及木兒同夫宴有私交，真是荒唐，也不曉得哪裡來的風言風語？

當精緻的紫袍、佩金魚袋官服擺在蘇世澤面前時，他狠狠地捏了一把大腿。生疼，不是作夢！顫抖的雙手接過，雙膝跪地，叩謝聖恩，領取旨意。

完事後，蘇木朝綠翹使了使眼色，綠翹便拿出一個錦囊送上，那傳旨的公公自然接過。

不若平常，錦囊輕飄飄的，他納悶一捏，卻是紙張觸感。莫不是……銀票?!

當即歡喜，暗讚蘇家人出手闊綽，嘴上的話也多了，指了指蘇世澤手中放官服的紅旗托盤，笑道：「頭先指的那處宅子，位於正府街北，旁邊就是唐大人宅院，離皇城也近，是處好地段。」

蘇世澤來京月餘，不是鋪子就是垣村，於京都還未好生逛過，自然摸不清公公說的方向，卻也不住點頭，只道好字。

蘇記門口圍滿了人，旁邊鋪子樓上樓下都是探身觀望的。瞧蘇記門口站在最前的二人一副風塵僕僕的樣子，像是剛趕回來。天車傳得滿城風雲，二人竟毫不在意？不在家等著降恩，反而跑外頭去了，生生耽擱好幾日，這心，可真大啊！

這些人大都派人打探過蘇家，不過是外鄉來京都發展的富戶，並沒什麼背景；且人家賣點心，不是正餐，絡繹不絕的客流反而給他們帶來諸多生意，人又和善大方，實難樹敵。這會兒瞧蘇記飛黃騰達，除了諸多羨慕，竟是祝賀。

第九十二章　相約

宣旨的人走後，蘇記一眾也都起身回鋪子。蘇世澤覺得腿有些軟，身子輕飄飄的，手上東西似有千斤重，快拿不住了。「木丫頭，我真當官了？我哪會做什麼官啊！」

「只是個虛銜，不勞什麼公務，不過多了這虛銜，於咱生意上多便利。」蘇木輕描淡寫。

蘇世澤稍微放心。「如此便好，我這就修書回家，告訴妳爺奶喜訊！」

蘇木笑著點點頭。蘇大爺盼了一輩子，這書信收到也快過年了，老倆口該是高興壞了。

御賜的宅子雖空置多年，卻一直有專人維護，是以乾乾淨淨，各處周到，一家只要帶上換洗衣被、鍋碗瓢盆及私物。初到京都不久，壓根兒也沒置辦多少，是以一趟車就搬好了。

這宅院較郡城那幢再大上幾分，各處構建用了上好的石玉紅木，華貴中帶著些清雅，沒甚好挑剔的，一家都滿意非常。

孫躍之前選的幾個下人，正好派上用場。綠翹跟著蘇木，雙瑞成了蘇宅總管，吳氏管家，配了一個嬤嬤、兩個丫頭；再有一個小廝是跟著蘇世澤，跑腿、傳話，很有必要。之後又尋了幾個粗使丫頭。

吃過飯，一家坐到一處說閒話。蘇木細細解釋賜官緣由，夫妻二人不作多想，只覺幸運。蘇世澤想的是光宗耀祖，吳氏卻考慮得多，最直接的便是商籍改官籍，於兒女親事是一大好事，提起身分，便不讓人看不起了。

雙瑞抱著一疊拜帖進門，站在一旁的綠翹忙上前幫忙遞給一家子。

雙瑞道：「這兩日遞帖子的人越發多了，小的尋思著去了些，留下的請老爺、夫人、小姐過目。」

蘇家封官，那些同行必得巴結，還有些官場上知內情的，也想牽一絲關係。茶葉可是賺錢的東西，自然也想分杯羹。

蘇木翻看幾本，道：「除了魏、唐、杜三家，但凡官家的帖子一律回了。商戶的帖，且看哪些值得結交，見上一見無妨。這些若不清楚，只管去問孫管事。」

「小的省得了。」雙瑞應道，想到什麼又抬頭問道：「若是孟府的人呢？」

蘇木的眼都未眨。「不見。」

雙瑞雖驚訝小姐的果斷決裂，也懼於孟府勢力。可小姐說不見，便自有法子應對，沒甚好怕的。

「娘，」蘇木面色變得溫和，轉向吳氏。「有合適的夫人、小姐，可試著結交；若遇心術不正，下回避之即可。讓身邊的丫鬟多警醒、留意。」

吳氏只得點頭。

而後說起廟會，綠翹歡喜道：「毓成齋的衣裳送來了，比去年還好看！」

提起這些，吳氏才有了主意，歡喜道：「不如拿了試試。」綠翘歡喜地出去，吳氏身邊的小丫頭也機靈跟上。

蘇木無奈地笑了笑，繼續翻帖子，手上動作頓住。是魏夫人的帖子，於是她將帖子抽出。「娘，這是雪瑤夫家主母拜見，您尋個日子讓雙瑞回帖，見一見吧！」

吳氏看過來。「雪瑤夫家？哎喲，那是得見見。主母可是妳上回說的魏夫人？趕廟會結識的那位？」

蘇木點頭。「正是，去年是她邀女兒一道，今年咱家訂了齋菜、廂房，您便邀她一道。」

以魏大人不大不小的官來講，去年沒訂到廂房，今年該也不會有。以去年為由，不顯自家突然飛黃騰達便作姿態，也全了魏家顏面。

吳氏鄭重點頭，一一記下。

今日蘇家頭回宴客，來人是魏府當家夫人一行。雖代表魏府，卻是女眷私交，魏夫人只帶了兩位兒媳及女兒上門。

吳氏理了理衣裳，又撫撫髮髻，顯得有些緊張。她今兒著一身青色石榴襖裙，外搭一襲青色錦衣，衣飾華貴，卻也端莊素雅；烏髮束成圓髻，一絲不苟，插著幾根鑲著綠寶石的寶簪，耳垂上也戴著綠寶石，項上是一串珍珠。這般穿戴十分隆重，也是吳氏頭回如此齊全地打扮。「木丫頭，妳瞧我髮簪可歪了？」

蘇木著粉白石榴裙，外罩淡黃色棉衣，一頭青絲以粉色絲帶盤上，斜插一支小巧的淡紫簪子，顯得俏麗活潑。她起身，仔細瞧了瞧。「沒，正好。」

這時，綠翹進門。「夫人、小姐，魏夫人來了。」

二人相攜出門迎客，魏家轎子剛落，為首的魏夫人由三個年輕女子簇擁進門。

「這位想必是蘇夫人？」魏夫人先開口，一臉和善。

「是……魏……魏夫人安好。」吳氏忙應答。

魏夫人曉得蘇家背景，是以吳氏的反應在情理中；因著兩家交好，她未有鄙夷，竟覺這婦人實在，於是主動講話。「不拘禮，雪瑤同蘇姑娘交好，與小女也多有來往，咱二人是搭著她們說說閒話。」說著，向身旁人一一招呼。「這是我大兒媳，這是二兒媳，這是小女。」

三人一一上前行禮。杜雪瑤和魏紀瑩不必多說，熟識非常。吳氏母女朝那大少奶奶多瞧了兩眼，對方身量高挑，面容麗質，略顯高傲，周身打扮較一旁二人華貴了二分，想來娘家富庶。

吳氏一一點頭回禮。「裡頭說話吧！」

一行人去往內堂，魏夫人一邊欣賞園子，一邊說些讚賞的話，吳氏只是笑著應答。幾個小輩走在後頭，杜雪瑤和魏紀瑩朝蘇木擠眼，許久未見卻是想念；魏大少奶奶只是淡淡看著，快兩步緊跟上魏夫人。去到內堂，剛落坐，丫鬟們便端著精緻的杯碟進來，人前一份。

自人進來，魏府的人便巴巴望著。不若平常奉茶，而是稍大些的杯碟，杯內是奶白色的稠狀汁液；那碟中糕點紫黑一團，其上以果粒點綴，很是精緻。

魏夫人好奇問道：「這是？」

吳氏轉頭看看蘇木，笑道：「木丫頭新搗飭的，叫什麼奶香玉米露，那糕點喚作黑米紫薯甜點。稀奇古怪的，味道倒是不錯，且嚐嚐。」

幾人早被吸引，學著吳氏的樣子以小勺剜著吃，無不稱讚。

「蘇姑娘做出的糕點果真天下一絕。」魏夫人不是貪嘴的人，卻也吃得停不下來。

杜雪瑤也道：「上回妳讓我拿去的什錦乾，相公也道好吃，這回竟又搗飭新花樣，我真是捨不得走了！」

「可不是，」魏紀瑩接過話，噘嘴道：「那果乾拿回去，不曉得如何被三哥瞧見，倒去大半，心疼死我了！」

眾人被她這副憨態引得大笑，連丫鬟們也忍不住掩嘴。杜雪瑤身後的迎春與蘇家熟識，是以膽子大些，玩笑道：「二小姐且將什錦乾的法子教給奴婢，回頭也自個兒做，省得小姐、少爺們搶吃食！」

這話一出，杜雪瑤有些惶恐。她於婆婆、嫂嫂面前一貫謹小慎微，迎春這話無疑搬起石頭砸自己的腳啊！大嫂不喜二房，總逮著錯處難為她。

這不，魏大少奶奶先是一笑，而後道：「這是哪裡話，縱使玩笑也有些過了。魏家少爺、小姐又豈是那等上不得檯面的品性？再者，蘇小姐是開鋪子的，那些好吃的糕點、茶水自然要賣錢，如何會告訴旁人配方？」

話畢，場面當即冷下來，一句玩笑話，偏被她說得意圖不明。迎春也嚇壞了，手足無措地望著蘇木。吳氏嚥了一口唾沫。這好生生說著話，怎麼責備起人來了？她沒懂。

魏夫人面上有些難看。丫鬟的話不妥當，可大兒媳也太過計較，顯得她魏府的人很沒氣量，她尋思該如何接話才能挽回顏面。

只聽見蘇木笑道：「什麼品性我不懂，三小姐心思單純，最為直率，卻是難得。那果乾不過尋常，她吃著對胃，將法子告訴又何妨？只是做法繁瑣，怕做出後不是那味道。迎春和綠翹交好，得空就來學。」

一面誇人品性好，一面又將法子告知，還解了迎春的圍。一番話說出，困局解開了。

眾人鬆了口氣，魏夫人面上也好看了些，和善道：「那果乾我也吃了，確實好吃，且開胃消食，竟比藥還管用。」說著招呼下人。「前些時日得了幾筐雪橙，今兒帶了些來，妳們且嚐個鮮。」

兩個小廝抬著藤筐置於堂中，一人揭開蓋子，裡頭躺著圓潤飽滿的雪橙，鮮嫩的橙紅色，很是好看。蘇木歡喜地上前。果真是柳丁，這麼些年只吃了橘子，頭回見橙，卻是驚喜。

「魏夫人，這雪橙何處得來的？甚是稀奇。」

魏夫人見蘇木喜歡，暗自好笑。見到金銀珠寶都未嘗這般開心，倒是個實在的丫頭，母女二人一個秉性，當下與人又親近了幾分。

「老爺的一個門生是淮南那邊的人，此回上京都拜見，特意帶了幾筐子。說是自關外引進的新品種，今年第一批。」

「難怪沒瞧見過。」吳氏回道。自開了鋪子，木丫頭專愛搗飭那些瓜啊果的，得見許多未見過的。這雪橙倒是稀罕，難怪木丫頭那般歡喜。

魏夫人笑意更甚。這一家著實憨實，不是那等滿肚子心思彎彎繞繞的，值得走動。再觀蘇木，生得粉面嬌俏又如此聰慧，若得這樣的兒媳，於魏家來講是福氣啊！雖說祖上農戶出身，好歹如今得了官籍，也算匹配；且技藝在手，那是吾皇器重的，前途不可限量啊！

如今家中三子一女，大兒子和二兒子乃嫡出，已婚配，便只餘三子魏紀禮。他似與蘇木熟識，去年廟會那時二人十分熟稔，若能成，倒不失為一段佳緣。只是魏紀禮的生母姚氏是個嫌貧愛富的，她一心為兒子求得身世品貌都好的女子，在自個兒和老爺那處沒少說好話、獻殷勤。這蘇家雖說是官籍，畢竟不是實實在在的官職，姚氏怕是瞧不上……

可她真是喜歡，罷了，先不提，還是讓二人多接觸，倘若真合適，她便給老爺提一提。只是兒子不似女兒，想讓二人相見，得費功夫尋藉口。她想了想，廟會是個好的契機，於是問道：「廟會將至，妳一家子可打算去？」她與吳氏說話，目光最後卻落到蘇木身上。

吳氏點頭。「去，雪瑤說比起郡城趕娘娘廟還要熱鬧，菩薩也靈驗，是要去的。」

吳氏既同意，蘇木便沒有回話的必要，可魏夫人直勾勾望著她，卻不好忽視，也點點頭。「去年有幸同魏府一道，坐了官家車，是不必同人擁擠。許願家人健康、生意興隆，也都如願了。」

這話提醒了吳氏，忙道：「去年家裡大女兒懷了孩子，分不開身上京，留木丫頭一人，孤苦伶仃。如此說來，卻要向夫人道聲謝。不如今年咱兩家一道，我只一家四口人，著實冷清，隨了夫人一道，圖個熱鬧。」

這話說到魏夫人心上了，可不就打算兩家親近，好讓魏紀禮和蘇木多說說話。「就說好了，那日咱於城門口會合，一道逛廟會！」

「好好好！」吳氏笑著回話。

幾人又閒說了幾句，時間差不多了，魏夫人便起身告辭。吳氏讓丫鬟們包了好些點心，給一家子帶回去，熱情非常。此時的她已無開始的拘謹，儼然一副當家主母的作派，周到中不失和善，拿捏得十分妥當。

魏夫人等人剛走，丫鬟們進進出出收拾堂內碗碟，奔走一日的蘇世澤這時回家，隨口問道：「魏家的可好相與？」

吳氏道：「是個和善的，還送了一筐雪橙，是稀罕貨。」說著招呼丫鬟去剝些來。

這空檔，蘇世澤便同女兒說起茶樹的事。

第九十三章　城門口

「那梅占和矮腳烏龍兩樣茶樹尋到了，是位茶農栽種，足四畝，都已談妥，苗子給咱留著，茶葉以成茶價格全買下了。」

「四畝！」蘇木歡喜不已。本以為尋到一、兩棵已足夠好，畢竟在郡城時許多地方搜羅也只有兩株，還以為品種罕見，難以得到呢！這下好了。

「可不是？」蘇世澤繼續道：「那些茶農炒出的茶葉品相、味道皆一般，賣不得什麼高價，我以成茶價格買下，人家歡喜得不得了。」

蘇木笑道：「如此一來，得緊著建作坊。我明兒就同田師傅說去，還建在垣村。爹，明兒你去垣村時，同里正大伯商量商量，咱再簽十年的契。眼見年底了，契將逾期，早早簽好，免得夜長夢多。」

垣村修了筒車，再不是旱地，且她蘇家聲名鵲起，怕有心人作梗。契約在手，不怕別人打垣村的主意。

「得，明兒我就去。得先去趟蘇記讓尹掌櫃將契擬好，我那半吊子的墨水，買幾畝地成，簽一個村子，還是有些欠缺，這是出不得岔子的事。」蘇世澤謹慎道。

「也好，順便領了銀子一次付清。大錢在手，他們也能尋思修房建院了。」蘇木細細思量。

吳氏見丫鬟端著剝好的雪橙進屋，便打斷二人。「先歇歇，吃點瓜果。」

「說來爹也該到了，不曉得是不是路上出了啥岔子？」吳氏吃著雪橙，有些擔憂。

蘇世澤也憂心起來。「咱爹頭回出遠門，這一路山高水遠，卻是有些讓人擔憂。不如明兒讓跟我跑腿的小廝往路上迎迎，只怕到京都轉向了。」

「小舅不是跟著一道嗎？兩個人不怕的。咱走時囑咐過了，莫帶貴重的東西，幾件衣裳就好，錢財不外露，不會有事的。只怕轉了向，摸不清路，走錯了才耽擱。左不過遲幾日，讓人迎迎也好，只是我們莫太擔憂。」蘇木寬慰道。

二人點點頭。也有道理，一窮二白的兩個莊稼漢子，有甚可搶的？

昨兒還念叨，今兒爺兒倆就到了。吳大爺還是那副樣子，精壯強幹，比起幾年前還更顯年輕；吳三兒婚後也越發沈穩，褪去了稚氣，是有為人夫的樣子。當二人到蘇宅時，驚得下巴都要落到地上了。

吳大爺從紫檀西番蓮紋扶手椅慢慢撐起身子，不可思議地望向蘇木，道：「妳爹真當官了？啥官？」

蘇木笑了笑。「是真的，三品茶司，徒有其名，並無實勢。」

「三品啊，那也是極好了！」他又慢慢坐下，這才四處觀望。這屋頂、壁畫、桌子、椅子……當真不是便宜貨啊！哎呀，他的女婿當官了！欣喜之餘也想起舊俗禮制，於是望向首座的女兒、女婿。「可有設案祭祀，叩謝祖宗？」

吳氏接過話。「祭祀沒有。木兒她爹書信回鄉給家裡了，她爺曉得這些。咱只搬家那會兒放了幾響鞭炮。」

吳大爺點點頭。「鞭炮好，也算提前知會列祖列宗了。」

講完這話，又問起地裡活計。父女倆照實說了，他便坐不住，當即要去垣村瞧瞧。

這樣忙忙碌碌到了十一月末，一年一度的廟會即將開始。同去年差不多，前三日起，南山腳下就派了官吏維護秩序，各攤販也都陸續開張。

時不時有人在那條道上往來，大都是外鄉人。京都人士都會等到廟會當日去，相傳那日各路神仙下凡，降臨華嚴寺，接受百姓朝拜，施恩施惠，是以燒香祈福請願最靈驗。

蘇、魏兩家相約同往，於城門口會合。魏家出門得早些，順當到了城門口，沒瞧見蘇家轎子，便揀了個寬敞的地方等候，卻不阻礙道路通暢。

唐府、孟府幾乎前後腳出城門，唐府在前，孟府隨後。唐相芝同唐夫人一轎，她是個閒不住的主子，雖有母親在耳邊說閒話，仍忍不住撩起轎簾往外瞧熱鬧，正瞧見魏家一行等在路邊，幾個女眷未下車，魏府三少爺卻巴巴守在轎子外，不住朝城裡張望，像在等什麼人。

唐夫人連喊了幾聲，唐相芝都未應答，便也湊過來，拍了拍女兒。「瞧什麼呢？如此專注。」

唐相芝心裡有事，這一拍，嚇了一跳。「沒……沒事。」唐夫人對女兒的失態有些不滿，卻也未多苛責。她瞥見窗外光景，疑惑道：「那不是魏家？等在那處做甚？」

「像是在等什麼人。」唐相芝穩了穩心神。魏府到底有杜雪瑤，那是杜二少爺的妹妹，於是問道：「可要上去招呼一聲？」

「招呼什麼？妳是什麼身分，魏家什麼身分？」唐夫人不以為意。魏府雖是官員，到底官職不高，且兩家無交情，該是她魏府給自家招呼才是。

這般想著，魏府那處果然有了動靜。一處轎簾撩開，一個三十出頭的豔麗夫人探出身子，又鑽了進去；隨後一旁的魏紀禮便被叫去，側耳聽事，還一邊朝唐府轎子看來，像是在囑咐什麼。不久，魏紀禮便迎了上來。唐夫人忙讓女兒放下轎簾，聽聞車外人行禮拜見。

「晚輩魏紀禮，受母親、妹妹之託，特向唐夫人、唐小姐見禮。」

唐夫人頗有氣度地說了幾句，將人打發了，心裡卻有些鄙夷。巴巴讓人來見禮，定是意在芝兒，指不定在這裡等的就是自家。也不瞧瞧他魏家什麼身分，一個妾室所生的庶子也敢動她唐府嫡女的心思。

人走後，唐府的車繼續前行。方才稍有停頓，後頭的車輛便堵在城門口。孟蓁蓁撩起轎簾往外瞧了瞧，問道：「前頭怎麼了？」

跟在轎旁的翠蓮忙上前打聽，片刻返身。「魏家等在城門口，魏三少爺給唐夫人見禮，這才耽擱了片刻。」

話畢，車馬重新動作，果見魏家馬車停在邊上。孟蓁蓁放下簾子，冷哼一聲。該是等那丫頭一家吧！孟夫人見女兒面上不悅。「怎麼啦？何事惹妳不高興了？」

孟蓁蓁立即綻露笑顏。「無事，不過是些上不得檯面的跳梁小丑。」

孟夫人滿意地點點頭，望著女兒玉瓷般的面容，便覺驕傲。想到女兒的心思，又覺煩惱。「蓁蓁啊，那個唐少爺有什麼好？不過是內廷一個無關緊要的批摺文官，其父又素來同妳爹不和，我瞅那驢脾氣，就算妳嫁到唐府，也不會給妳爹半點便利。」

每每說這些，孟蓁蓁就覺心煩，扭過頭。「那都是爹官場的事，同女兒有何干係！」

「妳這孩子！」孟夫人有些不悅。「我們只妳一女，往後雙親老去，孟府榮光由誰來繼承？妳那些堂兄弟妹、表兄弟妹，不得指望咱家？若妳嫁得好，孟府才能興盛下去！」

她心有不願，卻也聽不得雙親老去的話，轉過身子，挽著孟夫人的胳膊，撒嬌道：「母親，別說這些，您和父親要活到一百歲。」

「傻孩子，那不成人精了？」孟夫人撫著女兒的面頰，想起什麼，試探道：「貴妃娘娘自小看著妳長大，前些日子見妳，說出落得羞花閉月，問我是否願意送妳去宮裡住幾日？」

孟蓁蓁一驚，瞪圓了眼望著母親。「您沒答應吧？」

孟夫人無奈。「妳是我的親生女兒，我曉得妳的心思，自然沒答應。只是蓁蓁啊，妳若入了宮，往後就是一人之下、萬人之上……咱孟府也跟著沾光，往後妳爹……」

孟蓁蓁兩行清淚落下，低聲吼道：「女兒不去！」

「不過回去換身衣裳的工夫，就堵路上了……」吳氏回頭望了望規矩坐在身邊的兒子，小人兒正乖巧地睜著圓溜溜的大眼睛望著自己，何其懵懂。吳氏再也氣不起來，卻仍是要叮囑，於是佯裝嚴肅。「六月，往後要尿尿，記得跟娘說，曉得嗎？」

六月搗蒜般地點頭，一本正經道：「曉得了！」

蘇木忍不住搗嘴笑，吳氏卻沒這心思。今兒還約了魏府的人呢，這堵了半天，讓人家等多不好，也不曉得魏夫人到了沒？

不多時，車馬開始緩緩動起來，然而越往城門口越堵，到達時，魏府的人等了近一個時辰。不好停車逗留，蘇木便使了綠翹給一家子致歉。除了姚氏有些不耐煩，其餘人倒也耐心，未有怨言。到底會合了，兩家一前一後往前行。

出了城門，路漸寬闊，高山流水，風光極好。至南山腳下，車馬既停，魏、蘇兩家官眷陸續下車，兩家人這才說上話。

吳氏牽著兒子，歉意萬分。「真真對不住，出門只晚了片刻便堵在路上，等許久了吧？」

魏夫人卻也大方。「廟會壅堵是常事，不必有歉意。瞅今年人潮比往年都多，我等先到，也是等在山腳罷了。」

見人和善，吳氏對魏夫人的好感上升了幾分，拘謹也去了不少。

兩家人到齊，便一道往山上去。蘇木落到後頭，同杜雪瑤和魏紀瑩一起。魏紀禮本被指派著照顧幾個姑娘，其母姚氏卻以身子不爽利為由，硬拉了兒子在旁。

「娘，您老拉著我做甚？蘇姑娘來了，我要同她說說閒話。」魏紀禮身在曹營心在漢，不住回頭望著幾個姑娘。

姚氏扯著兒子耳朵，將人拉回來。「不准去！唐家小姐、孟家小姐在前頭，一會兒上了山，同你大娘一道給兩家見禮，可知道？」

「疼疼疼！」魏紀禮一面掙脫，一面道：「方才不是聽您話見過了。」

「面都沒見上，如何叫見過？你就乖乖待在娘身邊，莫要惦記什麼阿貓阿狗！」姚氏扯住兒子的衣袖不撒手。

這些小動作落到魏夫人眼中，頻頻皺眉，只覺得姨娘上不得檯面。可礙於吳氏在旁，她也不好發作，可惜了二人相處的機會。回頭瞧了幾個丫頭一眼，見幾人說說笑笑，並無在意。

杜雪瑤拉著蘇木，低聲道：「木兒，妳瞧前頭。」

蘇木抬眼，正瞧見不遠處的孟蓁蓁和唐相芝，二人站在一處，親密非常。三人視線交錯，蘇木覺得一頭霧水，這二人像是在看自個兒。

見人望過來，唐相芝有些慌張地避開眼；孟蓁蓁倒是不甚在意，微微頷首，似招呼行禮。人家既禮待，自個兒沒有傲慢的道理，便依樣回禮，心中卻謹慎了幾分。

片刻，魏夫人邊上的大丫鬟紫鵑返身至幾人面前，微微屈膝行禮，而後看向魏紀瑩。「四小姐，夫人請您去呢！」

魏紀瑩無奈，該是又要同唐、孟二家招呼，年年如此，人家壓根兒瞧不上眼，不曉得娘圖個什麼？

見魏紀瑩不情願，杜雪瑤自得規勸，否則婆婆怪罪，不是她能擔待得起的。「且去吧！拜過後，咱於華嚴寺廂房等妳一起用齋飯。」

魏紀瑩望望杜雪瑤，又看向蘇木，嘆了口氣。「可要等著我！」得二人鄭重點頭，她才隨紫鵑一道離去。

既要拜見唐、孟兩家，魏夫人自然也要與吳氏分開。二家各走各道，一條寬敞崎嶇，一條窄小卻修建平坦。蘇家走了寬敞的路，也先幾家一步到了華嚴寺。吳氏添了香油，又拉著一行燒香拜佛。她祈願女兒姻緣順遂，早日得嫁；又祈一家身體康健，無病無災，兒子學業有成，最後才是生意興隆。

蘇木只祈願一家健康順遂，便磕頭作揖。杜雪瑤卻是跪得最久的，她雙手合十，面上有些動容。已起身的母女倆相互望了望，當下了然，並不催促，安心等著。

杜雪瑤和蘇葉前後腳出嫁，蘇葉得子已近半年，杜雪瑤還未有動靜。雖說她小上半歲，可到底嫁進魏家兩年了，沒個一子半女，再過不久魏夫人該是要往兒子房裡塞人了。

這也怪不得人，有的婆婆半年未到，就給兒子納妾，這都兩年了，算是能容忍的。別看杜雪瑤平時帶笑，在魏府的日子只怕沒那麼順意，若得一子，便不可同日而語了。

杜雪瑤祈願完畢，才由著迎春攙扶，緩緩起身。一旁等候的僧人將幾人迎至後院廂房，極盡周到。有門路就是不一樣，去年只能巴巴縮在馬車填肚子，今兒能舒舒服服地於廂房歇息，再用齋飯。

第九十四章　鬧劇

幾人隨引路僧人往一旁遊廊走去，廊子盡頭是一座垂花門。剛至門口，一個端了一盆水、低頭匆匆行來的小僧與人撞個滿懷。幾人驚呼，被撞得東倒西歪，那盆水全都潑到蘇木身上，衣衫盡濕。

「木兒，怎樣了？」吳氏忙關懷女兒，見她衣衫盡濕，便轉身呵斥。「你這小僧，怎如此莽撞！」

那小僧顯然也嚇壞了，跪地磕頭認錯。「夫人、小姐對不住，小的沒留神，實在對不住！」

引路的僧人也沒料到此番變故。能得廂房休息、齋飯用的人家不是等閒之輩，這不知哪裡躥出來的小僧是犯了大錯，便出聲呵斥。「你是哪個院的，如此沒規沒矩，是要稟明住持，狠狠責罰！」

「我是新來的，還未摸清方向，衝撞了貴人，實在對不住！請貴人高抬貴手，放小的一馬……」小僧磕頭不止，瞧著瘦小一個，何其可憐。

吳氏當下心軟了，擺擺手。「算了、算了，且忙去吧！」

那小僧逃也似地離去了，引路的僧人歉意萬分，連聲致歉。一行人雖惱火，卻也無法，只得趕去內堂將濕衣裳換下。吳氏讓綠翹去山下馬車拿換洗衣裳，餘下一道往內堂去。

這時，魏夫人身邊的紫鵑匆匆尋來，氣喘吁吁對杜雪瑤道：「二少奶奶，夫人尋您去前院。」

她瞥見渾身濕透的蘇木，有些驚訝。「蘇小姐這是？」

吳氏將女兒護在懷裡，解釋道：「莽撞小僧不慎撞倒，這才潑了木兒一身。」

饒是後院內堂，來往的人不多，卻也不能保證無人來，被人瞧見這副落魄樣子，是有些丟臉面，還是不耽擱的好。杜雪瑤問給母女二人叮囑一番，便跟著紫鵑走了。

那盆水實實在在潑到身上，蘇木只覺水已透進裡衣，刺骨的寒意陣陣襲來，她身子微微發抖，面上卻是鎮定。吳氏卻淡定不了，急得在屋裡來回踱步，時不時往門邊望望，瞅綠翹是否回來？

今日六月出奇乖巧，安靜地坐在一旁，不哭也不鬧；吳氏一心擔憂女兒，並未注意兒子的異樣。蘇木方才在外頭也沒注意，這會兒安靜下來，才覺得有些不對勁。「六月，到二姊這兒來。」

她坐裡間，外頭以一扇雕花屏風隔斷，六月就巴巴倚在屏風處，這半天一步也未動。小人兒未應，伸出小手扣著屏風上的花樣，可憐巴巴的。

「六月，怎麼了？同二姊說。」蘇木越發覺得不對勁。往常說這話，小弟早早撲騰到懷裡，便起身走過去。

「怎麼啦？」吳氏也察覺屋內動靜，忙走過來。女兒才出狀況，兒子可莫再生事了。

六月可憐地開口。「尿……尿褲子了……」

吳氏簡直快暈倒，氣急敗壞地道：「尿都尿了，現在說還有什麼用！」

她平日責罵也就語氣嚴肅，今兒確實著急了，臉色便有些沈，六月嚇得哭出來，磕磕巴巴道：「還……還想……尿。」

「啥?!」吳氏快瘋了，一把撈起兒子，奪門而出，尋茅廁去了。

時至正午，前院上香拜佛的官眷皆往內堂來，稍坐休息，準備用齋飯，三五結交，有說有笑。唐夫人、孟夫人在前，手邊是嫡親女兒唐相芝和孟蓁蓁攙扶著緩步而來，身後還有幾家親近的官家夫人。魏夫人攜著魏紀瑩也在其中，再往後是隨行的家眷及一眾奴僕。

往年一同用齋飯的人皆在行列，今兒卻多了魏家一行，孟夫人有些納悶。這魏家官職不上不下，雖世代都是做官的，卻無突出建樹，是以家族平平，不能有那般資格訂到華嚴寺的廂房，莫不是唐夫人邀請？

魏家獨三公子還未成親，且是庶子，以唐夫人眼光是瞧不上的，那便是瞧上魏家小姐了？她轉頭看了看在魏夫人邊上攙扶的魏紀瑩。閨閣小姐的模樣是有，卻也算不得出眾，同自家女兒如何比？便否定了唐家少爺配魏家小姐的想法。

「魏家的如何也在行列？」

經這一問，唐夫人也不解，轉頭一望，一家七、八人可不跟在後頭？她未邀請，位置本就不多，哪有空餘請這些無關緊要的人，便回道：「不是妳邀請的？」

孟夫人搖頭。「孟府和魏家如何有那般交情？是得問問，可莫隨意讓人混進來了。」

一旁的孟蓁蓁抬頭，往唐夫人身側人兒望去，唐相芝會意，輕咬了嘴唇，一番猶豫，終於開口。「母親，魏家是受邀了。」

兩位夫人皆看過來。「受何人邀約？」

唐相芝道：「蘇家。」

孟夫人一頭霧水，京都何時出了這樣一戶。「哪個蘇家？」

她不知，唐夫人卻心有猜測。莫不是那丫頭？就憑一間鋪子、三品閒官，就有那樣大的本事在華嚴寺訂廂房？其中莫不是有什麼緣由？於是她看向唐相芝。「可是蘇記那丫頭？」

「正是。」唐相芝點頭。「說是因著租下垣村，又製出天車造福萬民，華嚴寺的住持便於功德簿上記了一筆，這才有了廂房、齋菜。」

唐夫人是曉得蘇記發明了天車，得到褒獎，卻沒料到華嚴寺還能記上功德。

孟蓁蓁接過話，笑盈盈道：「那便解釋得通了，蘇家小姐同魏二少奶奶、魏四小姐交好，相邀來廟會是情理之中。魏家於城門口等候，該是為著蘇記的人吧！」

這話一出，唐夫人臉色變了。魏府一行人不是在等唐家？那魏三公子不是巴巴念著高攀她的芝兒，竟是等姓蘇的一家子，難道是瞧上姓蘇那丫頭了？她唐府嫡小姐還比不過一個鄉村野丫頭？

孟蓁蓁不著痕跡地瞥見唐夫人藏於袖中微微發抖的手，垂下頭，不再言語。唐相芝因她這話卻抓住了契機，急忙道：「如今蘇家是整個京都的紅人，聽說上門求見的人絡繹不絕。說來蘇小姐同蓁蓁姊有些交集，母親壽宴那日，不還請了蘇小姐製生辰點心嗎？」

孟夫人驚訝，回頭望著女兒。「竟有這些淵源在裡頭？」

孟蓁蓁點點頭，沒再說什麼。孟夫人卻興致高昂。如斯人家，倒是要去會會，本事這樣大，究竟有何獨特？於是道：「既然人家也來了，不如咱也見見，招呼一二。」

孟夫人是個說一不二的人，她既提議要會一會蘇家人，便是決定了的，饒是唐夫人心有不願，也不好說什麼。差人問了蘇家廂房在哪兒，一行人便直往那處去。

杜雪瑤覺得不對勁。往前去不是木兒訂的廂房，怎麼唐、魏兩家也往那處去？院子她進去了，左不過三、四間，不大，夠蘇家三口及自家幾人，哪裡容得下這麼多人？

一行人浩浩蕩蕩進了院子，吳氏正提拉著六月從茅房回來，嘴裡說著訓斥的話。六月癟著嘴，哼哼唧唧回應。「雪瑤姨、瑩瑩姨！」六月瞥見熟悉的人，伸出小手指過去，希望二人到來，娘便不再責罵自己。

吳氏順著兒子指向望去，卻是吃了一驚。這院子擠滿眾人，正巴巴望著母子倆。這是……什麼情況？

為首一位黃綢牡丹兜開衩紫霞裙的貴氣夫人朝她上下打量，眼神有些複雜，聽她道：

「妳是蘇家的？」

吳氏不明所以，老實點頭。

那夫人掩面一笑。「我等都是官家夫人，且去喚妳主人家出來一敘。」

主人家？吳氏愣住了。她不就是嗎？這周身衣裳還是綠翹在那什麼毓成齋訂做的，怎麼瞧著不像主人家？

她這愣神的工夫，魏夫人緩步上前，向二位夫人施施然行禮，而後道：「這便是蘇家主母，是個質樸的人兒。」

自家到底受蘇家相邀，如今被孟夫人奚落，該是要出聲解圍。不過，這孟夫人好生無禮，縱使人家穿戴不若她華麗，卻也合宜，明眼人一瞧便知不是僕婦，她那番話分明是故意的。

唐夫人雖自恃身分高，就算瞧不起人，也只心下腹誹，從不說刻薄傷人顏面的話，是以孟夫人這番奚落，她竟也不好說什麼了，生生將怨氣壓在心底。

孟夫人笑得越發歡了。「真真對不住，眼生得緊，確實認不得。」

吳氏方才沒反應過來，如今人家再三貶低，自己也不是任人隨意踐踏的，正想辯駁兩句，卻被魏夫人的眼神制止，意思讓她多一事不如少一事，此人不好惹。

孟夫人見她唯諾不說話，心下得意起來，故意瞧瞧四周，問道：「聽說蘇小姐是頂聰慧的人兒，夫人可莫藏著，我幾人瞧瞧可好？」

這話一出，吳氏有些慌神。木兒衣裳濕透，如何見人，著實丟臉。「咳咳！」她清了清嗓子。「小女身體不適，於內堂歇息，不便見客。」

孟夫人眼神一冷。「那正好，我帶了隨行大夫，便給蘇小姐瞧瞧，到底因何不適？」

「不必麻煩！」話剛落，吳氏便反駁，語氣有些不善。這都是哪來的人，氣勢洶洶也就罷了，還追著人不放。「諸位夫人拜佛、遊園便好，怎麼巴巴跑來我家招呼，竟不曉得何時有這般交情？」

孟夫人從來人敬三分，哪有人敢這樣同她說話，當即怒斥。「妳這個村婦！不識好歹！」

「我是村婦！妳就是潑——」吳氏也火了，管他三七二十一，懟了再說。

可話未說完，魏夫人同杜雪瑤、魏紀瑩三人拉住她。杜雪瑤小聲道：「大娘，少說兩句，此人不好惹，怕是要惹官司的。」

吳氏無法，只得心裡將人咒罵了一遍，眼中滿是怒火，直直燃向那跋扈的貴夫人。

孟蓁蓁瞥到唐夫人面上不悅，忙拉住孟夫人。「母親，寺院重地，慎言。」

說完也看向唐相芝。後者會意，站了出來，笑道：「天車造福，蘇記封官，聽說都是蘇小姐聰慧所得，我等聽到如此奇女子，只想見見罷了；再者咱們與蘇小姐也小有交情，同至廟會，不過想敘敘罷了。倘若蘇小姐真的身體不適，該讓大夫瞧瞧，莫壞了身子。」

「這……」這是唐少爺的妹妹，且人家態度親和，吳氏怒氣消了不少。可木兒現今無法見人，綠翹那丫頭不知因何還未回來，真是急死人了！

「莫不是做了什麼不可告人的勾當，見不得人吧……」人群中不知是誰低聲說了句。

一時間眾人左右互看，面上俱驚，彷彿真有那麼回事。

「瞎說什麼！我女兒身體不適，不便見人！」剛下去的怒火又湧上來，若曉得誰亂嚼舌根，定撕爛她的嘴。

「誰曉得是不是於屋裡藏了什麼人，這才不讓見吧！」

那聲音再起，唐相芝卻是聽清了，是孟蓁蓁身邊的翠蓮。她眉頭皺了皺。

吳氏尋不著人，卻聽清了方向，分明就是從方才那貴夫人身邊傳來。她掙脫魏家人的禁錮，將兒子塞到杜雪瑤懷裡，不管不顧地撲向孟府一行人。孟夫人顯然沒料到她膽子這麼大，忙拉著女兒往後退，身後的下人蜂擁向前，阻止來人。

「壞事了！」魏夫人焦急不已。蘇夫人隻身一人，如何抵得過一眾奴僕？忙喚下人，將人拉回來。

唐府一行急急後退，生怕折騰到自己人這處。唐夫人頭疼不已。孟夫人太跋扈，這笑話怕是鬧得滿院皆知！早曉得不聽她的慫恿，在這處尋麻煩了。那丫頭也真是，屋外都鬧成這般了，竟也坐得住，就是病得再重，也該出門瞧一眼，真是個怕事的！

她無心這場鬧劇，拉著女兒欲離開，然唐相芝腳下定住，似不願離去。「娘，如今鬧成這般，事情未解決，咱若走了，豈不是讓人誤會，還道咱唐府也是蠻橫不講理之人呢！」

唐夫人將話聽進了。這是留也不是，走也不是，什麼個事啊！

「嘩啦」一聲，花瓶砸碎的聲響自屋內傳來，鬧哄哄的場面霎時安靜，眾人目光齊望向那廂房。孟蓁蓁嘴角一翹，朝身後人示意，數名奴僕齊湧向門口，兩三下將門踹開了。

眾人目光齊聚，皆被這突如其來的變化怔住，唯有唐相芝一臉興奮，孟蓁蓁眼中多了一絲陰霾。只是，衝入屋內、氣勢洶洶的奴僕慢慢退了出來。

一身淺黃衣衫的少女由一個面生的小丫鬟攙扶著出來，見她清冷的面上滿是倦意，垂下的眼費力抬起，直直望向眾人，冷冷道：「這華嚴寺的廂房竟是由人隨意衝闖，倒是要問問住持什麼規矩！」

唐相芝三兩步上前，面上的興奮早不見，取而代之的是震驚。她上下觀望，又拉了拉蘇木的衣袖，磕磕巴巴，半天說不出話來。「妳……妳怎麼……」

蘇木淡淡瞟向她。「怎麼，我這副樣子，讓妳失望了？」

唐相芝再是一驚，忙故作鎮定，收回手，也收回了視線。「我……我有什麼好失望的！」

「芝兒！」唐夫人冷眼看過來，似察覺出不對，忙將女兒喚回。

唐相芝咬咬牙，有些氣急敗壞，狠狠瞪了蘇木一眼，往唐夫人身邊去。剛至一邊，聽見母親道：「莫再多事！」

這話一出，唐相芝生出一絲懼意。莫不是母親發現了什麼？

第九十五章　算計

反應過來的吳氏和魏府一行人擁了過來，將人牢牢擋住，似怕小人兒受到危害。知曉內情的吳氏、魏夫人等人也都暗暗鬆了口氣。那面生的小丫鬟是吳氏的侍婢，虧得機靈，將衣裳送來，否則貿然砸開門，狼狽模樣曝露於眾人面前，實在丟臉。

孟蓁蓁也驚訝不已。衣裳怎就換好了？暗瞥了眼唐相芝。成事不足，敗事有餘！幸虧自己有後招，否則一番心血白費了。她朝翠蓮使了使眼色，後者點頭，帶著兩個小廝退了出去，悄悄往蘇木所待的廂房溜進去。

而這方，孟夫人帶人闖了門，自得有說辭，她仍是一副得意面孔。「這位便是發明天車的蘇小姐？這模樣……真是病了？方才不知哪個賤奴道屋裡藏人……我們也是為著華嚴寺的清譽著想，如今只是誤會一場，我等也放心了。」

一番說辭漏洞百出，卻無人反駁，還紛紛附和，真是一群依附人的蛀蟲。吳氏恨得牙癢癢，欲開口回懟，卻被女兒暗拉住手。

蘇木淡然一笑，似不在意她的無理言詞，微微屈膝，朝為首的兩位夫人行禮。「孟夫人、唐夫人，二位一心為著華嚴寺的清譽，著實令人敬佩。事情還未了解清楚，還請查個明白。」

孟夫人愣了。還查什麼，本就是戲弄一家子，難不成要她賠禮？這丫頭怕真是病糊塗了，什麼聰慧過人，瞧著倒若她名字般，是個榆木腦袋。

回過頭看看唐夫人，後者也是一臉霧水。她於這場鬧劇是一句話未發表，不過芝兒說了幾句不客氣的話，怎麼牽扯上自個兒了？那麼，要查什麼呢？

不等二人開口，蘇木望向廂房悄悄溜出來的翠蓮等人，問道：「如何？可在房中搜出什麼來？」

眾人齊望過去。那不是孟小姐身邊的大丫鬟，去廂房內做什麼？幾人被逮個正著，當即愣在原處。孟蓁蓁攪著手中絹子，見幾人空手而歸，一臉沮喪，便知道事情敗露。她收回視線，不欲言語，裝作一切同自己無關的模樣。

翠蓮自然也懂了，一應攬到身上。「方才聽見廂房內瓶瓦破碎，生怕屋子進了毛賊，這才進去搜一搜，怕那毛賊跑了！」

蘇木粲然一笑。「不過身子虛乏，又聽見院中吵嚷，著急起身，碎了茶壺罷了，竟不曉得屋子來了毛賊？我屋內有婢女，怎地有毛賊進屋，還能放任不成？我看妳們不是在找毛賊，是旁人吧？」

翠蓮一驚，竟被人瞧得明明白白，一時間想不到託詞。蘇木也不給人多嘴的機會，抬高了聲音，衝身後道：「把人押上來。」

只見雙瑞同兩個小廝押著一個黑布衣衫的男子上前，那人手腳被綑綁，嘴裡塞了布，被一番狠揍。眾人俱驚，唐夫人先開了口，詫異之色溢於言表。「這是……」

蘇木看過來，視線落到一旁唐相芝身上。後者慌亂不已，往後挪動了兩步，身子輕顫，忙偏過頭，看向孟蓁蓁，一臉不可思議。

蘇木收回視線，轉向立於身旁的幾位僧人。「我蘇家一行剛至廂房，便見有人鬼鬼祟祟溜進房中，屋內暫無住人，不得貴重物品，那人進去不知是為何？這是我幾人進門前抓住的，幾位僧人可是都瞧見了？」

那幾位僧人雙手合十作揖，紛紛表明確實。眾人倒吸一口涼氣。不明不白的人進到廂房，倘若方才搜出來，可真是有一百張嘴都說不清了啊！虧得寺中僧人作證，否則蘇小姐的聲譽要受損啊！

得眾人反應，她繼續道：「我幾人剛進院子，便被一小僧衝撞，潑了一身水。原是不足掛齒的小事，可怪異得很，寺中僧人皆以貧僧自稱，那小僧卻回以『小的』，莫不是不久前於哪個大戶人家做下人，而後出家剃度了？」

先是衣衫盡濕，再是房中出現男子，這是於一個女兒家致命的陷害啊！虧得人家謹慎，才未讓事情發生，是個女子想想就後怕。

孟蓁蓁臉色發白，一頓緊張後卻鎮定下來。潑水的小廝同她無關，那被逮住的男子也是將死之人，橫豎跟自個兒沾不上半點干係。就是方才翠蓮搜房，讓人瞧出些蛛絲馬跡，真是太心急，露了馬腳。

蘇木說著看向唐夫人。「於廂房抓到人後，我立即派人尋那小僧。偌大的華嚴寺都尋遍了，也沒找到半點蹤跡。不過……」話未說完，淡淡掃了眾奴僕一眼。「當時覺得奇怪，便從腰間繫的香袋中撚了些香粉撒在那人身上，若仔細一查，定能尋到。可否煩勞唐夫人、孟夫人，事關華嚴寺聲譽，如今又驚動了住持，只怕不查個清楚，不好交代。」

「妳驚動了住持？」孟夫人厲聲道：「不過一點小事，竟如此勞師動眾，華嚴寺乃清淨之地，又豈能讓如此污穢髒了這片淨地！」

蘇木失笑，指著地上被綑綁之人，道：「我本將此人交由寺中處理，是孟夫人勞師動眾要破門尋人。況且方才孟小姐身邊的大丫鬟還高喊捉賊，如今怎麼反怪起我來了？」

「妳……」孟夫人被堵得啞口無言。這小妮子的嘴好生厲害！

唐夫人揉了揉太陽穴。事情鬧得如此大，想來沒個交代不會甘休，於是擺起唐府夫人的莊嚴主持大局。「如此禍事，勢必要查清楚。妳且放心，我與孟夫人定將事情查個水落石出，給蘇小姐及住持一個交代。」

得她的話，在場之人無人反駁，饒是孟夫人不以為意，也不好駁人臉面。且事情發展至此，卻是由她牽的頭。

唐夫人繼續道：「罷了，鬧半天也都累了，且各自回房歇息吧！齋飯該是好了，添福添壽的機緣，莫遲了才好。」

於是跟隨熱鬧的各個官家之人紛紛散去。唐、孟兩家也不多逗留，散得最快，頃刻間，濟濟一堂的小院恢復寧靜，只留還未緩過神的吳氏和魏家一行人。

魏夫人到底年長，這些個鉤心鬥角的下作勾當沒少瞧過，暗嘆蘇木聰慧。「進屋吧！裡頭再說。」

吳氏忙點頭。待人坐下，她便迫不及待拉著女兒。「木丫頭，廂房裡抓了賊，我怎不曉得？何時來的人？」

蘇木看向立於一旁的雙瑞，後者會意，回道：「就在垂花門口撞見小僧時，小姐覺出不對勁，讓小的帶兩個寺中僧人先於房中查探，果真於床底搜出個陌生男子。追問半天，他什麼都不說，還欲咬舌自盡，小的忙脫了鞋襪塞他嘴裡，才免人一命。」

眾人倒吸一口涼氣。寧願尋死也不吐露一字，這該是多忠心耿耿，抑或是受了多大的脅迫。

這時院外傳來匆匆的腳步聲，緊接著一個氣喘吁吁的丫鬟懷抱衣裳，趴在門邊，直喘粗氣。「小……小姐，衣裳尋……尋來了……」

這不是綠翹又是誰？在場之人無不嘆氣。這麼長時間，廂房到山腳來回十趟都夠了，現在才回，差點誤事。除了嘆息，卻無人責問，像是還沈浸在方才的事故中，未回過神來。

只是，綠翹既才取衣裳回來，那蘇木身上的衣衫又如何得以換下？

聽見她道：「可是在山腳遇人阻攔了？」

綠翹緩過氣來，自然瞧見眾人面上的責備，她覺得委屈，哽咽著回話。「奴婢剛至山腳，便被人拉住，說偷了她的東西，不讓奴婢離開。那人要報官、要請人作主，等半天就是沒人來。奴婢與人理論不得又離開不得，這才耽擱了。」

蘇木點點頭，似意料之中。「料想如此，我便讓娘身邊的小婢子自另外一條下山的路去取。若潑濕我衣衫的人是故意的，那必得派人攔住下山取衣衫的綠翹，娘身邊的婢子是新來的，自然不起眼。」

吳氏氣得不行。「究竟是誰想損害木兒的清譽！妳方才說撒了香料於那小僧身上，也不曉得兩位夫人能否查得出來？」

蘇木搖搖頭。「我從不配香，又哪裡來的香料，不過是胡謅罷了。」

啊？胡謅的？眾人驚訝，杜雪瑤和魏紀瑩相互看了看，不甚明白，連魏夫人也不解。「這是為何？」

蘇木笑道：「潑濕我衣衫，不過是想我於眾人面前出醜，我那樣說是想嚇唬她。」

魏夫人擺手。「這哪裡是出醜，分明是想讓妳名譽掃地啊！若於寺廟被撞見苟且之事，妳下半輩子算是完了！」她拍拍心口。縱使瞧得多了，也是心有餘悸，這設計之人當真陰狠！

「不，她只是想讓我出醜，廂房的事是另外一人所為。」蘇木回道。

魏紀瑩覺得腦子不夠用。怎麼還有另外的人？「妳是說，陷害妳的不止一人？那這人到底是誰？」

蘇木點點頭。「誰著急撞破，便是誰所為唄！」她三言兩語說得輕巧，在座之人卻聽得心驚膽寒。

方才是孟夫人嚷著要來見人，可又有唐夫人的緣由；至院中後，孟夫人遣人踀扈撞門，唐小姐更是言詞懇切、關懷備至，意思卻同孟夫人無異，就是要見人。而後又有孟小姐的貼身侍婢進屋搜賊，如何看來，都與兩家脫不了干係。

若非蘇木先稟告住持，此事只怕早被兩位夫人三言兩語地掩蓋過去了，哪還會去查？只是事情與兩家有關，那為何還讓二位夫人去查，豈不是給人機會掩蓋事實真相？

魏紀瑩、杜雪瑤等人不明白，魏夫人卻是了解。說來蘇家不過三品閒官，雖專給吾皇貢茶，可背後到底沒有撐腰的人，獨與杜家有幾分交情，為著避嫌，到底沒有多親近，若貿然揭穿讓華嚴寺處理，查出事情真相，那才是闖下大禍。唐府、孟府兩位大人豈是等閒之輩？說到底，這個虧只得認下。然小丫頭卻是個硬骨頭，縱使被人啃，也要硌人牙。

真是個讓人喜愛的性子！懂讓，卻不忍讓；懂退，卻不退縮。這樣的兒媳入魏府，簡直是塊至寶啊！只是她醉心生意，如何會得罪唐、孟兩家？說白了，如何會得罪兩家小姐？竟費如此心思讓她聲譽落地。

蘇木站起身，恢復從前溫和的模樣，莞爾一笑。「事情自有結局，多說無益。咱一道用齋飯去吧！借唐夫人的話，遲了那份機緣便不好了。」

於是一番休整，相攜出了小院，面上到底掛上了笑意。

一臉倦意的唐夫人倚在羅漢榻上，眉頭緊鎖。她抬起頭，朝跪在堂前之人怒斥。「平時如何教導妳的？竟生出如此歹毒的心思，若讓妳爹和哥哥知道，非得家法侍候！」

唐相芝淚流滿面，往前跪行兩步，急切道：「母親，我只是讓人潑她一身髒水，想讓她在眾人面前丟臉罷了！那什麼男人真不是女兒安排的，我就是有天大的膽子也不敢做出那樣的事啊！」

唐夫人坐直了身子，直直望過去。「真不是妳做的？」

唐相芝忙搖頭，哭道：「不是我！該是蓁蓁姊，我二人只密謀讓她丟臉的事，可廂房那段，女兒是一點也不知曉！」

唐夫人緊閉雙眼，不住搖頭。她這個女兒嬌生慣養，受不得一丁點委屈，若是瞧人不順眼，也只是當面不客氣，並不會做那些下作勾當，竟是受人指使才做糊塗事，還是孟小姐……原以為是個知書達禮的閨秀，竟沒想到心思如此狠毒。可惡的是，還想將一切讓唐家揹鍋！

她望著面前哭成淚人兒的女兒，恨鐵不成鋼。「還有臉哭！堂堂唐府小姐被人當槍使，反被戳穿，真是丟臉至極！」

唐相芝又委屈又氣憤，抹了一把淚。「還不是為著哥哥！那姓蘇的商女腳踩兩條船，枉費哥哥的真心，我這麼做也是想讓哥哥瞧清她的真面目。」

唐夫人更加頭疼了。「妳潑人一身水，能瞧清什麼面目？」

「我……」唐相芝咬了咬唇。她一心想讓那商女臭了名聲，兩家都嫁不得，哪裡顧忌那麼多？只是萬萬沒想到孟蓁蓁比她還狠，竟塞個男人到廂房，那可真是置人於萬劫不復之地。她雖痛恨蘇木搶了杜二少爺，卻做不出那樣狠心的事。

唐夫人再閉雙眼，只覺腦袋脹得不行。如今人家將事情揭穿，要個交代，她難道把女兒交出去不成？不過，那丫頭把事情交由自個兒處理，只怕是已曉得內情；可若知曉內情該是當場戳穿，為何又故意放水？難道……明知討不了說法，便將事情拋由旁人，真假說法，總能得一個不是嗎？

這時雪雁自屋外走來，唐夫人便讓唐相芝起身。堂堂千金，於下人面前這副模樣，也確實沒臉面。

雪雁微微福身，而後道：「夫人、小姐，奴婢已將去過華嚴寺的所有奴僕都查看過了，無人身上有香粉。」

「怎麼可能？我明明派了——」唐相芝當即反駁，話只說到一半，反應過來。

「她……她騙我！」

唐夫人料想如此，橫了她一眼。「真是愚昧，妳既能戲弄人，又怎知人家不會戲弄妳！」

唐相芝簡直氣極。她真是蠢，被人當槍使而不自知，被人戲弄也不知！

「妳往後離孟府的人遠點，沒那點城府便不要做耍心眼的事。」唐夫人擺手讓她出去。這爛攤子她還得派人收拾，潑水的是唐府的人，便得尋個頂罪的。

孟府這會兒也該忙活不停吧？那男人由孟蓁蓁安排，且被抓個正著，交到住持手中，她們要掩人耳目可不容易。那姓蘇的丫頭雖落下風，卻棋高一著，該說她城府深，還是聰慧？

第九十六章 出遊

蘇宅門口，蘇世澤一身粗布衣裳，手上、腳上黏的都是泥，急忙從馬車跳下，腳步匆匆，險些摔倒。跟隨的小廝趕緊攙扶，卻被他推至一旁，不管不顧地直往屋裡奔。他一邊朝看門的小廝問道：「木兒她們可回來了？」

小廝忙道：「回來了！」

內院，母女倆正坐一處說話。綠翹往後廚著人煮了薑茶端來，正有一口沒一口地喝著。大冷冬天，姊弟倆一個被潑了水，一個尿了兩回褲子，雖無明顯風寒跡象，吳氏還是不放心，盯著二人各喝一碗薑湯。

蘇世澤火燒火燎地衝進屋，一臉急切。「那使壞的人可抓到了？咱家與人無冤無仇，怎地下那黑心！」

吳氏一驚。「你怎曉得了？」

「京都都傳遍了！」蘇世澤重重喘氣。「虧得有僧人作證，否則木兒的臉面就沒了！這到底怎麼回事？」

吳氏大致弄清楚始末，卻不曉得何人所為，卻也猜到同唐、孟兩家脫不了干係，於是鉅細靡遺給丈夫道清楚。她跟著一道，卻沒將女兒護好，是有責任的。忍了一日，終是泣不成聲。見妻子自責，蘇世澤不好過多說什麼。

蘇木忙放下碗，細聲道：「娘，她們是什麼人家，咱是什麼人家？您豁出去在院中維護，我都聽著呢！換成院中別的人家，她們只怕大氣都不敢出，您已盡了最大的能力護我，哪裡需要自責？」

吳氏抬頭看她，眼中滿是感動。女兒不是她親生，卻比親生還要親，她是幾輩子修來的福分啊！

見寬慰了吳氏，蘇木又轉向老爹道：「這事鬧開也好，總歸沒出事，卻教宮裡那位曉得咱一家無權無勢，讓人欺辱，縱使不能抓住始作俑者，也將一番敲打，保咱平安，讓一般的蛇蟲鼠蟻打不得歪心思。咱啊，就好生將地裡茶樹種上，製得好茶，才是正經。」

事情說開了，一家子心頭陰霾散盡。

因著天車製成，唐相予在宮裡足足忙了兩日，於各地分發下去才得空歸家。只是剛出宮門，便聽見華嚴寺的傳聞，他當即讓雲青查明始末，官服未換，便匆匆趕往蘇宅。剛至門口，他又停住了腳步，進退兩難。

好不容易於兩位長輩跟前得了好臉面，如今母親和妹妹卻鬧出禍害人的事，他哪有臉上門？只怕教二老寒了心，也不肯相見吧！唐相予於門口來回徘徊，思來想去，終是悄然離去。

歸家後，府裡一派安靜，似什麼事都未發生。唐相予壓住怒意去了竹苑等雲青回來。天寒地凍，少往林子裡跑，他便獨坐案前，執一方卷軸，卻如何都看不下去。不多時，出門打探的人歸來，主僕二人將門關緊，雲青才將打聽出的始末娓娓道來。

「少爺，那被抓的男人是簽了死契的，家中雙親俱在，還有個妹妹。妹妹早年在孟府當過差，如今一家都送到莊子去了。」雲青頓了頓，繼續道：「孟姑娘身邊的大丫鬟翠蓮帶人搜過廂房。」

是孟府的人。唐相予眼中閃過一絲陰霾。知道孟夫人不是善類，然而蓁蓁也如此歹毒？那個年少懵懂的丫頭，竟也學會算計人了？

「還有呢？潑水之人可找到了？」他又問道。

「這……」雲青有些支支吾吾。

唐相予緊問：「實話道來，無須顧忌！」

「尋著了，說是一個上香的香客因訂不到寺裡齋飯，便喬裝成小僧想要偷得一碗，以增福添壽。」雲青瞅了瞅自家少爺臉色，半天才開口。「不過……不過夫人、小姐回府後，緊關院門半宿，聽見傳來小姐哭聲，又有雪雁姑娘於各房查問。」

唐相予轉頭盯著他。「查問什麼？」

雲青走兩步往門外聽了聽，又返身回來，低聲道：「說是夫人房中丟了珠釵，查問哪個下人順了去。可小的使了銀子問出，雪雁姑娘是查那日去廟會的下人，誰身上有香粉？」

「可查到了？」唐相予皺眉。這事八成同芝兒有關。

雲青搖搖頭。「沒查到，且三小姐院裡的一名小廝被打發去莊子了，不曉得是否同這事有關？多的，小的也探聽不出來了。」

唐相予點點頭，擺擺手。「下去吧，今日之事莫向旁人說起。」

此事種種，自家妹妹怕是脫不了干係。也許那潑水之人便是打發去莊子的小廝；至於香粉，怕是木兒胡謅，母親又真教人拿住把柄，這才一番清查。

心愛的姑娘受了如此大委屈，他必不能袖手旁觀，定要給她討個公道。只是一個是妹妹，一個是富貴千金，妹妹好說，解了心結，帶著賠禮道歉即好；至於孟蓁蓁……

唐府後花園內。

「我不去！我不去！娘讓我禁足，哪兒都不許去！」唐相芝使勁掙脫手上禁錮，奈何前頭人力氣大，不得逃脫。

硬的不行便來軟的，她腳下一軟，賴著人不肯挪動半步，可憐巴巴道：「哥哥，母親訓斥過我了，若再跑出院子，定得再關二月。」

唐相予無奈，兩手一撤，撫了撫袖子，義正詞嚴道：「那妳且告訴我，母親因何訓斥妳？」

「我……」唐相芝立刻站直了身子，往後退兩步，生怕唐相予再拉著她不放。「我……

就是太淘氣了唄！沒點閨秀的作派，母親讓我關上房門學女誡呢！」

唐相予斜著眼看她。「原是這般，我還當妳指使下人潑人髒水呢！」

他說得輕描淡寫，唐相芝卻聽得心驚膽顫。「你……你怎會曉得？」

「虧得唐家、孟家財大勢大，無人敢查，稍有心問一問，還能不曉得是妳們作的惡？」唐相予一貫不管她，縱使平常犯了錯，從來都是維護。如今這副嚴肅冷酷的模樣，讓唐相芝委屈非常。「對！是我做的又如何？髒水就是我讓人潑的，她該受著！吃著碗裡看著鍋裡，這樣一個兩面三刀、滿肚子算計的女人，也就你們當寶。我就是要她丟臉，丟到沒法在京都待下去，丟到你們誰也別想娶她！」說著，委屈巴巴地哭起來。

唐相予著實無奈，他這個妹妹真是直腸子，一點城府也無。「妳真當木兒同夫宴有干係？」

「難道不是嗎？」唐相芝哽咽不已。「蓁蓁姊親耳聽到杜二少爺想……想那個賤丫頭，他二人早在與你相識前就有說不清楚的情誼……不，分明是那丫頭藉杜小姐的由頭惦記杜少爺，想嫁進杜家。後又結識了你，發現咱家比起杜家好太多，才棄了杜少爺，欲攀上你的！那樣一個女人，虧得你們把她當寶！」

簡直一派胡言，唐相予快氣笑了。「我且問妳，我與夫宴相交多年，是妳了解他，還是我了解？他與木兒莫說什麼情誼，就是交情都談不上。木兒知禮，上杜府從來都是杜小姐邀請才去，二人也都待在後院，從不上前院，何來情誼？至於我，早跟妳們說了百八十遍，我心悅之人未肯，不曉得妳哪裡生出這麼多猜忌。」

唐相芝咬唇不再回話，然她還是不信。「我不管，我就覺得她不是好人！我才不要這樣的人當嫂子！你也甭想拉我去賠罪，我既做了這事，就不悔，也不怕！」

唐相予轉頭看她。「誰說我拉妳去賠罪了？」

「不……不是嗎？」唐相芝懵了。「你說這麼大半天，難道不是幫你那可心人兒出氣？」

「我倒是想，也得妳肯了才行。」唐相予說這話正兒八經，忽地嘴角一翹，笑道：「皇上派我查訪垣村，約了夫宴與魏二少爺夫婦及魏三少爺、魏四小姐一道出遊，去瞧瞧天車。聽說那處有一條大江河，咱帶了魚竿釣魚，到時候烤著吃。我一心想著妳，若妳不去，那也不勉強了！」說著轉身欲離去。

唐相芝傻眼了，追隨問道：「出遊？」

不起眼的馬車自唐、魏兩家駛出，府上公子、小姐外出，幾人皆帶貼身侍婢、小廝各一，未有大排場，十分低調。馬車不於街市停留，悄悄駛向城外。

淡淡薄霧籠罩在綿延的山林，越往前行，道路越趨於平緩，直至與平地連成一線。眼前是一望無際的白絨絨，前頭是一大片蘆葦，褪去青綠的葦桿是一派蒼茫的褐色，簇擁著白茫茫一層至天邊水面。

道路越行越窄小，直至容不下了，雲青才喝住了馬兒，停了車。茫茫的蘆葦叢開出一條小道，不算寬敞，可容二人並肩同行。唐相芝跳下馬車，被眼前所見驚住了。如此蒼茫遼闊的景致比起花園、荷塘壯觀多了，興致高昂，也不等身後的唐相予，提著裙襬就往叢裡跑去，貼身婢子忙跟隨。

行了片刻，到小道盡頭，盡是廣袤無垠的江河。河邊有淺灘，灘上支了架子、桌椅，還燃了火堆，青紅白綠的幾道身影立在一處，說說笑笑。

正是魏家姑嫂、蘇木及三個丫頭，不遠處三位布衣男子正收拾魚竿、魚餌，好不忙碌。三個小廝則得了撿柴火的活計，雙瑞抱了一捆乾柴從蘆葦叢裡鑽出來，扔至一堆，還割了一把蘆葦給幾位小姐把玩。場面如此和諧，唐相芝立在道口，竟有種轉身想逃的慾望。

「唐小姐！」魏紀瑩先瞧見來人。她本是率真的性子，今兒既邀請了人，必得熱情相待，便邁著小碎步小跑過來，將人拉住，卻也往她身後望了望。「等你們許久了，唐少爺哩？」

「在……在後頭。」唐相芝慣去的場合不是奴僕簇擁，就是齊聚一堂，從來就是高高在上端著模樣，如今這場面，卻是不好端著。人家既熱情招呼，她若做出一副高傲模樣，那才真是丟臉面；且她年歲不大，玩心也重，何時經歷過如此新奇的遊玩。

「走，一道過去吧！」魏紀瑩拉著人便往人堆去。

杜雪瑤和蘇木都笑盈盈地招呼一聲，而一旁三位少爺停下手上活計，也點頭示意。唐相芝都應了，只覺得有些尷尬。前不久才算計了人，今兒卻要裝得若無其事一同遊玩……她本不想來，可杜二少爺在，便鬼使神差地答應了。

杜夫宴今兒著一身青灰色棉袍，烏髮以一支木簪束起。褪去華服的他，溫潤如玉的氣質越發體現。只聽他笑道：「相予，你今兒可是來晚了，得好生懲罰才是。」

眾人齊往那小道望去，就見主僕二人前後腳鑽了出來。

唐相予笑著指了指身後。「自知有罪，便帶了兩罐陳年桂花釀賠禮，一會兒我先自罰三杯。」

身後，雲青將懷抱的兩只小酒罐舉了舉，也是一臉笑意。

唐相予說著一一給眾人見禮，杜夫宴便催促道：「別耽誤，趕緊來釣魚，咱一會兒可指望著這個填肚子。」

「就來。」唐相予也不扭捏，捋了袖子便加入釣魚大隊。

餘下幾位小姐大眼瞪小眼，都是頭回經歷這樣的出遊，幾個丫頭也是懵的。

類似秋遊、春遊，外出燒烤，蘇木並不陌生，得邀出遊，便知大抵意思。光靠幾條魚，怕是填不飽幾人肚子，因此各家都帶了點心，可換地方吃點心有什麼樂趣？得燒烤啊！

「咱也別愣著了，」她主動擔起職責，轉向身後的綠翹。「把準備的東西都拿出來吧！」

綠翹歡喜應答，又招了雙瑞和迎春幫忙，不一會兒，便擺出一檯子的吃食。什麼雞翅、肉腸、豆腐、菜心、肉片……都是尋常得見的，可將這些東西切作小段串起來卻有點意思。

杜雪瑤曉得她在吃食上就不是安分的，巴巴望著，很是來趣。唐相芝也萬分好奇，卻丟不下臉面去同蘇木講話，只是規矩地站在邊上觀望，眼神中卻是滿滿的新奇。

最自在的要數魏紀瑩，她按捺不住，拉著蘇木問：「蘇木妹妹，這些菜蔬串作這般何用？」

「我於一本話本讀得〈炙法〉一篇，裡頭記載了多達二十餘種烤肉的法子，包括什麼樣的肉用什麼樣的材料烤製，敘述得十分詳盡。篝火烤炙而食，比起飯桌上的佳餚是有過之無不及。」

「真就如此奇特？」魏紀瑩驚呼，期待多了幾分。

一旁的唐相芝嗤之以鼻。盡會顯擺，如此做法能好吃？她才不信！不想同幾人打交道，欲尋唐相予，可幾個男子一起，她巴巴地待一邊，有些於理不合；可若獨自過去，又顯孤寂，左右為難，卻瞥見不遠處的天車，來了主意，招了丫鬟直直朝那處走去，也不與幾人招呼。

忙活的三人瞧見她走，也不好多說什麼。魏紀瑩嘀咕道：「這唐小姐是不樂意同咱待一處？」

杜雪瑤搖搖頭。「該是從未做過這些，不大適應罷了。」

二人同她皆沒什麼交情，不過礙於唐相予的臉，且又是單純心思的，自然不會多說人家什麼。蘇木就更不在意了，唐相芝雖設計讓自個兒丟臉，到底只是潑濕衣裳這種小伎倆，心思不算壞。

且眼下沒有什麼比燒烤更重要的。烤魚、火鍋這些東西都搗鼓過了，燒烤還未嘗試，便早早讓雙瑞訂做了燒烤架子，又帶了一麻袋的炭火。

姑嫂二人見蘇木手上活計嫻熟非常，欲試一試，又怕弄壞了味道，便巴巴地站在一旁打下手，饒是遞雙筷子、接個盤子也欣喜非常。平日哪裡做過這些，新奇之餘也頗有成就感。

串兒越烤越多，蘇木便讓綠翹將裁製好的野餐布鋪好，準備開動。藍白格紋的布上擺著精緻的碗碟，碟子上是泛著油光的烤串，那香味陣陣傳來，勾起肚裡饞蟲，直教人嘛口水。

第九十七章　宮宴

一旁專心垂釣的四人被吸引過來，見鐵架上的烤肉嗞嗞作響，熱油順著飽滿的肉慢慢滑下，令人心醉。細細地嗅，慢慢地聞，饞蟲迅速被勾起。魏紀禮最先忍不住，顧不得燙拿起一串，一咬就是一大口。

滿口火熱沸騰，肉經炭火炙烤，本就香氣四溢，又因椒鹽辣醬的增色，變得更入味，嫩滑焦酥、鮮鹹麻辣一瞬間都在口中翻騰起來，讓人欲罷不能。「好吃！」

見他這副樣子，一旁三人紛紛拿起肉串一試究竟，皆露出同樣神色。

杜夫宴調笑道：「福滿樓已算網羅美食，也做不出這樣美味，倒是該好生討教討教了。」

唐相予也不氣惱。「一會兒回去，我就問木兒要來方子。」

魏紀禮不曉得二人關係親近，反駁道：「那可不成，蘇姑娘得敲他一筆才是。」

眾人齊笑，蘇木見人吃得歡，也覺心思沒白費，便招呼人坐著吃。雲青開了酒，陳年桂花釀配燒烤，簡直快哉。魚兒沒釣上幾條，都只巴掌大小，綠翹麻溜地洗乾淨，交由蘇木醃料再翻烤，又是一道菜。

剛坐下不一會兒，杜夫宴不見唐相芝在旁，於是問起，幾人皆不知，只道往天車那處去了。滿眼的蒼茫，一個姑娘帶婢子孤身遊蕩，著實不妥。他想給唐相予點說一二，卻見人圍在蘇木邊上說笑，怕是怎麼喊都捨不得移動半步吧！

於是杜夫宴便拍拍屁股起身，緩步朝天車而去。唐相予不著痕跡往那處瞟了瞟，嘴角一翹，又專注於面前忙碌的人兒。

聽見蘇木道：「你今兒的安排就在這會兒吧？」

他一愣，隨即反應過來，嘴角的笑意更是止不住了。「如何都瞞不過妳。」

蘇木沒說話，似心思都在翻動的魚身上。唐相予便從架子前繞到她身旁，湊近了才低聲道：「芝兒做出那樣荒唐的事，全因著誤會妳與夫宴，那丫頭也不知何時生了愛慕的心思，怪我沒瞧出來。她年歲小，自小又嬌生慣養，過後給妳致歉，妳且饒她一回。」

蘇木手上動作一頓，偏過頭來看他，眼中盡是不可思議。不是直接讓她原諒，而是等著致歉才原諒。他是將蘇木受的委屈放心上了，縱使親妹妹犯了錯，也要給蘇木討個公道。這讓她心頭一軟，一時不曉得說什麼才好。

「我……我已捉弄她，也沒甚好放心上的，更別說什麼原諒不原諒的。」說罷，又低頭忙活。

「我知道。」唐相予回道。木兒從來是個睚眥必報的人，扯出香粉的話，也只是捉弄一番，如此輕易，大抵是看在自個兒面上。若換作旁人，怕是不會這般容易。

蘇木忽而抬頭。「我與雪瑤相識比你久，自是有許多機會親近杜二少爺，你又如何肯定我同他無別的情誼？」
唐相予理了理袖襬，面上含春，自信道：「自有我在，妳又如何會瞧上旁的男子？」
蘇木忍不住笑，只覺耳根微微發燙。
「只是……」唐相予望著小人兒瘦小的身子，笑容淡下來。「只是讓妳陷入那樣的境況，是我的不該。近日事務繁雜，竟等了好幾日才曉得妳受了那樣的委屈。若是一時大意……」
他想想都後怕。若一時大意，他二人諸多努力將付之一炬。他的心可以全然不顧地戀著，可身上背負的責任不允許自己任性，是以他丟棄了從前的紈袴和灑脫，全心撲向官場，就是要以一己之力於朝中站穩腳跟，而不是依附唐家。
屆時得父母認同，他想娶誰就娶誰，那些耆老如何能插手半點？蘇木和唐府榮光，他都要！
蘇木仍低著頭。他的話、他的心思，她都懂。「沒有大意，我自警醒著呢！此內宅之事，你何須掛憂，只管做自己的事。」
因她這話，唐相予的心情變得明朗。二人不因此事生隔閡，關係反而更近了，教他如何不開心？只是怎能不掛憂？她那樣一個無憂無慮的人，為了自個兒來京都，經歷這些算計，自不能袖手旁觀，誰人傷她一分，便要討得一寸！
二人說著知心話，身後幾人也吃得歡、聊得暢。離開許久的唐相芝巴巴跟在杜夫宴身後，緩步走來，貼身婢子不知何時早早回來了。二人一前一後，前頭的人仍是平常那副溫和模樣，只是嘴角多噙了一絲笑意。身後人兒低著頭，小臉通紅，步子有些拖沓，似扭捏似害羞，又似歡快。

「成了！」唐相予低聲道了句，便迎著二人走去，說了幾句調笑的話。

蘇木轉頭瞧了一眼，果見唐相芝一臉嬌羞，只是眼圈紅紅，想來是哭過一場。不過，此時哪裡還有傷心之色，滿面的春風掩都掩不住。

她這般看著，唐相芝正抬頭，二人視線交會。後者若觸電般躲閃開去，面上爬滿了尷尬。

唐相予與之說了幾句，大抵是方才人不在，沒嚐到燒烤的美味，這會兒正在烤魚，讓她過去嚐嚐之類的話。唐相芝雖扭捏，卻也聽話，慢慢挪步過來。

人既來，蘇木也若平常對待，串了一條不大不小的給她，溫和道：「來得正好，剛熟，這是河魚，刺多，吃的時候當心些。」

二人鮮少說話，唐相芝從不知道這個比自個兒還小的女子說起話來，竟是這般清清淡淡，卻又讓人覺得舒服。以往不是帶著偏見就是帶著敵意，如今誤會解開了，恍若頭回認識她。接過烤魚，悠悠香氣傳來，竟是分散了些許情緒。

「小姐。」這日綠翹進來內院，見蘇木正在會帳本，便站在邊上，等人回話。

蘇木將一筆巨額支出看明白後，抬頭瞧了綠翹一眼。往常會帳，她從來懂眼色不打擾，今兒卻巴巴等著，定有要緊事。「怎啦？」

見人騰下空來，綠翹上前。「唐府來人了，送了好些東西。」

「唐府？是唐夫人還是唐小姐？」蘇木放下帳本，仔細問道。

「是唐小姐貼身婢子送來的。」綠翹老實回道：「可送的禮裡頭，又有上回的金盞菊，來人說得不清不楚，奴婢也不曉得是什麼由頭，放下東西人就走了，留也留不住。」

蘇木當即了然。上回說開，唐相芝雖無致歉的話，卻有示好之意，這禮便是。至於唐夫人的金盞菊，怕是因著華嚴寺的緣故，總的來說是好事。

眼瞅著年關將至，人家既送禮來，那自個兒藉著新年祝福的由頭，也回一份。今年比起去年多了一家子陪同，到底不是那般冷冷清清，是要認認真真準備起來，因此蘇宅上下好不忙碌。鋪子生意照舊紅火，年末訂糕點的人不少，大家忙得腳不沾地。去年家遠未回家團聚的，蘇木早早放了假；忙不過來，便招了許多短工做粗使活計。

提早收工的有尹四維。他已多年未回郡城，嘴上雖未說，蘇木卻曉得他思念故土，便讓他主動放了一月假，早早放他回去，也捎帶了一車的年貨讓人一道帶回郡城蘇家。

自分家後，老倆口就顯孤寂，捎些年貨是個心意，讓二老知道，雖不在身側，卻十分惦記。再是虎子獨在家中，著實可憐，這是他頭回離父母一人過年。本欲接他到京都來，可書院統共一月假，都浪費在路上了，只得委屈了小子。

很快地到了大年三十。一大早，一家聚在堂屋。嬤嬤並幾個丫頭準備了揉麵板、小凳，又端來盆缽，娘兒幾個和丫頭們坐在一處，準備包餑餑。堂屋正對小院，陽光直直照進來，照得人暖洋洋的。

娘兒幾個邊忙活，邊說著話；蘇世澤和吳大爺則端坐一旁，聊起地裡活計。六月今兒著了大紅夾襖，其上繡了虎頭，可愛至極，頭上也戴了虎頭帽，低頭往地上瞧時，真就似一隻小老虎，娘兒倆便時不時逗弄兩句，其樂融融。

「老爺、小姐！」雙瑞著急慌忙地跑進內堂，面上說不出是喜還是憂。

「怎麼啦？大過年的，慌慌張張。」吳氏最聽不得這般，每每如此都有事發生。

雙瑞進了屋，粗喘兩口，嚥了一口唾沫，忙道：「宮裡來人傳信，皇上設了宮宴，邀……邀小姐和老爺前往。」

「啥？」蘇世澤噌地站起身。「傳木兒……同……同我？我的老天爺……」

吳氏鬆了口氣。到底不是壞事，可似乎也不鬆泛。自家連正經宴會都不曾參加，哪裡懂宮宴啊！倘若壞了規矩，一不留神是要掉腦袋的。

一家子不敢吭聲，連蘇木都未說話。宮宴宴請賓客是早早就下了帖子的，非王公貴族、高位官員不能參加。蘇世澤一個有名無實的閒官憑什麼能有那樣的恩賜？且如此匆忙……

她想了想，問道：「啥時候？」

「說是晚宴，酉時要到。」雙瑞雖慌張，可該打聽的也沒落下。

蘇世澤是急不可耐。他哪裡懂什麼宮宴啊！急得在屋裡亂轉。「這可如何是好！大過年的，不讓人省心，不曉得是福是禍！」

吳氏也急。「不如向魏府打聽打聽，咱啥也不懂，出了岔子可如何是好？」

蘇木細細思索。皇宮是富貴地，也是虎狼地，心裡沒底，是該尋個人問問。只是魏家身分地位不高，只怕不曾參加宮宴；杜家父子也不一定出席過；家毋庸置疑肯定在列。

「雙瑞，你趕緊上唐家一趟，尋唐少爺打聽，咱因何受邀、該注意啥，務必問個清楚。」

「小的省得了！」雙瑞得令趕忙離去。

蘇木又對吳氏道：「娘，既是宮裡傳話，定是要去的，否則就是違抗聖意。備的新年衣裳是穿不得了，且去給爹再換一身，務必不張揚，卻也不能丟臉面。」

雙瑞去了沒一會兒便回來了。他見到唐家父子，二人也不曉得因何突然受邀赴宴，是以聖上具體有何安排，現下也不得而知。不過唐府一家受邀，下晌進宮時，馬車可繞道往蘇宅將二人接上一道。

宴會男客一方，女眷一處，父女倆是得分開的。蘇世澤隨唐家父子一道，蘇木跟著唐夫人母女一起，不必擔憂，她們自會照顧。聽這話，一家子的心落下一半。到底有個相熟的帶領，不致一無所知，衝撞了宮規。

蘇木安坐房內，由著綠翹梳妝，換得素青色織錦薄襖，同色百褶裙，綰個簡單髮髻，插了兩支珠釵。那釵還是唐夫人送的，雖不是時興樣式，卻貴氣端莊，正適合這樣的場合。這身打扮顯得靈動，卻有些年幼的稚氣。雖說她生得不是傾國傾城的模樣，還是為防萬一，莫要冒頭的好。

一家忐忑於家中等候。這幾個時辰，蘇家宅院安靜異常，哪裡還有平時的玩笑嬉戲，還是在這樣一個團圓喜慶的日子。

第九十八章 使者

將近酉時，唐家馬車至門前接人。唐相予站立車前，等著父女倆，卻見一家全都送了出來，面上皆是憂色。他迎了上去。「大叔、嬸子，切莫憂心，能得邀赴宴，不是壞事。我自留心照料，不會有事的。」

得他這話，稍有安慰，一家感激的話不少。

唐相予先將蘇世澤送上馬車，後又引著蘇木到唐夫人車上。唐家馬車自然寬敞，三人坐著並不擁擠。這該是蘇木第三回見唐夫人，頭回是壽宴，二回是廟會，都不是什麼好印象。她上了車，向二人招呼。唐夫人只是「嗯」了一聲，面上是一貫的正經嚴肅作派，卻也偷偷打量這個小丫頭。

得體的穿著裝扮，不輸官家小姐的作派，如何看都不像個鄉村野丫頭。模樣雖不是頂美，卻也清秀周正，低垂的眸子透著靈動，倒使得整個人氣質不俗。就是……年紀小了些，看著也小……

唐夫人暗暗打量，唐相芝卻是正大光明地看，眼中滿是好奇，哪裡還有從前的跋扈鄙夷？「妳為何受邀？」她問道。

蘇木抬起頭，淡淡回話。「不知。」

不知？竟如此輕描淡寫，那可不是普通宴會，是宮宴，受邀的都是大人物，她竟不怕？這般想，也就問了出來。「妳不怕？」

唐夫人抬眼看過來。她也想知道，一般人家早嚇得腿軟了。原以為這父女倆也是如此，否則如何尋上自家？可見著人了，卻是另外一副模樣。

蘇木哂笑。「原先是有些怕的，此刻有夫人、小姐領著，便不怕了。」

這話聽得二人極為舒坦。這丫頭從來都是桀驁不馴的態度，還瞧不上唐家少爺，於母女二人是一點巴結諂媚也無，甚至主動示好和親近都沒有。這回倒是一改從前，瞧著也越發順眼了。

唐夫人開口。「宮宴是王公貴族的宴會，說簡單了只是一頓飯，妳只管埋頭吃，那些個虛禮問話的，我自會替妳抵擋。」

蘇木嘴角微微翹起，側身微微頷首。「謝夫人。」

她這一側身，頭上兩支珠釵便顯露人前。唐夫人先是一愣。那珠釵還是今年初送去打發她的，沒想到竟戴上了，這是故意將她的惡意當好心？唐夫人心情越發舒暢。若非門戶太低，倒是個讓人喜歡的性子。她這會兒矛盾極了，一面覺得人家不錯，一面還想給兒子找個門當戶對的。

蘇木自是瞧見她的神色變化。唐夫人眼界高，也有些高傲，卻是個直率的性子，想來能教出唐相予和唐相芝這樣的兒女，父母性子差不得哪裡去。

三人話不多，有一句沒一句的，前頭馬車卻聊得熱絡。

唐相予父子同蘇世澤一車，起初沈悶非常。蘇世澤本就忐忑，見到高高在上的唐大人，便越發慌張，還是唐相予三言兩語打破僵局，問起蘇世澤熟悉的事。垣村、茶地、天車，幾句話下來，蘇世澤的話匣子便打開了。

他講的，唐大人十分感興趣，難得的好茶葉原是這般栽培出來，造福蒼生的天車竟因著垣村地不能蓄水，從而養不出好茶樹才想出來的。他好奇就多問了幾句，蘇世澤主動講起發家致富之路，聽得唐大人嘖嘖稱奇。該說一家子太幸運，有神明眷佑，還是那丫頭得仙人點撥，竟生得如此聰慧？

蘇世澤的憨厚實誠也得他滿意，一家不是那貪圖名利富貴的人，且觀兒子同人家交談，甚為自然，彷佛自家人一般，沒有恭維孝敬，全是實誠。

蘇、唐二家的宅院離皇城不遠，半盞茶工夫便到了。城門口查了車，直接駛進去了，這也是得皇恩的人才有的優惠。至宣正門，馬車停下，丫鬟、小廝們搬來轎凳，車中人逐一下來。幾人剛下車，孟府的馬車就到了。孟家是眼瞅著唐府先行，巴巴跟上，欲相攜一道。

孟夫人母女二人下了車便走過來，與人招呼。二人周身華貴，美豔無方。孟蓁蓁本就生得豔麗，一身濃妝豔服，若成熟的蜜桃，嬌媚至極。

蘇木不得不承認，這個孟蓁蓁的確生得美。她既瞧人，人家也瞧見了她。

孟夫人已將她認作死對頭，這處得見，是又驚又怒，轉向唐夫人道：「妳們怎同這丫頭一路？」

「蘇家頭回入宮，不曉得規矩禮儀，便跟了一道，有個照應。」唐夫人應了方才的話，要替蘇木擋話。

孟夫人眼睛瞪圓。「何時交情這般好了？莫不是忘了那日……」

「母親，」孟蓁蓁笑著打斷。「蘇姑娘同相予哥哥因著杜二少爺關係，是故交。」

她說著不著痕跡瞥了唐相芝一眼，卻見人家臉色沈下，有些驚訝。不是該氣惱，怎麼還不高興了？她哪裡料到唐相芝與杜二少爺的誤會解除，那日出遊，幾家人走得隱蔽，是以她並不曉得幾人私下相見。

孟夫人也是精明的，自然瞧見一家態度不對，也就順著女兒給的臺階往下走。「竟有如此淵源，罷了，時辰不早了，咱且進去吧！」說完朝幾人示意，帶著女兒和一眾奴僕揚長而去。

唐相芝見人走了，嘀嘀咕咕地抱怨，卻被唐夫人制止。這是大內，可不是市井，若被有心人聽了去，是要惹禍事的。女兒就是這個脾氣，毫無城府，總吃暗虧。反觀那丫頭，不驕不躁，進退有度，不該她說話，絕不多言；問到頭上，也不怯場。只是不曉得此行，是福是禍……

宮宴設於寬敞的殿內，宴席從頭擺至尾，排座也是按官職大小。靠近皇位是皇家親眷，一眾大臣依次排開，官員家眷排在最末，是以蘇木不能一窺天子真容，只能瞧見明黃的幾個身影。這一路走來，她不敢亂瞄，只眼角餘光窺得大概。宴會程序繁瑣，場面不算熱鬧，眾人少有交頭接耳，都是正襟危坐，聚精會神地欣賞歌舞。

不知何時退下的雪雁，重新回到唐夫人身旁，低聲與之耳語。後者點點頭，側頭與一旁的唐相芝交代。蘇木挨著唐相芝落坐，後者同她嘀咕。「今兒除了宴請百官，聽說還來了番邦使者，欲同我朝交好。」

番邦，是個未收復的小國，臨古道邊界，長年食奶類、肉類，盛產馬匹，缺少茶葉。莫不是……請自家來是因著這個？

主管外交的是唐大人，可一路上幾人未提及自家受邀的緣由，想來也是不知。突然受邀，便是突然想起，該是有人在節骨眼上提及自家，才匆匆邀入宮中，是以防萬一？蘇木只祈求這場宴會無聲無息地度過，她不想冒什麼尖，也不想老爹被傳至眾人面前，發表什麼言論。

歌舞一曲接一曲，前頭眾人時不時傳來笑聲，後頭聽不明的一眾女眷暗自派人去前頭打聽，唐夫人就是其一。蘇木也知道宴會程序，祝福、獻禮、歌姬舞蹈等等，這會兒終於將到正題——茶葉。

雪雁道：「番邦年初欲供萬匹駿馬，大人許下千斤茶葉。那使者似乎不大滿意，言語間有些刁難。」

唐夫人有些著急。最怕遇到這些外交使者，稍有難纏，處理不當便會引起兩國糾紛，是用命在說話啊！

唐相芝寬慰道：「母親莫慌，父親為官多年，自曉得應對。如今又有哥哥在旁，他最是機警，定能幫父親出謀劃策。」

唐夫人點點頭。往年兒子都不得前坐，如今有官職，是好在御前露臉的。父子倆共事許久，默契自有，她不能慌。雪雁又悄悄退下，往前探聽去了。

綠翹規矩地立在蘇木邊上。她不比雪雁熟門熟路，自是不敢隨意走動，到處打聽。然而正對座的是孟家，就見翠蓮來回走動，想來也在探聽消息。

同唐夫人這處差不多，總有官眷上前親近，忽而一位著宮裝的小丫頭湊到孟蓁蓁邊上耳語。後者一臉無知，卻也緩緩起身，想與母親招呼，可孟夫人正同某位夫人說得熱絡。無法，她只得隨人離去。

「小姐，」綠翹湊近蘇木耳邊。「孟小姐被一個小宮女叫去了。」

蘇木放下杯盞，望了一眼，果見位子空空。

交談完畢的孟夫人轉頭見女兒不見了，忙喚來丫鬟，似打發尋人去了。她端坐著，仍面上帶笑，卻不似方才自然。

「看什麼呢？」唐相芝望過來，見蘇木怔怔然，問道。

蘇木轉頭一笑。「沒什麼，只是覺得宮殿富麗堂皇罷了。」

唐相芝噗哧一笑。「妳不是一向自詡清高，瞧不上這些榮華富貴，怎也讚嘆起來了？」

「我哪裡是瞧不上，萬貫家財傍身那才快哉，否則我開鋪子賺錢是為了什麼？」蘇木的直言不諱教唐相芝吃了一驚。何人會這般直接將錢財掛嘴邊，世人愛財，卻假裝棄之如敝屣。「妳倒是爽快。」

「謝唐小姐誇獎。」蘇木微微頷首，就當對方是在讚揚。

唐相芝再是一笑。倒是個有趣的人。

這時雪雁返身回來，這回有些著急。「越說越上火了，那使者抓住茶道不放，直言咱大周風雅之人皆酸腐。奴婢聽出來了，就是不滿萬匹駿馬只換得千斤茶葉。」

「抓住老爺不放？那孟家不是管六部，是他孟家的職責吧！」唐夫人緊問道。

「孟大人只是陪笑附和，全都丟給老爺應對。那使者咄咄逼人，老爺直抹汗，只怕再說上片刻，千斤茶葉就要加量了！」

茶馬互換是大周定下的規矩，確切地說是商部定下的，也該得到聖上批奏。若貿然加量，那不是口頭上的事，事關國體，若有退讓，便失顏面啊！

唐夫人焦急起來。「旁人沒有幫著說話的？」

雪雁搖搖頭。「起初還有，這會兒便都不敢作聲了，似乎生怕惹禍上身。」

唐夫人再也說不出什麼話來，重重往椅背上一靠，神色頹然；唐相芝面上也滿是擔憂，衝雪雁擺手，示意她繼續前去探聽。

前堂爭吵越烈，並不若市井罵街，只是你一言、我一語，爭辯得厲害，言詞也越發激昂，連她們這裡都能聽見幾聲。歌舞既停，無人傳喚，場面霎時安靜下來，只餘那使者喋喋不休。這時雪雁再回，身後還跟著雲青，前者沒說話，將人帶到便立於邊上。

雲青先朝唐夫人、唐小姐頷首，而後轉向蘇木，道：「蘇小姐，少爺請您前去。那使者太過難纏，需您添上幾句關於茶葉的見解，以駁那人。」

「那是御前，如何使得！」唐夫人當即反對。雖說這丫頭聰慧，可到底是國事，她再有見解，能說出什麼道理來？稍有不慎，不僅自個兒遭殃，還得連累唐家闔府！

蘇木也覺不妥。「夫人說得是，我只懂生意，哪裡能參與外交，著實幫不得什麼忙。」

「夫人、蘇小姐，顧不得許多，前頭招架不住了，公子也束手無策，肚裡的茶經全倒出來了。再過片刻，怕是蘇老爺也會被聖上喊了出來！」

「啊?!」幾人皆驚。

蘇木聽見老爹名字，哪裡還坐得住。「走！」

雲青便領著人前去。唐夫人忙起身，也跟著前往。眾官眷見唐夫人起身朝前去，皆交頭接耳。孟夫人哪裡肯落後，也帶著貼身婢子往前去。

蘇木隨雲青悄然走在宴席後道，前堂越發寬敞，越發亮堂，她也得以瞧清首座幾人。大周帝王一身明黃坐在中央，約莫五十上下，不苟言笑，不怒自威。右首下席是唐家父子及蘇世澤，唐大人已不在位上，立於桌前，沈著臉，胸膛起伏不定，顯然是氣的；唐相予在後，面上也是擔憂；蘇世澤縮在一旁，忐忑不安。

堂中立了位白衣長袍、打扮怪異的中年男子，正目中無人地大聲喝道：「以茶修身，品賞茶的美感，沏茶、賞茶、聞茶、飲茶，美心修德，是一種和美儀式。古有云：世人若解茶之道，不羨仙人做茶人。」

「爹。」蘇木悄然而至。

「木兒！」蘇世澤恍若見著救星，忐忑的面上多了一絲安定。

「妳來了。」唐相予聞人聲，見她到來，笑著招呼。

蘇木點點頭，至他身旁。「怎樣了？」

唐相予搖搖頭。「此人甚聰慧，且精通茶藝，勢要壓我大周眾人，父親快招架不住了……」

方才那人見解獨到，看來是個好茶者，且口才了得。唐大人善外交，卻不善茶道，是以辯駁落得下風。若要反敗為勝，唯有烹一壺香茶，以示大周茶道不俗，那人不過是紙上談兵罷了。

於是她湊近唐相予身側低語幾聲。後者得意，眼神亮了。「妳能行？」

蘇木自是自信。「且吩咐人備茶具吧！」

「雲青！」他側身招呼，而後深深看了蘇木一眼，大步朝前堂去，朗聲道：「茗者八方皆好客，道處清風自然來。我大周茶道悠久，近年更是出了幾款新茶。使者文采斐然，通茶藝，不知可曉得？」

那使者一愣。若論茶道，他還能再道三百篇；可幾款新茶，確實不知曉。番邦的茶葉本就外換，良駒換賤茶，他們沒得選，欲得精品茶葉，還得暗使手段。

「不曾，倒是聽說大周出了款蘇記普茶，香醇獨到，卻不曾嚐過。」

這話哪裡還有方才的凌厲之勢。唐相予扳回局面，眾官暗暗吁了口氣，高堂正坐、一身明黃之人的臉色也好看許多。

唐大人抹了抹額上冷汗，朝兒子交換神色，得後者點頭，他才往回落坐，見蘇木立在邊上，先是一愣，而後反應過來。方才那番話該是她指點，二人莫不是還有後招？

第九十九章 解困

唐相予等的就是他這番話，轉身朝高堂之人拱手叩禮。「臣請旨沏茶以奉使者，揚我大周茶道，交番邦之好。」

堂上之人展露笑顏。「准奏。」

使者這才反應過來，自己是著了人家的道。不過人家沏茶，他不讚好即是，如此能穩住局面，辯過大周，最後順勢提高換茶的量。

宮人陸續搬茶具於堂前，蘇木撫了撫衣襬，穩住心神款步上前，周遭眾人立即竊竊私語，皆議論此人是誰？唐夫人卻嚇住了。「她……她……」

唐相芝雖也驚慌，多的是驚喜，拉住她。「母親，您還記得那年女兒上魏府為難，便是讓她沏了茶。不得不讚技藝高超，品過她沏的茶，才覺旁人只將好茶發揮三分。」

唐夫人震驚。「當真？」

「且看看吧！」唐相芝點頭，心中是信她的。

銀製鉗子挾起銀炭入爐，爐上放著白瓷瓦甕，內煮山泉水。蘇木動作嫻熟，慢條斯理，只不過煮水，竟讓人覺得賞心悅目。

那使者兩手抱胸，瞇著眼看人動作，似要查出錯處，隨時準備攻擊。

這時綠翹端著紅漆托盤而來，盤中放著三盅，置於案前，打開其中一盅。蘇木以茶鉗鉗起一只蓋碗，又執紅木製成的木勺舀上茶葉置於碗中，再將蓋碗放於茶盤，以爐上沸騰泉水淋過。蒸氣攜帶茶香裊裊上升，四散開來，四周皆聞茶香，那絲清幽的香氣滌淨胸膛。

她手中動作變快，沸水反覆相沏，而後倒進瓷碗中，置於面前，以大拇指、食指、中指呈「三龍護鼎」，力道輕緩柔勻地端起青瓷，不破茶魂。一番動作後，她看向唐相予，後者會意，招呼宮人奉茶，幾杯茶分給堂前幾人，人人即端起杯盞，細細嗅著、品著。

那使者神色複雜，將青瓷托於掌心，見幾片茶葉在清澈碧綠的液體中舒展，徐徐下沈，再升再沈，三起三落，芽影水光交相輝映。他就這麼靜靜地看著，眸色深柔，茶沈入杯底，似筆尖直立，天鶴之飛沖。

聽見那煮茶女子亮聲道：「此茶為烏龍茶，以精品茶種梅占、矮腳烏龍半發酵製成。」堂前得品茶之官員，眼中皆是驚喜，或詢問，或讚嘆。

唐相予再道：「使者好運氣，這茶剛研製出來，我等今日也是頭回得鑑。」

那使者臉上青一陣、白一陣，執空杯而立，茶的餘香縈繞，竟讓他再也說不出反駁的話。「饒我四方見識，於茶更是頗有研究，這……這烏龍茶頭回得品，竟讓我覺得幾十年的茶都白吃了！」

眾人哄笑，內心卻有一樣的念頭。這方說道，那方蘇木已開始烹煮第二款茶，以沸水將所有茶具沖洗，而後於壺中投入小而白的針狀白芽。那白芽上披著一層密集的白毫，好像筍殼上帶有的絨毛一般；色澤灰綠，有些像青橄欖的顏色。

投茶後，以畫圈方式注入沸水，且不似尋常茶葉坐杯，不過片刻便出茶。她動作輕柔，不急不緩，其姿態舒緩，直讓人賞心悅目。待茶盞入手，一股奇特的香氣於鼻尖縈繞，即刻淺嚐，強烈的鮮爽感滌蕩而來，而後變得清甜、潤澤、稠滑，配以奇特的香氣，直覺心蕩神馳，久不能散。

「這是?!」那使者顧不得放下杯盞，三兩步去到茶案前，急切問道。

蘇木起身，微微福身，禮法周到，而後道：「此茶狀似白毫，形若銀針，是以喚作白毫銀針。」

周遭人皆口中喃喃：「白毫銀針……」

此二樣茶出，那使者再無法辯駁。此時龍榻端坐之人得一旁近侍耳語，遂道：「使者遠道而來，如此熱衷茶藝，我大周以此二樣絕世好茶相贈，以示友好。」

話畢，便見宮婢端著紅旗托盤上前，卻是精緻的茶罐各一。罐不大，甚至有些小。

那使者腹誹。國雖強，卻小氣得緊；雖是頂級好茶，這樣一點，是打發叫花子呢！他番邦雖落後，卻也是兵強力壯！其面上的不屑，讓人覺得十分諷刺。旁人不知，堂上之人卻明白，茶葉統共這麼一點，極其珍貴，自然拿不出多的。他看向那瘦小的女娃娃，自是期盼她說點什麼，好挽回顏面。

他這一看，在座之人的視線也跟著投遞過來。蘇木會意，穩了穩心神，朱唇輕啟，道：

「白毫銀針，是以白茶樹的芽頭製作而成。白茶樹台刈過後，會在側邊枝椏上長出許多小芽頭。這些芽頭包裹在樹葉下，身形較小，極難採摘下來。且不說白茶樹珍貴，一個熟練的老茶農，一天採的茶青不過十斤，製作出來的成品白毫銀針更是少得可憐。白毫銀針的採摘時間有限，通常在春分前後採摘，至清明前結束。採摘難度大，採摘期間短，故而產量低，是以價值極高。物以稀為貴這個道理，在白毫銀針身上表現得淋漓盡致。」

眾人譁然。莫怪這茶形態奇異，竟只取枝椏上的芽頭。那使者面色也變了，哪裡還有方才的不恭敬，讚譽之詞不絕於耳，也再無咄咄逼人的氣勢及增茶量的意圖了。

場面恢復初時的和樂，蘇木自知功成便悄然退下，唐相予也著人撤下案桌。

前堂再議國事，一眾看熱鬧的女眷知禮後退，回座吃酒。饒是方才經歷了一場激烈的國與國的交鋒，到底是官眷，經過大場面，這會兒面上的擔憂之色也都隱去。只是視線仍若有似無地往唐府瞟去，各自尋思那跟在唐夫人身側的人究竟是誰？

所有探究的人中多了一道凌厲視線，便是孟夫人。她的女兒才是人中之鳳，卻未在如此場合嶄露頭角，竟被那野丫頭搶去。想到這兒，她左右看了看，不見自家女兒身影，面上多了一絲焦急，暗自派人各處搜尋。

歌舞再起，眾人落坐，來回穿梭的宮婢給各家斟酒。唐夫人端起酒盞，波動的內心逐漸恢復平靜，也聽見女兒雀躍地同人說著。

「我就曉得妳行，論沏茶的功夫，於京都我還未見到比妳好的人。方才多虧妳，否則父親和哥哥沒法擺脫那使臣的逼迫。」唐相芝面向蘇木，不吝誇讚，眼中皆是歡喜。

蘇木笑了笑。「不過是上不得檯面的粗使活計，自然是唐大人與唐少爺辯駁得當。」

唐夫人不著痕跡地瞥了旁座之人一眼，仍是那副不驕不躁的樣子，想起方才她與兒子在殿前配合，一個高談闊論，一個低眉含笑；一個姿態高昂，一個儀態萬千，竟出奇相配。

她不是眼瞎不明事理的人，方才若無丫頭相助，只怕父子二人在番邦的刁難下脫不得身，丟了大周的顏面，唐府定被降罪。想想都後怕，唐家從不參與官場爭鬥，也因著這般樹立暗敵不少；此回凶險，竟一點也沒防備。若早點得知番邦意圖，也好提前想好對策，而不是方才那般慌了陣腳。

唐夫人這處思緒千迴百轉，蘇木也思忖良多。今日之事不簡單，不單針對唐府，似乎故意推出自家，究竟處於何樣目的，她不得其解。眼瞅宴席將盡，只盼不再生事，父女二人能安然出宮。虧得她多留了分心思，將壓箱底的兩罐極品好茶帶上。茶在露面之前，便讓綠翹告知唐相予，以稟聖上，茶的來歷、數目和進貢期限。

前堂，皇帝已退場，其他一眾官員也都紛紛起身，跟前的小廝也都陸續往女眷這處接人。

唐夫人一行一番收拾，等待前頭唐大人傳話。眼見身旁之人都散去大半，也不見雲青傳信。既無人來，蘇木也只得坐在旁側等候，心裡犯嘀咕，面上卻是不顯；而一旁的唐夫人、唐相芝也都靜待喝茶，並無慌張。

不多時，終於等來了，卻不是雲青，而是一位著宦衣的宮人。蘇木認得，乃是御前貼身近侍，看來一時半會兒是走不了了。唐府一行被請至內廷，由一眾宮人好生侍奉，各式各樣新奇的瓜果點心被捧上前，一應需求無不滿足。只是門口立了不少人，怕是不得隨意走動。

蘇木收回視線，落到手上青白鬆軟的糕點上，似認真品嚐；唐府一行也都靜默安坐，無一人生怨踰矩。直至月上柳梢，才有宮人來報，唐大人一行在宣正門等候了。

彼時圓月高掛，饒是夜深，整個宣正門也被皎潔的月光照得透亮，恍若天明。三人並立門前，並未交談，但見親眷出門，面上神色才有鬆動。

蘇木顧不得旁的，直直望向蘇世澤，見他神色倦怠，忙奔了過去。「爹，沒事吧？」

蘇世澤看向唐家父子，而後搖頭，並未答話。她便曉其意，此處不是說話之地。

若來時一樣蘇世澤與父子二人同行，蘇木隨了母女倆，隊伍繞著皇城先至蘇宅，再往唐府。夜已深，街上的更夫開始打梆子，各處雖紅燈籠高掛，屋裡卻已熄了火。然正府街北，蘇宅卻燈火通明。小廝於門口張望，瞧見唐府車隊行來，急忙趕回屋內報信。

父女二人辭謝後，下了馬車，見吳氏娘兒幾個正急匆匆地推門出來，心才舒緩下來。「裡頭說吧。」蘇世澤摟過妻子，輕輕拍著她的肩，以示安慰。

一家子相攜進屋，堂屋的燈點得透亮，吳氏忙吩咐丫頭們把灶間熱菜端上來。宴席上山珍海味多，父女倆卻沒吃幾口，席散後又耽擱半天，肚裡早打起了鼓。

吳大爺抿了兩口酒，這才問話。「怎回事哩？」

這話一出，一家子都望過來，蘇世澤竟不知從何說起，便巴巴看向女兒。

蘇木喝了一口雞湯，覺得肚裡暖呼呼的。不過一場宴席，恍若過了一個世紀，那些國家利益、權力爭鬥，離他們太遙遠了，只怕老爹還沒明白過來，究竟是怎樣一場陰謀較量吧！

一家都是憨實本分的，她不想說太多，以免他們整日擔驚受怕，於是避重就輕道：「番邦使臣到訪，以馬匹換茶葉。咱家是皇商，進貢的茶葉又是極品好茶，請去赴宴，不過想著展示咱大周的茶道。」

得她肯定，滿屋子的人才真歡喜。原來是得了賞識！那宮宴本就不是尋常人家好去的，巴巴請去，還在殿前露臉，可不就是喜事？

回到屋子，蘇木眼皮都快抬不起了。吳氏曉得她同綠翹勞累，便讓自己院裡的丫頭過來伺候梳洗。

「這兒有我就好，妳們都回去吧！」綠翹自丫頭手裡端過面盆，將人打發回去了。

蘇木散髮坐在妝檯前，昏黃的銅鏡中，見綠翹一臉慎重地走來，將面盆放在架子上，一面擰著巾帕，一面道：「小姐，路上雲青拉著我說話了。他講今夜不光為著接待使臣，還給三王爺選妃。」

「三王爺？」蘇木眉頭一蹙。皇族親眷坐了一排，竟沒留意這個人物。

綠翹點點頭，將熱巾帕遞給她。「三王爺是貴妃娘娘之子，那娘娘似與孟夫人交好，其中彎彎繞繞的關係奴婢也不明白，可雲青說將這些話告知您，您自然就懂。」

蘇木的睏意去了大半。今朝未立太子，爭鬥的風險不言而喻，貴妃於宮宴為兒子選妻，著實奇怪。瞧上哪家姑娘，大可請到宮裡坐坐，隨便尋個由頭還不簡單？除非……除非此人身分特殊，不便進宮。

她頓覺後脊發涼。莫不是……是自己？她不是傾城之姿，那便另有所圖……不過一身茶藝，上百畝茶園，萬貫家財，然而這幾樣於那三王爺都是助力。自個兒的出身自是做不得王妃，最好不過納為妾室，真是打的一手好算盤！

孟夫人……莫怪自家能進宮她毫不意外，倒是巴著唐夫人不放，怕是壞了她的好事吧！如此一來，突然被邀進宮也說得通了，該是孟大人從中作梗。若是聖上旨意，早與其他官員同時得到消息才對。只是……為何她能安然出宮？內廷等候怕是貴妃的意思……

「雲青還說什麼？」蘇木忙問。

綠翹撓著腦袋仔細思索，茫然地搖搖頭，忽而想起，歡喜道：「小姐不必憂心，這些唐少爺自會解決。再就是您今日有功，卻都歸到唐家，唐老爺、唐夫人不日定要致謝的。」說著朝蘇木擠擠眼。自家小姐於唐家有恩，唐夫人再不會看不起人了，那小姐和唐少爺的事，不就能成了？

蘇木無奈地笑了笑。「妳呀，高興得太早了！」

不似福保村過年走親訪友，京都的人大都守著自家宅院，或逛集市，或外出遊玩。蘇家於京都並無親友，便省去了這項活動，一家子不是鬧騰的人，關起門來捯飭吃食，也還自在。

第一百章　查訪

一連五日，皇城都沒動靜，不論是貴妃的打算還是蘇家的褒獎。就像雲青說的，功勞大抵都歸到唐家去了。於聖前露臉，已是無上榮耀，一家子哪裡還想什麼獎賞，是以也未放在心上。不過杜雪瑤倒是讓人來關懷了幾句，還是回娘家那日以讓迎春送了些點心為由。

過了初八，開始上工，街市上熱鬧起來，親友間也相互開始走動。魏府早早就送來帖子，邀蘇木於福滿樓一聚。春日到來，年輕姑娘相會，自是情理之中；況且魏夫人又喜愛蘇木，存了別樣心思，大大方方地放了姑嫂二人出門。

蘇木縮了縮脖子，領著綠翹進了福滿樓，報了魏府的名號，小二直接將人迎上二樓雅間。杜雪瑤同魏紀瑩來得早了，桌上已擺了茶水，喝至半盞，此刻正立窗前說笑，聞門口動靜，便一前一後走過來。

「妳可算來了，好等！」魏紀瑩親暱地將人拉過。

蘇木有些茫然。「咱約的是這個時辰，我也沒晚啊……」

杜雪瑤笑道：「是我二人早了。」

蘇木多看了她兩眼。不知為何，今日的雪瑤似乎格外歡喜，以往總是多少有點顧慮婆家的愁色，今兒瞧她，整個人都輕鬆了，似乎身子還豐腴不少。

「快坐，今兒有兩個好消息要告訴妳。」魏紀瑩笑得更歡了，撒了挽著蘇木的手到杜雪瑤身側，小心地攙扶著往案桌去。

蘇木一頭霧水，緩步跟上。

帶路的小二出門時帶走了那半壺茶水，不多時又送來一壺新茶及各式精緻點心。待一切妥當，迎春拉著綠翹往門邊去，左右探望，才將門掩上。

「神神秘秘，究竟是何事？」蘇木不解地望著二人。

杜雪瑤嬌羞地低下頭，沒有回話。魏紀瑩望了她一眼，先是一笑，而後道：「二嫂有了。」

有了？蘇木倒是不大意外，進門時見二人反應，已往這處猜了。不過古代女子的名節大於一切，這些事不好亂說，得了準信，才露出笑顏，看向杜雪瑤，由衷道賀。「恭喜了，真是大喜事。明年這會兒，邊上得跟個小娃子了。」

杜雪瑤輕輕撫著肚子，幸福之色溢於言表，而後想到什麼，忽然認真道：「我有身孕這事，妳可得裝作不知。母親道不足三月，不好往外說，否則容易……我當妳是親近的人，這樣的喜事定要第一個告訴妳的，就是爹爹和哥哥們都還不知道。」

話未說完，蘇木自然懂。「魏夫人如此謹慎，也是為妳著想。有田嬤嬤和迎春照料，魏二少爺又如此疼愛妳，這娃子定能安生落地。」

「嗯，就是往後不得常來看妳了，」杜雪瑤點點頭，方才緊張的神色散得一乾二淨。

「今兒出門，母親還掂量了半天，換了轎子、多加了兩僕婦，才許出門。」
「我自上門尋妳。」蘇木曉得她的為難。
「再說第二件喜事，」魏紀瑩眼神變得古怪。「妳可曉得孟府出了大喜事？且猜猜。」
孟府？蘇木眉頭挑了挑。這幾日足不出戶，又鮮少關心旁人，卻是不曉得。這樣說來，倒是讓她想起宮宴那日，孟蓁蓁被人叫走的事。
「既然是喜事，莫不出兩種可能，一為孟大人加官晉爵，但以他如今地位，機會怕是極小。若只是得點賞賜，也不值當妳二人這般鄭重，那便是其二。」
魏紀瑩有些興奮。「快說說，其二是什麼？」
「這其二麼……」蘇木暗自打量面前二人神色，確實歡喜，大抵猜到了幾分。「孟小姐許人了吧？這人身分地位還顯貴。」
「竟料事如神！」魏紀瑩點點頭，讚嘆不已，隨即又有些氣餒。「瞧妳無半分緊張，該是曉得那人不是唐少爺了。」
蘇木抿嘴不語，端起桌上茶盞小口飲著。只有她自己曉得，方才的心微微一緊。
杜雪瑤見慣了她這副風輕雲淡的樣子，什麼事都不在意，卻又將事情牢牢掌握。
魏紀瑩本是興致勃勃，欲一番調笑，人家既明白，她只得照實說。「孟小姐在宮宴那日被三王爺瞧上，央了貴妃娘娘求娶，說是喜歡得緊，年一過就招孟大人進宮了。孟府至今沒有放出消息，不過這事錯不了。」頓了頓，又歡喜起來。「這下，蘇木妹妹可把心放肚子裡了。」

蘇木有一瞬間晃神。原本算計許給三王爺的是自個兒，如今怎麼娶上孟蓁蓁了？這其中究竟出了什麼事？定與宴會途中她被叫走有干係，難道是……唐相予？不論如何，禍事未殃及自家，然而與孟府的梁子是徹底結下了，往後做事得加倍小心才是。

從福滿樓出來，三人上了蘇、魏兩家的轎子離去。

蘇木去了一趟鋪子。比起去年這時，今年生意似乎更勝，尤其新加入售賣的奶茶，首日入市便被售空。人流過多，鋪子的壓力太大，開分店的事，孫躍提了不止一、兩回，照這勢頭怕是得趕緊著手去辦了。除卻開店，春季第一批茶葉尤為重要，畢竟好茶露面，皇城的人都等著呢！

雲青來報信，道不出幾日，宮裡定派人一道查看茶園和茶坊。蘇家人過了一個舒坦年，得了這信便舒坦不得，整日緊張，只等宮裡派人來。能被宮裡看中，於蘇世澤、吳大爺來說是件光彩卻又擔驚受怕的事。蘇木早說，不過是皇上稀奇，他自個兒不便瞧新鮮，便著人查看，回去稟報罷了。如此一說，二人越發慌張了。

等了兩日，終於有人上門，卻不是宮人，而是唐府一行。蘇世澤同吳氏與夫婦二人照過面，也打過交道，不至於惶恐，就是多了幾分拘謹。

瞧一家子不自在，唐相予主動上前，拱手道：「皇上欲於宮中立貢茶院，即製茶坊，專人研製茶工藝，促使茶品提升。特命晚輩專管此事，著我查訪蘇記茶園，以作回稟。」說著往身後望了望，有些無奈。「家父、家母及小妹被宮宴上木兒的茶藝驚服，遂同往觀賞。」

身後三人面帶和善笑意，衣飾素淨，態度真誠，哪裡像是權傾朝野的大人夫婦。

蘇世澤夫婦倆相互望了望，也跟著露出笑臉，吳氏忙道：「坐吧！」

滿院的下人也就反應過來，引坐的引坐，上茶的上茶。唐夫人不著痕跡地四下打量，見屋子寬闊明朗，無半點奢靡之氣，不像商戶之宅。轉念又想，一家子農戶出身，自是簡樸。

再觀夫婦二人，舉止間皆是憨厚，不知怎的，從前覺得上不得檯面，這會兒竟也順眼。一番打量，才發覺那丫頭不在，半天沒露面，怕是不在家中，於是問道：「蘇姑娘不在？」

女人家問話，蘇世澤自是曉得避禮，由著吳氏應答。「忙鋪子去了，掌櫃回鄉省親未歸，這些日子都她坐守，我這就喊人去尋她來。」

吳氏正欲起身尋人，唐夫人忙制止，和氣道：「來回奔波著實麻煩，自此處往垣村也是要經過蘇記的，咱自行去便可，沒得將人尋來又往回去的道理。」

吳氏愣住了。這還是那個不苟言笑、眼高一切的唐夫人嗎？

蘇世澤見她愣在那處，便用手肘頂了頂，吳氏當即回過神。「那成，且吃些茶水點心吧！」

唐夫人含笑點頭，也轉頭朝兒子示意，由他安排。

丫鬟們上了茶水點心，一屋子人安靜吃著，都不是多話的人，饒是活潑的唐相芝，今兒也顯得格外文靜，大抵是被這樣的氣氛感染了。

稍坐片刻，唐相予起身拱手，道時辰不早，且去鋪子尋蘇木，再一道往垣村。這間隙，吳氏早派人往蘇記送信，料想蘇木已有打算，夫婦倆也不怕她應對不來。皇帝派人視察本是件極莊重的事，唐相予這般安排，倒是無形中拉近了兩家關係。而唐夫人及唐相芝跟隨，按禮節來講，吳氏自然也是要去的。

蘇宅坐落在正府街北，蘇記於正府街心，雖於一條道上，相隔卻二里遠。綠翹站在蘇記門口，遠遠瞧見蘇、唐兩家的轎子緩緩行來，歡喜一笑，轉身進屋報信去了。片刻，主僕二人前後腳出來，綠翹手裡多了一個紅漆食盒。

唐府的轎子行在前頭，還未到門前，便見唐相芝撩起轎簾，探頭張望，而一旁的唐夫人也往這處看來。

蘇木與人寒暄幾句，隨後上了吳氏那輛馬車，便見她正襟危坐，一絲不敢鬆懈。

「娘，做甚跟上戰場似的？」

吳氏鬆了口氣，歪靠在車背。「可瞧見唐夫人了？」

蘇木點點頭。「打過照面了。」

「唐夫人不比妳二嬸好相與。」吳氏撫了撫胸口。

蘇木側目。「怎麼了？瞧著面冷，卻是心善，莫不是給娘難堪了？」

吳氏搖搖頭。「到底是官家夫人，我心裡犯怵，生怕說錯了話。」

蘇木拉過吳氏的手。「咱一不巴結，二無相求之事，無須覺得矮人一分，人既往來，咱自是以禮相待。」

「是這麼個理，可……」吳氏說著頓了頓，暗暗瞥了女兒一眼，見她並無半分憂色，才道：「保不齊人家這回是瞧妳來的，也順道瞧瞧我同妳爹，該是為著……唐少爺和妳的事。妳爹是個直腸子，沒多想宮宴那回的厲害，我卻尋思著，功勞歸了唐家，到底是妳出的力，大家心裡跟明鏡似的，只不過不能說開罷了。妳呀，於唐家有恩，所以人家才親自上門。唐夫人客氣的態度，妳是沒瞧見，跟華嚴寺那回相比，簡直換了個人。所以我才巴巴使人給妳報信，丫頭，妳說怎麼應對？」

吳氏一股腦兒將滿肚子疑惑道了出來，望著蘇木。

她的臉微微有些發燙。於老爹和吳氏，她從未講過同唐相予的事，不知是有些羞，還是因未來不定，怕二人擔憂？吳氏這般直言，夫婦倆私下該是沒少打算，她也不好繞圈子。

「娘，我跟唐相予的事和什麼功勞半點干係也沒有，這回到來就是為著視察茶園，皇上等著好茶進貢呢！至於旁的事，別人愛怎麼想，咱做好自己就成。一會兒到了垣村，您只管陪唐夫人說說閒話，她是明白人，不會問這些私事。爹那頭，就更不用操心了，就是把話提上來，他也不會接。」

母女二人說著閒話，轎子也搖搖晃晃地到了垣村。還未進村，便見不遠處修建高大的天車，間隔直往江河邊。越往裡去，整個村落清楚地顯露眼前，而垣村哪裡還是從前那副衰敗的模樣，平整寬敞的道路、嶄新高建的新樓，以及一整片翠綠遼闊的茶園和村民們面上洋溢的笑容。
最為震驚的要數唐大人。先前蘇木上門說起過垣村，他雖未答應，卻也暗裡派人查問，果真是貧瘠至極。礙於官場的規則，他不能干預，可如今親眼見到，內心的震撼無法以言語形容。這丫頭真真是個奇女子。
得知宮裡派人視察，蘇木打發雙瑞於垣村提了個醒，倒不是遮掩什麼，只怕村人太過憨實，對當官的總是有幾分懼意，便道宮裡著人來瞧瞧茶園，沒什麼特別，不必慌張云云。
一行人接著由里正引至茶園。新春方至，萬物甦醒，經歷了嚴冬的茶樹此刻正抽枝生芽，冒出鮮嫩的綠來。整齊劃一的茶樹姿態高昂，迎著每一簇目光的投射，展現出最茁壯的一面。
唐大人同蘇世澤等人走在前頭，邊說著地裡活計，好不認真，而一旁眾村民熱情引路，嘴裡也說著讚嘆的話。唐夫人同吳氏等人則落到後頭，吳氏本是開朗的性子，遇著唐夫人卻熱絡不起來，總是顧忌著身分，是以話不多。
好在香蘭性子活泛，她是垣村人，今兒又於鋪子得了綠翹的提醒，讓她多同夫人們說說話，莫讓場面沈悶，是以膽子大起來。「唐夫人，原本咱村荒涼貧瘠，每年收成連二成都沒有，村裡除了山上的野樹，是難見一絲綠。如今可好了，有了這天車，再不怕旱了。您瞧那塊地，如今里正大伯說要建荷塘，往後咱村也有魚吃了。」
香蘭一路走著，一路介紹，從前是什麼，如今又有了什麼變化。吳氏也時不時說兩句關於茶樹的話，太過專業的問題便拋給蘇木，如此一行，倒也融洽。

約莫一個時辰，逛了大半個茶園，想著唐大人夫婦都不是久經農活的人，走這半天定然累了，於是將人請回茶坊稍事歇息，也正好參觀茶坊的建造。

只是屁股還未坐熱，便有個莊稼漢子匆匆忙忙跑來，顧不得行禮，衝著滿屋子的人道：

「不好了，清水鎮的人又來鬧事了！」

第一百零一章 茶司

這個新春，蘇世澤一家未出門，自是不曉得出了什麼事，於是問道：「怎麼回事？清水鎮作何鬧事？」

原來這要從年前說起。臘月二十七，清水鎮的鎮長親自過來，說要併了垣村，讓里正簽下文書。他哪裡懂得那些，雖說如今村子好起來，不入鎮也能過活，可到底是上頭意思，不能違背，便簽了。

只是契約簽過以後，那邊三天兩頭派人說建這兒、修那兒，需要徵地。這裡的地都簽給了蘇木，十年的契書白紙黑字，自是不得退讓半分。這不，那頭也逼得緊，便三天兩頭鬧一鬧、催一催。

但里正也不曉得會鬧出這樣的事，早先簽了併村時，該同蘇木稟報一聲，如今留下這個爛攤子，自是沒臉說了。往年不聞不問，如今卻上門併村，還要徵地，保不齊就是針對她的茶園。

蘇木擺擺手。「朝廷要併村徵地，您自是沒得他法。」

只是反抗徵地，那人也無動作，只怕是曉得自家簽了契，不好硬來，若將事情鬧大，自是得不到好處。唐相予沈吟片刻，轉向高堂。「爹，這清水鎮是什麼來頭？」

唐大人視線往窗外去，而後道：「江河上游照地區劃分，垣村該是歸清水鎮，如今天車引水又自那處，工部若將江河歸納，也是可以的。」

說到這兒，眾人似懂非懂，蘇木卻明白，江河歸納，那便引水不得，若要引水，必得歸鎮，如此一來，徵地便是常態。若無垣村的茶園，他們的茶葉必得受損，於宮裡那位的交代，也是麻煩事。

呵，好大一盤棋啊！如今手上唯一的籌碼便是一紙十年契書，奏效與否，還得由人判定。

一室的靜，除了那莊稼漢子的粗喘，彷彿人人心思都漂遊千里之外。焦急擔憂使得里正氣急敗壞道：「快想想法子啊！再晚，就打起來了！」

「走！」蘇世澤起身，領著那漢子出門。

有人帶頭，里正幾人急忙跟上；唐大人也不猶豫，一屋子的漢子頃刻間往外奔去。

唐相予落在後頭，走向唐夫人。「母親，妳們且待在這處，我也跟去看看。」

唐夫人自是答應。「去吧，當心些。」

唐相予點頭，而後望向蘇木，後者一臉關切。相顧無言，二人卻似乎能領會對方心思。

唐相予出門，雲青欲跟隨其後，卻被他留了下來，以及跟隨的幾個奴僕都留在茶坊。既都是官差，想來也不會明目張膽地跑至這處鬧事，留人看守，也是以防萬一。

一切妥當後，他才疾步奔向茶園。

日頭西斜，抬轎的轎夫邁著穩健的步伐行走在正府大街上。

垣村之事由唐大人出面壓了下來，卻只是暫時。那清水鎮的鎮長拿出了朝廷併村徵地的文書，做足了準備，想要討得公道，還得朝廷說了算。雙方僵持不下，只好再打算。

到了唐府，母女二人下了車，唐大人先一步走在前頭，唐夫人快兩步追上去，卻未交談，只是並肩而行，來到內院。丫鬟魚貫而入，打水的打水，上茶的上茶，待兩盞清茶下肚，夫婦二人才開始說話。

「老爺，垣村真要收回去？我瞧蘇姑娘一家費了不少功夫，若是沒有那天車，土地徵來何用？」唐夫人自顧自說著，暗自打量旁人眼色。

唐大人抿了一口茶水在口中，如何都品不出那丫頭沏出來的味道，最後乾脆放下杯盞，不再碰了。

「那丫頭於咱家有恩，自不會放任不管。明兒早朝後，讓予兒就考察茶園一事提上一提。照皇帝於蘇家茶葉的喜愛，知曉此事，定會駁回工部的文書。」

聽到這話，唐夫人面上露出連自己都未察覺的笑意。「原來你父子早有打算，方才怎不同蘇姑娘一家說明，讓人擔憂了。」

唐大人笑了笑。「妳可見那丫頭面上有半分憂色？」

唐夫人一愣。似乎……似乎一如平常，還讓丫鬟張羅午飯，哪有半分擔憂？莫不是她已想到這層？一個鄉村野丫頭，如何有那分見識和膽氣！

唐大人見她想明白，面上的笑意也越發濃重，忽而問道：「夫人，妳認為蘇姑娘配予兒如何？」

唐夫人面色變得糾結。「按品貌來講，是可以的。只是兩家家世懸殊太大，那丫頭若嫁到咱家，是要吃虧的。莫說我了，予兒到底是我親生，他若心悅，我縱是不滿，也是要依他的。但看你那些叔伯兄弟，哪個不是削尖了眼望著，能准允一個鄉下丫頭做御史中丞府的大少奶奶？」

聽著妻子的喋喋不休，言語間哪是不滿，分明滿是擔憂。那丫頭果真與眾不同，連他一貫挑剔的夫人都入了眼；今日芝兒與之也甚為親近，就是他……也早在對弈那日，另眼相看了。

見丈夫不回話，唐夫人以為他有不滿，遂道：「那蘇老爺和蘇夫人也是極好的性子，並不因咱家地位不一般而有半分諂媚。那蘇夫人聽說是二嫁，二人相敬如賓，分毫瞧不出，是個敢愛敢恨之人。」

同丈夫說起這些流言蜚語，她頓覺不妥，忙轉話鋒。「我瞧你同蘇老爺相談甚歡，想來也是覺得他為人不錯。」

唐大人摸了摸鼻子。自個兒是也沒少派人暗查蘇木一家。

蘇世澤站在堂屋門前，仰天打了一個大大的噴嚏，吳氏抱著已然熟睡的六月走近兩步。「可是身子不舒坦？」

蘇世澤揉了揉鼻子。「不妨事。」說著往屋裡望了望。「木丫頭，那土地真沒事？」

「您就把心放肚子裡。」蘇木起身走了過來。「茶葉嚐了味道，不得讓咱製出來？不過宮裡的事，一天一個變數，垣村到底是官家地，咱還是得買自家的莊子。趕明兒讓尹掌櫃查查帳簿餘多少銀子，讓孫躍張羅著尋一處，將地養起來。」

蘇世澤走近兩步。「成！垣村的地養一年，又簽了長契，怎地說不認就不認了？若是自個兒的地，哪樣折騰都不怕。」

過沒幾日，宮裡的旨意降臨蘇宅。皇帝欲於宮中建一座貢茶院，特聘蘇木為茶司，掌管貢茶院，以研究茶葉品質，並授宮中女官茶藝。還可設立茶藝課，王公貴族、官家親眷皆可進宮上課。

簡單來講，皇帝就是要提升茶的品質，沏出頂級好茶。與此同時，也要將茶藝發揚整個大周，而傳播首要之人，便是蘇木。

明黃的綢緞在桌上泛著晶瑩光澤，蘇木臨窗而坐，漆黑的雙目直勾勾盯著桌子一角，一手撫著聖旨的邊角，一手揉著太陽穴。

有喜，亦有憂。原只想安安分分當個皇商，種種茶樹、開開茶館，亦是人生快事。如今能得皇帝賞識，做了大周第一位女官，專門研究茶葉，教授傳播，弘揚茶文化，卻是件有意義的事。可深宮似海，整日活在陰謀詭計中，不是她的初衷。

不過細細想來，做了皇商，半隻腳已踏進官場，她不招惹，已有人視蘇記為眼中釘，與其整日提防，不若做到無人能撼動。

夫婦倆立在一旁，見女兒先是眉頭緊鎖，而後舒展開來，也不明白她究竟啥意思？蘇世澤試探地問道：「木丫頭，這茶司……是個啥官？怎還有女娃娃做官的哩？沒啥事吧？」

蘇木收回視線，將明黃的聖旨拿起，遞給他。「不過是宮宴那回露了手，瞧上我沏茶的功夫，去宮裡教那些女官沏茶，旁的事沒有，不必擔心。我只尋思做了茶司，沒多大工夫管茶園了。」

蘇世澤接過聖旨，來來回回幾個字，讀不出什麼花樣，經女兒解釋，明白過來。「原是憂心茶園。妳把心放肚子裡，有爹和妳阿公、小舅在，幾百畝的茶園，保准給妳管得規整。尹掌櫃這兩日也到了，開新鋪有孫躍，妳無須太費心，這麼多人手，哪裡會忙不過來？」

吳氏接過話。「再不濟，明年等六月大些上了私塾，娘得空也幫忙。」

蘇木笑了。「那敢情好，我就安安生生當個女官。」

蘇世澤也樂了。「咱家一年出了兩個官，若妳爺曉得，定笑得合不攏嘴，只怕當即收拾東西要上京都來。得，我這就去寫封信。」說完搓著手，樂呵呵朝書房走去。

宮中殿宇眾多，荒棄的自然不少，然皇帝沒有隨意撥一座作貢茶院，而是擇了一塊風水寶地，大興土木修建。

聽雲青傳信，孟大人於朝堂反對，表此舉太過奢靡，和大周質樸民風不符，被皇帝狠狠駁斥，批他頑固迂腐。

至於垣村，也因著蘇家出了一位女茶司而特許自立，不必歸屬哪鎮，同等享受朝廷的惠政。貢茶院由御史中丞唐大人主理，工部次之，占地百畝，有房三十餘間，徵義工三萬餘人，工匠千餘人。耗資巨大，可見皇帝對其重視。

如此浩大的工程，只怕沒個三、五月竣工不了。這般算來，進宮做官要到五、六月，中間空檔，倒是能餘下不少時間做事。於是蘇木足不出戶，關在屋裡，做詳細的計劃。其一，著孫躍再尋兩處好地段，開兩間蘇記，同時於京郊購一處莊子做茶園。

這些日子孫躍四處奔走，累積不少人脈之外，自個兒也尋了幾個幫手。鋪子由尹四維顧著，以他經營茶樓多年的經驗，開分店不成問題。年前蘇木也和他商議過，鋪子入了正軌，便將底下得力的管事提拔上來當掌櫃，他要騰出空來開新鋪、管新店。若無意外，下半年還要開茶樓，回歸老本行。

其二，便是茶園這裡有吳大爺、蘇世澤和吳三兒主持，又有垣村村民幫襯，基本上沒出任何岔子。這幾月正是茶樹生長的關鍵，垣村的茶園日日有人看守，該上肥時上肥，該澆水時灌溉，只等五、六月採摘製茶。

茶坊也已修建完畢，正陸續完善，聘請採茶製茶的長工，孫躍早早就簽好了，就連裝茶的罐子也在陸續趕製中。大到運輸，小至包裝，都已安排妥當。

第一百零二章 坦露

「小姐，瞧誰來了！」這日，綠翹歡喜地奔向蘇木的屋子。

蘇木忙活了一陣，今兒好不容易得空休息一日，卻也沒閒著，坐在搖椅上看帳本。蘇記的收入逐月增漲，隨著天氣變暖，奶茶銷量尤其好。許多鋪子想要引進這款飲品，每每登門的商客多達十餘人。照尹四維的想法，還得做獨家，若人人都賣，便不稀奇了。既不稀奇，又談何賺錢？

蘇木倒是不以為然。做奶茶，說複雜也複雜，說簡單也容易。人若有心，遲早能被人配出方子來，那時才是真正的不值錢。若將方子告知他人，參上一股，能坐享其成，何樂不為？至於蘇記，有名頭、有創新，不怕沒錢賺。得空了，還得將霜淇淋機做出來，有製冰的法子，再加上擠螺旋霜淇淋的構造，雖製不出那樣絕妙的樣子，簡易的甜筒已夠驚豔。

她帳本正看得頭脹，便將帳本放下，緩緩轉過頭。「誰呀？」

「二姊！」不待綠翹回話，一個清瘦的青衣少年自門口跨進，滿臉笑意。正是遠在郡城唸書的虎子。

「虎子?!」蘇木一把將帳本扔了，站起身，驚喜之色難掩。

二人抱作一團，好不歡樂。一番親暱，蘇木才拉著虎子坐下，親自倒了茶水，巴巴望著這個小少年。「怎麼上京都了？也沒捎個信！」

虎子規矩落坐，執起杯盞飲茶，哪裡還是從前那個稚嫩的娃子，舉手投足間皆是書卷氣，儼然一個小書生。

聽他道：「二月末科考，我想試試。先生總說我文筆過於拘謹，少了宏偉之氣，考前二月特帶我遊學。本不往京都，路過京都周邊，先生的一名學生升了官，特請他一敘，我才得了機會上京都瞧瞧二姊和爹娘，待不得幾日。」

「竟是這般。」蘇木點點頭。「當初唐相予遠赴郡城求學，便是郡城書院的先生學富五車，你能跟先生學習，是難得的機會。一人在家，過得可還好？」

「自是好，房嬤嬤同紅拂姊姊照顧我極為細緻，大姊時不時喊我去家裡小住。爺奶雖不進城，可我懂，爺奶是關心我的。」說著他眼神黯淡下來。「就是思念爹娘和姊弟，每每念及，總是難以自持。好在有書籍陪伴，算有慰藉。」

蘇木不由得伸手撫他的頭，就像小時候那般，虎子當真長大了。「再辛苦幾年，等你上了榜，就上京都，咱一家團聚。」

「二姊，我不辛苦，妳才辛苦。」虎子滿含感激地看著她。若沒有蘇木，他哪裡有進學堂的機會，更別說參加科考了。

蘇木忽而想到。「待這兒幾日，我請唐少爺教你騎馬如何？上回走得匆忙，這事就耽擱了。」

果然小少年眼睛都亮了。「這回可不許耍賴，我定學會了再走。爹買的小馬駒都長大了，還不曾上過馬背。」

二人相談半天，也不見蘇世澤等人過來。「爹娘和阿公、小舅哩？這會兒還未回來？」

蘇木無奈道：「爹和阿公看地去了，這會兒該回了；娘帶著六月去魏府作客。魏府便是你雪瑤姊姊的夫家，過年那會兒，我著人製了幾副麻將，咱滿院的人都打麻將熱鬧。綠翹同迎春交好，說起這事，魏府小姐惦記著，著人約我幾回都不得空，這不將娘請去教打麻將了。」

「麻將？」虎子瞪圓了眼。什麼稀罕玩意兒？

蘇木一笑，還未解釋，立在一旁的綠翹接過話。「玉石做的方塊，上頭雕刻了花樣，可好玩了，趕明兒奴婢拿出來讓少爺瞧瞧。」

虎子好奇得不行，若非聽見前院有動靜，立刻就要跟著去瞧。

蘇世澤一行剛回不久，吳氏的轎子也在門前落下，一家子見著虎子來了，是又驚又喜。吳氏換下衣裳下廚，親自操持一大桌兒子愛吃的菜。

蘇木當日就讓雙瑞往唐府送信，次日大早，唐相予及雲青主僕出現在蘇府門前，身後還跟了位幹練的馭馬師，牽著三匹馬。

三匹馬……蘇木額上冒汗，面上不顯。待虎子同人寒暄完，她才蹭到唐相予身邊，低聲道：「六個人，三匹馬，你……怎麼，是要我主僕坐你二人下懷，在京都大街上讓人觀賞，好名揚千里？」

唐相予忍不住笑，忙低頭掩嘴，擠出幾個字。「正中下懷原是這個意思。」

蘇木昂頭，瞪了他一眼。「你還笑！」

唐相予忙收斂，嘴角仍噙著笑意。「放心吧！不從正集走，往河畔去，那兒有小道。我也不擁妳入懷，妳坐馬上，我自牽著馬。你們三人皆不會騎，我哪放心你們上馬背？」

蘇木這才放下心來，卻也不認輸。「我會騎！」

唐相予笑了笑，沒有接話，知道她嘴硬。她那哪叫騎馬，是遛馬。

「那綠翹呢？」蘇木瞥見一旁雲青一臉癡笑，問道。

唐相予忙舉雙手。「這我得保證，是他自個兒想的主意，可同我無半分干係。」

蘇木狡黠一笑，好整以暇地望著他。「你以為綠翹會上當？」

「什麼叫上當？我們雲青多好的孩子……」

最後，虎子由馭馬師帶著騎行在前頭，隨後是蘇木坐在馬背上，唐相予跟在一旁牽繩。雲青和綠翹，自然沒有人上馬，而是並肩行走。那匹健壯的馬兒由雲青牽著，落到了最後。

一路行來，放眼望去是一望無際的綠，最遠處是藍色天際，從淺藍到深藍，變幻莫測。

「這是皇家馬場，每年入秋，宮裡都要舉辦賽馬。王公貴族的公子、小姐皆可參加，獎賞豐厚。」唐相予牽著馬兒前行，一面給馬背上的人解釋。

原來是皇家馬場，莫怪修建得那般氣派。

虎子到了這地方便極度興奮，若非馭馬師在後面控制，便想扯著韁繩馳騁起來。他耐不住性子慢慢溜達，扭過頭朝後喊：「二姊、唐少爺，你們且走著，我同師傅跑兩圈。」

「去吧，聽師傅教導，可莫高估自己。」

虎子忙點頭，滿口應下，隨著馭馬師馳騁而去。

人剛離去，唐相予便手拉馬鞍，一個掃腿坐上了馬背，嚇得蘇木驚呼，四下張望，只見綠翹和雲青二人笑得曖昧，才稍稍放鬆，卻也有些羞澀，臉一下就紅了。「你……你無賴！」

「我牽妳走一路，腳都疼了，還不許歇息會兒？」唐相予口中雖是抱怨，面上卻掛著如沐春風的笑意。

「那……那我下來走。」蘇木說著掙扎下馬。

唐相予哪裡肯放她走，原本一手拉著馬鞍，索性另一隻手也環過來將人兒擁入懷中，兩腿一夾，馬兒嘶鳴一聲便馳騁起來，嚇得蘇木哪裡還敢掙扎，將胸前的胳膊抱得死死的。唐相予自然享受她這般主動，便想著法子左轉、右轉、跳躍，使得她越抓越緊。

馬似流星人似箭，只覺得身輕如燕，飄飄欲仙，緊張過後便是愉悅和放鬆，那種自由的感覺，讓蘇木覺得可以再快些。

一望無際的碧綠盡頭出現粼粼波光，一條清澈的小河蜿蜒出現。唐相予收住韁繩，放慢了速度，踱步過去，手卻未鬆，仍將人兒圈在懷中。她瘦瘦的、軟軟的，帶著青草香，讓他忍不住勾唇，期盼這樣的時刻久一點、長一點。

待心情放鬆下來，蘇木自然感受到後背的溫熱、腰間的力量，以及他呼吸時，耳畔拂過的熱氣。許是經歷了一路奔馳，教她放鬆戒備，抑或是四下無人，膽子也大了起來，她未似方才掙扎反抗，乖巧地窩在背後人的懷中。

聽見他溫柔道：「真想與妳這般到天涯海角。」

蘇木未答話，嘴角卻不由得勾起。若是那樣……似乎也不錯……

唐相予眼簾一垂，便瞧見她紅透的耳根。她一貫沈著，竟是如此害羞的性子，教他大感滿足，卻也不捨再逗弄，於是扯開了話題。「再過幾月就要入宮做女官，可有擔憂？」

蘇木收回心神，神態也慢慢恢復自然。「不擔憂是假，宮裡都是權貴，只怕一不小心便得罪了。你又不在，隨機應變也得有個人照應不是？」

這話說得唐相予心裡舒坦極了。原來自個兒在她那處，如此重要。

「貢茶院由我爹主事，若出事只管著人尋他。屆時我尋一名於宮中人事皆熟悉的小廝跟著妳，有他在，妳也好曉得接觸之人的身分秉性。」他頓了頓，繼續道：「妳是欽點的茶司，別人自給妳三分顏面，放寬心。若人心存惡意，我自替妳擋了。」

蘇木再次勾唇，忽而想到。「我且問你，孟小姐下嫁三王爺一事，可是你從中做了手腳？」

話落，是漫長的沈寂。蘇木似乎感覺到耳畔的呼吸急促了。他……在緊張？

片刻，唐相予嘆了一口氣，才道：「木兒，妳可會怪我歹毒？」不等蘇木回話，他又自顧自說起來。「我與蓁蓁自幼相識，她幼時聰慧可愛，十分黏我；我二人同上學堂，堂下也交好，只是後來外出求學，便沒有那麼多時間聚在一起。在我內心，始終將她當作幼時那個小妹妹。只是她終究長大了，性子也變了，變成不認識的樣子，也做了些讓人不可思議的事。」

蘇木忽而覺得腰間的手收緊，而肩上，他的頭輕輕靠了上來。「一定要有人嫁給三王爺，我不希望那個人是妳。」

蘇木內心忽而柔軟了。即使內心煎熬，他仍不願她受到傷害。親手將一個深愛他的女子，送進別人的懷抱，對他二人都是極為殘忍的事。些許日子他都未向自己坦白，該是內心無法面對內疚，以及擔心她會對他另作猜想。他，真是傻。

她不想說什麼抱歉的話，若非孟家算計，何故至如今這樣的局面？小手輕輕落到骨節分明的手背上。「你若不娶她，照孟大人的地位，嫁給王公貴族是必然，是不是三王爺又有什麼區別？自古紅顏皆命苦，孟小姐也算懂得爭取了。倘若她反抗，就不會有三王爺娶妻之事了。」

唐相予若有所思地點點頭。「木兒，若有朝一日，妳也遭遇如此，會奮起一爭嗎？」

蘇木望著廣闊的天際，暢然道：「非卿不嫁。」

唐相予粲然一笑，眉間愁容散盡，將懷中人兒擁得更緊。「非卿不娶！」

天地廣闊，相擁的一對人兒處於其間，彷彿什麼都無法將二人分離。

「少爺、蘇小姐！」遠處，雲青駕馬而來。

蘇木縮了縮身子，但身後之人並未放開的意思，便也作罷，只是微微低下了頭。

唐相予側過頭。「何事？」

雲青面上有些焦急。「小少爺同人爭執起來了！」

「你是何人，速速報上名來！」一個約莫十歲上下，著淺橙騎馬裝的少女，正騎在馬背上，仰著小臉，居高臨下地望著立在馬側的小少年。兩彎柳葉眉下是一雙杏眼，顯得狡黠，標準的騎馬姿態，讓人覺得氣度不凡。

虎子有些看愣了。除了二姊，彷彿還未瞧過如此好看的姑娘。「我叫蘇煜，小名虎子……」他沒有大名，蘇煜是他上私塾時，蘇世澤取的。

「虎子？」少女彷彿聽到什麼好笑的事，咯咯笑不停。「我看你哪裡像虎，分明就是……貓，對！像貓！」

若這句話再未聽出她什麼意思，這些年的書就白唸了。頭回被人拿名字戲弄，虎子有些氣惱。「妳這姑娘，好生無禮！」

那少女愣住了，還從未有人敢對她冷臉訓斥，也來了氣。「你是哪家官員之子，我定要狠狠責罰！」

不知為何，面對這樣一個好看姑娘的斥責，他並不能厲聲應對。「我家不是什麼官員……」

少女眉一挑。「不是官員，為何會出現在皇家馬場？莫非你是偷偷溜進來的？有何居心？」

第一百零三章　暴雨

虎子迎著少女審判般的視線，解釋道：「不是偷溜進來，是唐少爺帶我進來學騎馬的！」

少女不著痕跡地勾了勾嘴角。原是唐府之人。

自是曉得他不是偷溜進來的，她在一旁瞧了許久，教他騎馬的是馬場的馭馬師，若非等閒之輩，又豈能叫得動宮裡的人？只是他一身素衣，無半點多餘裝飾，對馭馬師禮節周到，並無趾高氣揚，是宮中一眾貴族少爺所未見到的，這點便吸引了她的注意。

觀他似初次學馬術，卻表現得異樣勇敢，又與本身文弱氣質不同，這個小少年真奇怪。於是她讓宮婢支走馭馬師，到他身旁問話，竟是個憨厚實在的傻小子，真是有趣。

少女佯裝不信，又冷了眼眸。「撒謊！你說來學騎馬，為何身旁無人？何人教授？你還能自學不成？」

「我……」虎子四下觀望，哪裡還有馭馬師的蹤影，他簡直百口莫辯。

見他答不上話，少女狡黠一笑。「若不然，我教你如何？」

「啊？」虎子張大了嘴。

「別啊了！」少女騎著白色駿馬在他邊上轉圈，一本正經道：「立於馬鞍左側，左手收攏轡繩，抓緊馬兒的鬃毛，右手撐馬鞍，左腳前掌踩左馬鐙，三個點同時用力，然後鬆開右手，順勢抬起右腿騎跨到馬背上。」

她聲音清脆有力，使得虎子不由自主地聽話動作。如何上馬，師傅已經教過了，他坐上馬背並不費勁。

少女見他順利上馬，當即露出滿意神色，彷彿就是自己教會的，隨即道：「雙腿夾緊馬肚兩側，右腳踩進右馬鐙，左腳踩進左馬鐙，挺直上半身。」

虎子依舊照做，眼睛卻不由得往繞著自己踱步的少女身上瞟。這會兒才瞧清，原是嬌小的個子，瞧著年歲同自己差不多大，雖狂妄了點，人……倒是不壞。

少女再道：「用小腿敲打馬兒的肚子兩側，試著讓牠走起來。」

雖經歷過騎著馬兒馳騁，卻是由師傅帶領，獨自奔跑還未學到。虎子有些慌張，卻羞於表露，自是不能再讓那姑娘笑話。他試著動了動腿，許是動得太輕，馬兒並未接收到指令，便加重了腿上力道，馬兒猛地揚蹄前進，嚇得虎子在馬背上一晃悠，臉色當即白了。

「哈哈！」少女見他這副滑稽樣，樂得不行，笑歸笑，嘴上還是指點。「放低轡繩，挺直上身，腿若不動，牠自會慢慢地走。」

虎子趕忙照做，果然穩住了身子，馬兒也悠閒地晃悠前行。

「駕！」少女一聲嬌呵，跟了上來。「怎樣？是否該叫我一聲師傅？」

虎子見她在馬背上瀟灑自在，很是羨慕，只是喊師傅……一個瞧著比自己還小的姑娘……他忙搖頭。「不喊，妳是女子，如何能做我師傅？」

「你……」少女噘嘴，直勾勾地盯著他。「真是迂腐，女子為何就不能做師傅了？」

虎子別過臉，有些不好意思。「妳比我還小，若傳出去，要被笑話了……」

少女噗哧一笑，一雙眸子靈動地四下轉動。「那你小聲喊我，我定不告訴旁人。」

虎子四下看了看，確實無人，可……他也喊不出口啊！「我、我不喊……」

少女笑得更歡了，似乎就喜歡看他這副無措的樣子。「真沒良心，方才我好心教你騎馬，你就這般態度。」

「我……」虎子內心掙扎。人家是好心好意，就叫一聲，該是無礙，且四下無人，也嘲笑不得。於是小心翼翼地抬眼，飛快地喊了句「小師傅」，忙垂下眼簾。

少女簡直樂開了花，雖是喊得有些含糊，卻達到了她的目的。

「公主！」忽而遠處傳來呼喊，隱約有幾個人影晃動。

少女好看的眉毛攪在一起，暗道：真麻煩！隨即又揚起小臉。「喂，我既成了你師傅，便常來馬場，下回再教你！」說完嬌呵一聲，韁繩一拉，駕著馬兒飛馳離去。

待蘇木等人到時，只見虎子呆愣地望著前方一抹騎馬少女的身影。

「虎子，如何會同人家起衝突？」蘇木一臉著急。她這個傻弟弟單純至極，只怕隨意一句話都能得罪了人。

虎子甚為疑惑，由著馭馬師解下韁繩，扶他下馬。他搖搖頭，道：「並沒起爭執，那小姑娘只不過……同我閒聊了幾句。」

眾人皆愣住。就只是閒聊？唐相予同蘇木不約而同地看向雲青，後者無奈地攤手。閒聊？為何要將馭馬師支走？嚇得他趕忙跑來報信。

蘇木留了心眼，臨走前詢問馬場的管事，原來方才的騎馬少女是九公主。

馬場一行後，連著陰雨三日，等到放晴時，虎子的先生捎信說準備回程了。一家子大包小包的備了一車，將人送至京都城門外二里地，才抹淚返回。

六月是蘇家進貢茶葉的日子，皇帝特將貢茶院的慶典定在六月下旬，一家子有條不紊地忙碌著，很快便到了五月底，再過幾日便要正式採茶、製茶。

蘇木這些日子未出門，待在屋裡畫圖紙，案上總是稀奇古怪的一疊，也不曉得搗鼓什麼玩意兒？她既忙活成那樣，便是頂頂重要。吳氏怕她悶著，日日送消暑的羹湯去。

「大熱天的，怎不午睡片刻？」吳氏端著紅漆托盤進屋。

蘇木正伏案振筆，轉頭笑了笑。「悶熱得緊，睡不著。」

綠翹伺候左右，見吳氏進門，自然是要迎上去的。

吳氏擺擺手，並不將東西遞給她，道：「去給木兒搬個冰鑑，屋子涼爽了，好生睡一覺。」

吳氏既這般說，蘇木便放下紙筆。屋子悶熱，心也難靜，那甜筒機結構複雜，真是難畫。「娘這般說著，還真覺得累了。」
吳氏去到案前，將羹湯遞給她，收拾一桌的稿紙。「今兒悶得人喘不過氣，到夜間怕是要下雨。」
蘇木喝著羹湯往窗外瞧去，果見天色陰沈，彷彿一場雷雨即將來臨。不知怎的，覺得有些不妥，於是朝院中喊道：「雙瑞、雙瑞！」
片刻，雙瑞小跑著進屋。「小姐，何事？」
「你去後房牽一匹馬，騎去垣村跟爹和阿公講，茶樹得用雨布遮一遮。」蘇木嚴肅道。
雙瑞得令，快馬加鞭往垣村趕去。
吳氏見女兒臉色不好，問道：「入夏雷雨天多是自然，往日不見妳緊張，今兒是怎麼了？」
蘇木搖搖頭。「我也不曉得，總覺心裡不踏實。典禮在即，出不得岔子。」
果不其然，酉時未至，天便完全陰沈下來，豆大的雨點砸在屋頂上，啪啪作響。
正廳內，蘇木抱著六月在外間玩耍，屋內的吳氏服侍蘇世澤擦身子換衣衫。片刻，夫婦倆前後腳出來，蘇世澤邊走邊繫衣襟帶，吳氏則端著水盆。
「今兒這雨嗖地就來了，還差二畝未遮，身上淋了個透。」
「天車可反向轉了？」蘇木緊問道。
天車既能引水，自然能排水，若雨下個幾天不停，田地積水，泡過的茶葉可沒太陽曬過的鮮嫩。天車反轉便能將積水排除，也不怕淹地了。

「反了，我親自去的。」蘇世澤說著，見女兒一臉謹慎。「丫頭，可是出啥事了？往日下雨也不見妳如此緊張。妳阿公是田地老把式，他道這雨下不長，最多至半夜，明兒定能放晴。」

「沒幾日要採茶了，我怕雨水浸泡，影響茶葉品質。」蘇木笑了笑，故作輕鬆姿態。實際是覺得這幾月過得太安生，孟府的人竟無一丁點動作，雖說孟蓁蓁上月已下嫁三王爺，聽說夫妻和睦、琴瑟和鳴，可太過平靜，便不平常。

晚上，蘇木在床上翻來覆去睡不著。綠翹睡在外間，她睡眠淺，裡屋有個動靜便驚醒，披上衣裳，點亮油燈，用手捂著進到裡間，輕聲喚道：「小姐，可是睡不著？」

漆黑的屋子漸明，蘇木坐起身，撩開簾子。「有些心浮氣躁。」

「還擔心茶樹？」綠翹將油燈放在案桌上。「您聽，雨漸小了，老爺說下至半夜即停，該是沒錯。」

蘇木將頭偏向窗外，側耳傾聽，彷彿真小了。主僕二人又說了會兒話，直至四更天，雨果然停了，二人也才放心安睡。

清晨，院子像被洗過一般透亮，還有些濕漉漉的，花壇旁邊幾株小草，上面還遺留昨晚未乾的雨滴。因雨停得早，一家人的心情似乎好起來。

吳氏備了小米粥，包了春筍鮮肉包，早先泡的酸嫩筍子也好吃了，切成丁在油鍋裡和辣子一炒，早晨配小米粥，最是可口。蘇木還未至堂屋，便聞見香氣，頓覺食慾大振。

一家子圍坐一起，享受清晨的美好。忽而前院傳來一陣嘈雜，蘇世澤站起身朝外看，心裡犯嘀咕。「這大清早的，誰啊？」

片刻，雙瑞領著人進來，這人是垣村的李大，跟著蘇世澤和吳大爺管理茶園。不等人問話，李大快走兩步上前。「老爺，不、不好了，茶園出事了！」

當一家子趕到垣村時，村民們正拿笤帚在茶園蹦跳著驅趕什麼。越往裡走，越聽見蟲鳴嗡嗡，再看茶園上空更是昏黃一片。

吳大爺踉蹌兩步，驚呼。「是螣蛇！」

「啊?!」眾人俱驚，彷彿聽到什麼駭人之物。

螣蛇？蘇木疑惑，忽見灰褐一隻快速從眼前掠過，形似蝗蟲。「阿公，螣蛇是什麼？」

吳大爺不住搖頭。「我還小時，村子裡爆發一回螣蛇之災，黑壓壓的一片遮天蔽日，所到之處，莊稼都被吃光了，使得當年顆粒無收。臨南、渭河地帶更嚴重，由此鬧起了饑荒，死了好多人。」

蘇世澤也是面上沈靜，雖未經歷，想來是聽說過。

「後來呢？螣蛇如何被消滅的？」蘇木頓覺不妙。吳大爺所描述的不就是蝗災？

吳大爺搖搖頭。「滿山都是，哪裡能消滅？入了冬，下了場大雪，那些螣蛇也就銷聲匿跡了。本擔憂第二年這些畜牲復生，竟是再無蹤影。民間便傳那螣蛇是上天派來的懲罰，於是各地開始燒香拜佛，祈求不要再降臨災禍。」

里正見蘇木一行到了，氣喘吁吁跑來。「東家小姐，這可怎麼辦？昨夜雨下至半夜，我打算天亮揭雨布，哪承想遇著這麼一群怪東西，把嫩芽、菜心都啃得乾乾淨淨。虧得昨夜蓋了雨布，否則這茶園的茶樹算是毀了！」

蘇世澤快步去到一處雨布遮擋的茶樹查看究竟，就見上頭趴著十來隻螣蛇，他用手揮趕，螣蛇轟地撲騰散開。揭開雨布，見鮮嫩的茶樹完好，不禁鬆了口氣。

他轉頭道：「茶葉沒事，只怕這些雨布撐不得多久，總是有空隙鑽進來。昨夜下了雨，若幾日不見太陽，這……這茶也毀了啊！」

話一出，一家急得團團轉。茶葉毀了，賣不得銀子事小，如何向宮裡交代事大啊！

「木兒！」遠處，唐相予、雲青主僕駕馬而來，隨後還有幾名小廝。

唐相予翻身下馬，將韁繩丟給雲青，快步奔來。「茶園如何？」

蘇木搖搖頭。「暫時沒事。你如何得知？」

螣蛇爆發不過一個時辰，唐相予如何會得知？他一身朝服，此刻該上早朝才對，竟傳得那樣快？

唐相予有些氣喘。「剛至宮門口，便聽垣村爆發螣蛇災，我不放心，先過來看看。」

「壞了！」吳大爺驚呼。「傳到宮裡，皇上定認為是上天懲罰，要降罪於咱！」

螣蛇之災，唐相予從典籍中看過，不容小覷，稍有人煽動，皇上定要定蘇家有違天理倫常之罪，以安民心。

「我已同父親商量，他向皇上請命，暫時不會定罪。只是……」他看了看茶園上方黑壓壓一片，深感擔憂。「只是拖不得幾日，若螣蛇不除，只怕周遭百姓也會不安，屆時皇上再難維護了。」

除了螣蛇的嗡鳴聲，場面如死一樣地靜。蘇木知道自己不能亂，想了想，看向唐相予。「太平盛世，從無哪裡傳說爆發螣蛇，茶園的螣蛇來得蹊蹺。里正大伯等人都是地道的莊稼漢子，還得麻煩你的人去茶園周遭查看，是否有可疑蹤跡？」

唐相予自是答應。他本就這般打算，朝雲青揮揮手，後者帶幾名小廝鑽進了茶園。

蘇木又轉向一眾男女老少。「咱去茶坊商談如何治理螣蛇。」

第一百零四章 螣蛇

茶坊內，幾人安坐一堂，一旁站了一圈村民。彷彿災難要降臨，無人講話，尤其是像吳大爺那輩的老人，於螣蛇的由來是深信不疑。蘇家原本貧瘠，如今一路順遂，飛黃騰達，難道……難道是觸了天道，上天派螣蛇懲罰？

這時，雲青回來了。「少爺！」

唐相予站起身。「有什麼發現？」

雲青搖搖頭。「茶園周邊並無可疑之處，只怕是昨夜那場大雨，將痕跡沖得乾乾淨淨。」

「小姐，雙瑞回來了。」綠翹瞧見門口動靜，低頭對蘇木道。

她聲音未故意放輕，是以屋內人都聽見了，也齊往門外看去。

雙瑞苦著臉。「小姐，茶農處的矮腳烏龍和梅占……全沒了！」

「什麼！」蘇世澤簡直不敢相信。那幾片茶地都是他和老丈人尋覓多日才找到的，之前去瞧還好好的，怎麼說沒就沒了?!

蘇木的臉色也不大好看，她緊問道：「旁處農田可有遭螣蛇啃食？」

雙瑞搖搖頭。「稍有損失，並不嚴重。」

按理說蝗蟲不會專停一地覓食，為何光啃食茶葉？蘇木看向雲青。「方才查看茶園附近，可見附近農田有損？」

雲青細細思索。「如雙瑞所說，略有損失，並不嚴重。」

「這……不應該啊！」吳大爺開了口。「那年螣災，我親身經歷，螣蛇所到之處，莊稼無一倖免，沒道理只在茶園徘徊，而不食莊稼。」

「原因只有一個，那些螣蛇是人為。」唐相予忽而想到，說著看向雲青。「且去茶園捉兩隻螣蛇來。」

雲青得令，片刻去而復返，手裡多了幾隻螣蛇。

唐相予示意他遞給吳大爺。吳大爺經歷過螣災，自是能辨認。「阿公，您且回憶，這螣蛇同那年相比有何不同？」

吳大爺面色凝重，自雲青手上接過那幾隻螣蛇，捏了捏翅膀，又扯了扯腿，似乎……

「似乎不若往年健壯，有些……有些……」他一時找不到合適的詞描述。

「似乎病病殃殃的？」蘇木接過話。

「對！」

蘇木嘴角勾了勾。那便對了！

藏書閣是皇帝專門用來珍藏古書畫的地方，其數目達三十餘萬冊。閣分二層，底層面闊、進深各六間，前後有廊。二層除樓梯間外為一大通間，以書櫥間隔。

閣前設長方形水池，周置石欄，以石拱橋與後殿連為一體，池中養殖魚藻。大型疊石假山環列閣後，假山山路、山洞上下穿行。陽光從塗了紅漆的雕花窗格投射進來，落到背靠背、席地而坐的二人身上。

唐相予翻著古籍，嘴角不由自主地噙起淡淡笑意。他微微側頭。「木兒，妳說我二人這般，是否像極了那日在郡城的書鋪？」

她纖細白嫩的手指在書頁上快速滑動，聽他這話，手上動作頓住了，噗哧一笑。「你那會兒待我可不大客氣。」

唐相予急了，忙轉過身。「我何嘗待妳不客氣，見妳日日往書鋪跑，這不巴巴在那處等候？」說著，似乎還有些委屈。

蘇木抬眼看他。「你故意等我？」

唐相予撓撓頭，坐了回去，笑道：「那會兒就覺得妳跟旁人不一樣，總有一股莫名的感覺吸引著我靠近。」說著耳根有些泛紅，如此酸腐的話竟從自己嘴裡說出來，忙道：「不說那些，咱今兒是來找螣蛇的。」

蘇木笑了笑，不再追問，將心思轉向書本。

不知是畏懼螣蛇的謠傳，還是想要掩蓋當年那場災難，二人翻找了近兩個時辰，都未尋到關於螣蛇的記載。

「看來阿公說得沒錯，先皇定懼怕螣蛇的謠傳擾亂民心，不讓史書記載。」唐相予有些著急。時間不多，又尋不著消滅螣蛇的辦法。

「不如翻翻各地方誌，尤其郡南、臨南、渭河，看是否能尋到蛛絲馬跡？」蘇木說著起身，轉向另一排書架。

二人又尋找了一個時辰，此時日頭已漸往西斜，夕陽餘暉將影子拉得老長。

蘇木有些氣餒。若至夜傍還未找到消滅螣蛇的法子，等那些螣蛇緩過勁來，吃不上嫩茶葉，便會飛往旁地莊稼，那時便真如阿公講的，所到之處無一倖免，而蘇家的罪過便再也洗不清了。

煩躁地將手上無用的典籍塞回書架，她瞥見架子最下層的醫書。若史書和地方誌都沒有關於螣蛇的記載，那麼，醫書會不會有……

「唐相予。」她輕聲喚身旁人。

唐相予轉過頭，見她若有所思的神情，隨她視線往架子底下不起眼的地方看去，當即眼神亮了亮，同她想到一處去了。二人再不耽擱，蹲下身快速尋找。

「螣蛇，民間傳說中一種能飛的蛇，稱為『神獸』，體長一尺到一尺半，體背灰褐色，腹部和腳綠色。以咀嚼式口器咬食葉片和花蕾成缺刻和孔洞，大範圍植物葉片和花蕾食光，造成極大農作物損失。大周雲年六月，郡南、臨南、渭河等地爆發螣蛇災害，此年顆粒無收，百姓窮苦……」

唐相予唸到此處，頓了頓，二人相顧無言，那螣蛇果真可怕。

「還有這處提到螣蛇雙翅極有力，可日行百里……」他說著忽而神色黯淡。「所以妳猜測那些螣蛇是有人故意捉來，半夜放入茶園，自然飛來的螣蛇根本不會如此虛弱無力，對不對？」

蘇木點點頭，面色凝重，手上動作卻不停，拿起一本唸道：「螣蛇焙燥，研末。《救生苦海》記載，用酒送服該品，治療破傷風；《本草綱目拾遺》用砂糖和服，治小兒驚風。皆取該品止痙攣，息內風……」

她讀不下去了，饒是有這些描述，依舊尋不到螣蛇的弱處。

唐相予頭回見她露出煩躁，很是心疼，趕忙起身，抓緊時間往前處書架尋了尋，片刻，忽而驚呼。「有了！螣蛇夜伏晝出！」說著他歡喜地轉過頭。「螣蛇喜光！」

光？一絲靈光在蘇木腦子裡一閃而過，驚喜道：「在夜間點著火，將螣蛇引至一處，飛向火的周圍便被燒死，而後挖好土坑將其掩埋！」

「沒錯！」唐相予拳掌相擊，顯然很激動。

「太好了，終於尋到法子了！」蘇木歡喜地站起身，懷中的書本便散落一地，發出聲響。

「誰！誰在那處?!」掌管藏書閣的宮人聞聲趕來。

蘇木忙整理衣襟，躲到唐相予背後。

「原是唐少爺。」四、五個宮人圍了過來，微微躬身行禮，便瞧見地上書籍散亂一地。唐相予挺了挺背脊。「本欲尋一本古籍，隨從笨手笨腳，將書落一地。」

藏書閣是宮裡極為重要之地，是皇上常待的地方；但他愛才惜才，是以並不禁止任何有學識的人進入。唐少爺是榜眼，自然是來去自如，況其父唐大人乃肱骨之臣，那些宮人自是有眼色。

為首一人道：「唐少爺已學識淵博，仍時常造訪藏書閣博覽群書，奴才佩服。您且繼續，奴才自會派人收拾。」說著吩咐左右二人。

「書我已尋到，有勞公公了。」唐相予拱手致謝，說完示意身後人，便大步離了藏書閣。

幾位宮人忙躬身行禮，為首那宮人眼簾一抬，眼神一凜。跟在唐少爺身後的小廝肩窄腰細，雖低著頭，可頸間肌膚細膩白嫩，哪像做雜事的小廝，分明是個姑娘。且將書籍散落一地，哪有躲到自家主子身後，不紓身整理的道理？

他站直了身子，低頭朝幾人道：「你們仔細巡查，切莫讓可疑之人隨意出入。」

話畢，出了樓閣往御書房走去。

待二人趕到垣村時，天已黑透了。剛進村子，便聽見茶園方向傳來嗡嗡聲響，且比白日更盛。

「是東家小姐來了！」此刻村民們正立在茶坊門口，里正眼尖，遠遠瞧見二人。

蘇世澤、吳大爺等人忙迎了上來。「木丫頭，可尋著辦法了？那些螣蛇越發健壯，妳瞧屋前！」

茶坊內點了燈，那些螣蛇彷彿沙塵圍繞，且不懼人。

「因為螣蛇趨光，茶坊點了燈，所以蜂擁似地往這處來。」蘇木回道。

「趨光？」眾人疑惑，那法子究竟是想到還是沒想到？

「里正大伯，且讓大家準備十個火堆，分置間隔三尺之地。」蘇木道完，又轉向蘇世澤等人。「爹、阿公，你們帶幾人在火堆旁挖坑，準備掩埋螣蛇。」最後轉向眾人。「餘下人皆持火把，前往茶園，將螣蛇引至火堆。」

眾人雖不明就裡，可蘇木嚴肅認真的態度讓他們不容分說，不管是否奏效，皆快速行動起來。明亮的火堆燃起，將整個垣村照得火光沖天。

唐相予將兩火把伸進火堆，片刻拿出，將其中一枝火把遞給身旁的人。他有些擔憂。「木兒，妳力氣小，那些螣蛇見光跟瘋了一般，我怕妳招架不住，不如去茶坊等候，這裡人手夠了。」

火光將小人兒面上照得清清楚楚，平常那寡淡清雅的面貌此刻異常嚴峻。

「阿公年邁，且不退縮，我身強力壯，怕什麼？」說罷，轉身奔赴茶園，頭也不回。

唐相予無奈，也不再耽擱，跟隨她的方向，衝進了茶園。

漫天的火光將整個茶園照得透亮，只見空中密密麻麻的黑點跟著火把快速飛動，嗡鳴聲震耳欲聾。人們彷彿奔跑在沙塵間，有些睜不開眼。饒是這般，無一人停下腳步。

蘇世澤手裡拿著鋤頭，立在火堆旁驚呆了。那些狀有二指寬的螣蛇竟義無反顧地衝向火堆。只是螣蛇到不得火堆中央，便被燒了翅膀跌落到地上，有的已經死了，有的仍蜷縮身子掙扎，蘇世澤忙用鋤頭將落地的螣蛇勾至土坑掩埋。

直到這時，大家才全然明白蘇木的法子。什麼螣蛇是上天派來的懲罰，若是懲罰，又豈能由人破了去？蘇家並不是什麼災禍之星，是福星啊！

約莫一個時辰過去，嗡鳴聲漸弱，空中盤旋的黑點也逐漸稀疏。至二更天，垣村的螣蛇被消滅得差不多了，大家終於停下腳步，就地坐下，口中互道：「這下好了，垣村有救了，茶園也有救了！」

蘇木和唐相予坐在一起，二人面上是疲倦的笑意。「木兒，我就知道，沒有什麼能難倒妳。」

蘇木側頭看他。火光中，那張俊郎的面上沾了灰漬，卻依舊那般引人注目。她拿出懷中帕子給他輕輕擦拭。「因為有你在。」

她不是萬能的，若無唐家在宮中斡旋爭取時間，她便沒有機會想法子；若無唐相予帶她入藏書閣，她哪來通天本事進去查閱典籍？所以垣村有救，蘇家有救，唐相予功不可沒。

唐相予笑了笑，握住她的手。他們之間，又分什麼彼此呢？

「少爺！」雲青不知從何處出現，身後跟了兩個小廝，二人架著一名黑衣人，那黑衣人埋著頭，並不能瞧出樣貌。

眾人視線齊往那處望去，俱驚，因為那黑衣人腰間佩著匕首，火光中迸發出冷冷寒光。他們都是手無寸鐵、質樸憨實的農民，自是沒有見識過如此陣仗。

「少爺，您猜得不錯，此人鬼鬼祟祟偷窺茶園。」雲青憤憤道完，轉身朝押解的二人道：「將人帶上來！」

二人合力將那黑衣人押至眾人面前，為左一人抓住那人的後脖頸，將其頭抬起。一張刀疤臉顯露於眾人面前，一雙吊三角眼滿是陰毒。他奮力掙扎，一旁二人全力禁錮，才不致讓他逃脫。

唐相予上前兩步，冷了神色，厲聲道：「說，是誰派你來的？」

那人先是冷冷一笑，隨即狠狠啐了一口，忽而面色猙獰。

「不好！」蘇木驚呼。「他要自盡！」

雲青快速反應，欺身箝住他的下顎，卻已經晚了。烏黑濃稠的血自那人嘴角流出，身子自二人手上脫落，撲倒在地。

雲青低下身，以二指試探鼻息，隨即搖搖頭。「死了！」

死人了……眾人愣神，簡直嚇壞了！唐相予怕引起慌亂，衝雲青擺擺手，示意將人拖下去。

他朗聲道：「大家放心，此人我會帶走仔細調查，這幾日亦會派人在垣村巡查，直至無異樣。你們不必擔憂，饒是有心人使壞，也是為著茶園，並不是你們自身。」

唐相予是朝廷官員，得他的話，大家提起的心才落地。

他說完，轉向蘇木。「我且先將人帶回細查，留了幾人顧妳安全。我會連夜寫一封奏摺，解釋整件事情始末，明早便進宮遞摺子。妳且在家等消息，一切有我。」

蘇木笑著點點頭。「等你。」

「明兒來家裡吃飯！」蘇世澤忽而來一句。「那個……木兒她娘說的，今年泡了酸筍，做你最愛吃的酸筍魚。」

唐相予的嘴角快咧到耳根了。「成，明兒一定到！」

旁側，雲青撓撓頭。「叔，還有我……」

第一百零五章　噩耗

螣蛇得以消滅，保住了茶園的茶樹及旁側農莊，也堵住悠悠眾口，如今只看唐相予的奏摺是否奏效了。

這一日，吳氏圍著圍裙，坐在後廚門口的矮凳上，面前是一個大木盆，裡頭是滾燙的熱水。她正一手提著一隻倒掛的小雞，一手麻溜地拔雞毛，並時不時朝院外看，似乎滿懷心事。「木丫頭！」她回頭衝屋裡喊道。

片刻，蘇木從屋裡走出來，身上也圍著圍裙，手上還拿著兩朵乾菇。「怎麼了？」

吳氏有些焦急。「妳讓雙瑞去巷子口迎迎，這個點，該是要來了。」

蘇木向身側的綠翹示意，而後道：「娘，他得閒自然早早跑來，哪用人迎？」

綠翹自屋裡端出板凳、簸箕等，又將兩筐菜蔬搬出來，幾個丫頭便圍著蘇木坐下摘菜。往日做飯，夫人總會講鄉下的趣事，她們這些城裡丫鬟聽得津津有味，今兒因著茶園出事，一家興致都不高，自然也不敢太鬧騰。

綠翹不同，她是蘇木的貼身丫鬟，見夫人悶悶不樂，小姐也不大開口講話，便主動開口。「小姐，肥美的大雞不買，作何買這小雞？」

晚上的菜單是蘇木擬的，所需食材也是她讓吳氏置辦的，魚肉菜蔬都好說，這小嫩雞卻是教人看不透。綠翹一問，問出了在場所有人的心聲，連吳氏都側頭過來，饒有興致的樣子。

蘇木將泡了半日的乾菇撈起，道：「我在話本上看到一道菜，叫小雞燉蘑菇，正好年前有曬乾的野榛蘑，和嫩雞燉上一個時辰，做成菜湯鮮香濃厚，雞肉酥爛。起鍋時再放一把粉條，其味美妙不可言。」

半個時辰後，灶屋內吳氏正捋著袖子忙活。小雞燉蘑菇在灶頭煮上，吳氏又緊接著做酸筍魚，這回不僅有酸筍，還有酸蘿蔔、酸豆角。切片切丁一鍋燉，酸香的氣味讓人吞口水。

忙活一陣，雙瑞撒了腿跑來。「夫人、小姐，唐少爺來了！」

「哎喲，快、快！」吳氏忙加快手上動作，將菜盛至碟中，又招呼道：「綠翹，張羅著把菜端出去，準備開飯了。」

「誒！」綠翹俏聲應了句。

一大盆酸筍魚、一大缽小雞燉蘑菇、一碟小炒肉、一碗皮蛋豆腐，還有涼菜三盤、菜蔬兩碟，最後是綠翹端出的一大碗湯。這湯……竟是一個個米麵圓子摻雜著米粒，還有切細的紅花點綴，瞧著便是甜糯口感。唐相予和雲青望著滿桌的菜餚，眼睛都要直了，悠悠傳來的酸香氣，引得肚子咕嚕直叫。

蘇世澤招呼道：「菜齊了，吃吧！」

話雖說了，一家子卻未動碗筷，皆巴巴望著主僕二人。

唐相予自是知道一家子擔憂，便清了清喉嚨。「大叔、嬸子，你們且放心，螣蛇之事不會追究蘇家。皇上勤政愛民，木兒此回想出消滅螣蛇的法子是大功一件，要受褒獎。且這法子已經載入史冊，出名者便是木兒。」

「真的？」吳氏忍不住拍手稱好。擔憂一天一夜，總算能放下心了。

吳大爺、蘇世澤不住點頭，歡喜之色溢於言表。吳大爺道：「皇上真是明君啊！木丫頭的名字能載入史冊，那是天大的榮耀！」

蘇木也笑了，唯恐這皇帝迷信，動殺心。不懲罰，還要褒獎，那便是公告天下，螣蛇傳說只是謠傳。不過……

「既赦蘇家無罪，那陷害之人如何處置？」

一家子緩緩收起笑意。是啊！害一次不成，便有二次、三次，抓住凶手才是根本。

唐相予搖搖頭。「對方做得太隱密，那服毒自盡之人改了譜籍，根本查無蹤跡。唯一肯定的是能更動譜籍譜，定然不是等閒之輩。」

他說著，看向蘇木，她點點頭。對方既動了心思，必然不會只行動一次，只要他再有動作，便有機會揭露真面目。正事談完，一屋子的人才動碗筷。

垣村爆發螣蛇之事，已傳遍大街小巷，人們已經不能用傳奇一詞來描述蘇世澤一家。只是短短數月，蘇家父女輪流受封，且蘇木成為大周首位女官，蘇記鋪子連開三家，似乎還著手開茶樓，如此種種教人不容小覷，縱使有嫉妒之人，也說不出尖酸譏諷的話來。然而外頭如何傳聞，蘇世澤一家都沒空理會。

螣蛇一事後，茶葉被雨水淋過，又於炎熱的天氣下悶了一天一夜，最鮮嫩的茶尖或多或少受到損失。茶農處的矮腳烏龍和梅占是顆粒無收，製作烏龍茶的原料大打折扣，比起預估少了六成。好在掩在枝葉下的嫩芽未受到損害，製作白毫銀針的量該是將將夠。

吳大爺帶領一眾長工採茶，一路上止不住嘆息。蘇木跟在他身後，幾乎聽見他三步一個嘆，捏著爛掉的茶尖，直呼可惜。蘇世澤心裡也不好受，往年採茶，那些工人都是手腳麻溜地往筐子裡扔，這會兒卻是挑挑揀揀，留一半、丟一半。

他嘆道：「虧得木丫頭讓用油布遮擋，否則這百畝茶園是一點也沒剩下的。好在郡城還有百餘畝，否則去年該是白忙活了！」他說著喊前頭蘇木。「木丫頭，郡城的茶葉，這兩日該到了吧？」

蘇木算了算日子。「左不過一、兩日，青哥兒的信是月前到的，說今年長勢極好，天也不錯，能準時採製。」

貢茶院已在六月初竣工，如今慢慢歸置擺件，院裡各處人手也已添置完畢，只等下旬的慶典過後，正式開院。蘇木也將於那時，隔三差五地進宮授課。

照雲青傳來的消息，蘇木的朝服及官印都已妥當。那官服是用杭白繡，好看得不得了，院子也修葺得極雅致，更難得的是院後開了一片園地，只等蘇木進宮親自移種。總的來說，那貢茶院可謂付諸了心血，以及皇上的期待。

然而於一家子而言，將今季的茶葉上貢才是最重要的，慶典能否正常開啟，全憑郡城的茶葉。在一家期待及擔憂之下，插著「京」字的鏢車緩慢通過了京都城門的檢查，徑直駛向正府街，於蘇家門口停下。

看門小廝納悶，趕忙進屋稟報，院子裡獨獨吳氏在。郡城押茶葉進京，都是直接隨杜大人安排，今兒停到院前，是什麼由頭？她啥也不懂，趕忙使人往垣村報信，自個兒出門迎客。剛踏出門口，聽見一個熟悉的聲音。「老大家的！」

吳氏抬頭一看，是蘇大爺！其後還有丁氏、蘇青、二房夫婦倆，一家子巴巴站在車旁，連蘇丹也來了。這……這是什麼情況？

不管如何，老家來親戚是喜事，吳氏歡喜道：「爹、娘，二弟、二弟妹，都進屋！」

「快別進屋了！老大呢？木丫頭哩？出事了！」蘇大爺焦急不已，較年前那會兒蒼老不少，許是趕了大半月路，一把老骨頭有些受不住。

吳氏覺得不妥，一家子哪裡有進京省親的歡喜，個個面上無喜色，而是爬滿了焦慮。莫不是茶葉出問題了？

「爹，木兒同木兒她爹去茶園了，我剛使人去喊，過不得片刻就回來。先把東西抬屋裡吧！你們趕一路，也都累了。」吳氏佯裝鎮定。可不能在家門口亂了陣腳，畢竟還有人在暗處窺視著呢！

蘇大爺哪有心思進什麼院子，只盼著將幾車東西交到父女倆手上，好商量對策。

蘇青如今獨當一面，已算沈著，見路旁有不少人駐足觀看，心知在宅院門口揭自家底是萬萬不妥的，於是到蘇大爺身旁攙著他。「爺，如今大伯和二姊都是官職在身，咱這般停在門口不是那麼回事，進屋等吧！」

蘇大爺反應過來。是啊，這裡是京都，可不是村子裡，他大兒子是有頭有臉的人物，自家這副寒酸樣太損顏面，趕忙招呼搬東西進屋。

吳氏也差使院裡小廝、丫鬟一道幫忙，不忘吩咐嬤嬤帶丫頭們備飯菜、茶水。院子很大，宏偉壯闊，但一家子裝滿了心事，哪有心情觀賞，直直跟著前頭帶路的吳氏進了內堂。只有走在最後的蘇丹挎著包袱，時不時駐足觀看。她睜大了眼，眼神裡有無知、驚訝、羨慕，還有一些說不清、道不明的情緒。

臨到京都時，她特地梳洗打扮了一番，穿上郡城最時興的綢料，衣裳款式也都是最新穎的，更將成親時壓箱底的首飾都戴上了。她覺得縱使比不過蘇木，也不會差到哪裡去。可是，進了這座宅院，不，這哪裡是宅院，分明是宮殿！這樣好的地方，竟是大房一家、是蘇木的？為什麼？自個兒明明都嫁給田良哥了，已經是整個福保村嫁得最好的姑娘，可同蘇木比，竟然什麼都不是……

走在前頭的蘇青見自家姊姊落得老遠，便停下腳步。「姊，我幫妳拿包袱，咱快兩步跟上，這院子大，七彎八拐的，一會兒迷了路就不好了。」

聽了這話，蘇丹更來氣，將包袱往肩上一甩，錯身大步朝前走去。蘇青搖搖頭。此回送茶葉上京，不曉得自家姊姊為何非要跟來？來都來了，又自個兒給自個兒添堵。

待蘇世澤幾人火燒火燎趕回家時，只見院中擺著七、八個貼著封條的箱子。分明是郡城押往京都的茶葉。屋裡的人聞訊出來，蘇世澤驚愕道：「爹、娘、二弟？」

蘇大爺急忙至父女倆面前，拍著大腿，焦急道：「老大、木丫頭，壞了呀！地裡茶葉出事了！」

蘇木同蘇青時常有書信往來，是以京都的動向，郡城是知道的。做女官、辦慶典，要茶葉，時刻要緊。一家子都知道重要性，無關錢財，那是一不留神就掉腦袋的事。蘇大爺是吃不下也睡不下，煎熬了大半個月，見著父女倆像是鬆了口氣，這氣兒一鬆，彷彿就沒了支撐，身子驟然倒下。

嚇得蘇世澤趕忙將人扛住。「爹、爹，怎麼啦？」

「快將爺扶進屋裡，」蘇木忙道：「雙瑞，去請郎中！」

蘇世福也趕忙過來，兄弟二人合力將蘇大爺抬進屋去。丁氏、吳氏、張氏幾人嚇壞了，趕忙跟著往屋裡去，院子一下子安靜下來。

不多時，雙瑞攙著郎中進屋，診脈片刻，郎中只道過於勞累，又著急鬱塞，使得急火攻心，虧了身子，多加休息、吃些補氣的湯藥便能醒過來。大人湊在床前，幾個小輩只得往邊上站，聽見蘇大爺沒什麼要緊，便退了出來。蘇木走在前，蘇青隨後，再後頭是隔得有些遠的蘇丹。

三人前前後後回到院子，蘇青主動交代，歉意道：「二姊，我沒把妳交代的事辦好……」

蘇木搖搖頭。縱使自己百般小心也著了道，何況毫無戒備的蘇青。只是沒想到，遠在千里的郡城竟也讓他們不惜代價使壞。蘇青見蘇木毫無責備，稍稍放下心來。他一把撕掉封條，打開箱子，裡頭是最普通的蜜蠟罐子。

他用力拔開塞子，遞到蘇木面前。「臨近採茶那幾日，夜裡突然出現大片螣蛇，將茶葉吃得乾乾淨淨，連村子那三十畝也無一倖免。好在第二日就下了場雷雨，那些螣蛇也不知所終。我尋思不妥，為何旁地莊稼不吃，只往咱家茶園，該是有人故意使壞，便去郡城衙門報官。衙門卻拖著此事不受理。無法，只好將剩餘能採的採下，製了出來。」

蘇木伸手往罐子裡抓了一把，氣味同往年無異。只是茶葉不是完整的葉片，留有螣蛇啃過的鋸齒狀，這樣的茶葉是不值錢的。

第一百零六章　茶包

蘇青羞愧地低下頭。「我也知這樣的茶葉不值錢，還是存了僥倖製出來。考慮到沒有那樣大的價值，便用了普通茶罐裝。二姊，妳看……」

蘇木將茶葉放回罐中，嘆了口氣。「慶典在即，咱家拿不出茶葉，卻是棘手的事。一時半會兒我也拿不出章程。」

「會不會掉腦袋？禍是妳闖的，該不會連累我們吧？」

蘇丹立在不遠處，聽二人談話，曉得蘇木沒法子，她不是擔憂，竟有一絲竊喜。蘇木轉頭看她。蘇丹像是變了個人，身子豐腴了，面上也多了婦人的韻味，照舊沒改的還是豔麗的服飾和那副刻薄的嘴臉。

「若是龍顏大怒，一不順心，隨口一個滿門抄斬，只要妳還姓蘇，就逃不了。」她面上認真，語氣淡淡，彷彿說的真是那麼回事。

蘇丹當即有些慌了。真……真要掉腦袋？她是嫁出去的，是田蘇氏，已不是蘇家人，早曉得就不跟著上京蹚渾水了。

見她面色變得難看，蘇木心裡好受了些。

一旁的蘇青扯了扯她衣袖，低聲道：「二姊，沒、沒妳說得那般嚴重吧？事情若沒辦好，真……真就要掉腦袋？」

「難說……」蘇木搖搖頭。「你放心，我會想法子。」

蘇青這才露出一絲笑意。自螣蛇一事爆發，他焦急是有，惶恐也有，卻不若蘇大爺那般急火攻心，因為內心有個念頭，蘇木無論如何都會想到解決的法子。

送進宮的茶葉沒穩妥，那不是小事，蘇木交代了兩句便趕往杜府。垣村的茶葉製好也要先由杜大人檢查，才按正常流程送入宮中，此時數量對不上，蘇木說明緣由，請求緩幾日，再想辦法。另外杜大人也向宮中庫房打聽，往年的成茶是否還有剩餘；若有，也有轉圜的餘地。然而杜大人道因茶葉品質極好，宮中用度變大，皇上甚至作為賞賜，賞給群臣，是以留有餘量的可能並不大。

蘇木從杜府出來，便遇到匆匆趕來的唐相予。

「如何？杜大人怎麼說？」唐相予一把拉住她。剛從宮裡出來，便得知郡城的茶葉出事了。

蘇木搖搖頭。「說宮裡留有餘量的可能不大。」

「不然這樣，立刻加派人手去各處收茶，妳有製茶的技術，普通茶葉也能製成頂級好茶。」唐相予一路上思緒千迴百轉，這是他能想到最妥當的法子。

「不成，」蘇木道：「頂級好茶，也要好的茶樹種出的茶葉，若隨隨便便收茶葉製成，送去宮裡，便是糊弄聖上。皇上是品茶高手，難道吃不出好壞？那可是欺君之罪。」

唐相予嘆了口氣。「是我心急了，思慮不周。不過木兒妳放心，若茶葉交不上，慶典不能如期召開，皇上怪罪，我據理力爭。事出有因，皇上定能諒解。」

「這是下下策。」蘇木點點頭。「距離慶典還有半月，我定能想到法子。」既不能隨意收茶製作，便還得從自家的茶葉入手。只是那些殘缺的茶葉該如何重新換樣貌，泡於杯盞中呢？還得細細思量。

「我先回去了，爺奶他們該是心急不已，院子那七、八箱殘茶還得處理，許多事呢！」

唐相予撫了撫她的小臉。「去吧，需要我只管著人來尋。」

蘇木回去後，便同蘇世澤、吳大爺等人將院子裡的茶葉運到垣村茶坊，再做打算。

蘇大爺服了湯藥，睡至天黑才醒過來。屋裡沒有人，他翻身下床，光腳踩在松木地板上，竟一點也不涼腳，於是在屋裡晃蕩起來，細看每一處擺件，連桌椅都摸了個遍。忽地門被推開了，嚇得蘇大爺一個激靈，無措起來。

「你站那兒做甚？鞋不穿，虧了身子怎麼辦？」丁氏端著飯菜進屋，見老頭子木訥地立在桌前，神色慌張。

蘇大爺見是丁氏，鬆了口氣，嘟囔兩句，甩著手至榻前穿鞋去了，邊走邊道：「沒想到我到了這個歲數，家裡竟出了兩個官老爺，還是京官！祖上保佑啊！瞧瞧這屋子、這些擺件，哪是尋常人家住的地方。」

丁氏笑他有些得意忘形了，他也不在意，開心過後，又想到眼下難事，斂了喜色，問道：「老大同木丫頭哩？」

丁氏將飯菜放置桌上，反身將門掩上。「父女兩個去那啥垣村了，說是在那處建了個茶坊，製茶就在那處。青哥兒也跟著去了，不曉得啥時辰能回來？」

蘇大爺應聲，坐過來，見桌上精緻豐富的菜餚，不禁嚥了嚥口水，只是嘴巴寡淡，總想抿兩口小酒。到底不是自家，院裡有下人，也不曉得該使喚誰？萬一鬧出洋相就難堪了，於是生生忍住，捧著飯碗吃起來。

丁氏似有心事，在屋裡轉悠不停。蘇大爺不耐煩道：「莫在我眼前晃悠，頭都晃暈了！」

丁氏便走過去，挨他坐下。「老頭子，方才老大媳婦兒同老二兩口子說話，我聽了兩句。她說京都的茶園也遭了膿蛇，雖搶救及時，還是損失不少。話沒說白，瞧她模樣也有些心焦，只怕是……」

「啥？」蘇大爺的碗當即從手上滑落，重重落到桌上。「老大媳婦兒當真這般說？」

「那還有假？」丁氏皺著眉頭。「老二一家巴巴跟來，原想著那分紅還能得多少。青哥兒她娘多精明，見老大媳婦兒臉色不對，老大同木丫頭又火燒火燎地把茶葉抬走，便多問了幾句，才曉得京都也遭了災。老天爺啊！這是惹著哪家牛鬼蛇神了？」

咚！咚！咚！梆子敲了三下，蘇家前院有了動靜。蘇世福睡得迷迷糊糊，被張氏踹了一腳。「大半夜的，妳做啥？」

「刀都架到脖子上了，你還睡得著？」張氏一把將鋪蓋扯過來，壓低了聲音。「前頭有動靜，怕是大哥他們回來了，你快去瞧瞧！」

一聽蘇世澤回來，蘇世福的瞌睡醒了大半，不再磨蹭，翻身起床，隨手拿了件衣裳就出門去了。屋簷下點了燈籠，十步一個，整個院子都亮堂。聲響是從東廂房傳來的，蘇大爺兩口子就住那處。蘇世福緊了緊腰帶，朝那處走去。等他到時，老倆口也已起身，披了件衣裳坐在桌前。一旁是蘇世澤父女倆，不見吳氏，大抵是帶小娃子睡了。

丫鬟們正往屋裡上消夜，悠悠香氣勾得蘇世福直摸肚皮。蘇世澤坐在對門，最先瞧見他，便招呼道：「老二來了，坐下吃點。」

蘇世福也不客氣，挨在門邊的空位坐下，接過丫鬟遞來的碗筷就開動。

「餓癆鬼投胎，晚上是沒給你飯吃嗎?!」蘇大爺見他這副慫樣，忍不住吼了兩句。

蘇世福撓撓臉，也不害怕，仍自顧自吃起來。蘇大爺怔怔地看著兩個大口吃飯的兒子，竟懷念起從前生活在福保村的時候。那時的日子貧苦，一家子也不齊心，卻沒有多糟心的事，日出而作，日落而息，每日都為果腹奔波。

他暗暗嘆了口氣，才開口問話。「茶葉的事解決了？」

蘇世澤挾菜的動作頓了頓，沒有接話；蘇世福似乎也吃得變慢了，視線不由得往父女倆身上瞟。

「法子想到了，後幾日就動工，能趕上。」蘇木笑著接過話。父女二人神色不一致，有些可疑，但蘇木那丫頭從來說一不二，她既能解決，那便可信。

「若說福保村的繡活，我張秀蘭排第一，就沒人敢認第二！」張氏拍著胸脯，自信滿滿。

張氏當姑娘時，家境較旁人寬裕許多，除了洗衣燒飯，便是針線不離手，做的衣裳針腳平齊甚至細密，繡活也拿得出手。只是嫁到蘇家後，這項活計鮮少拿出來。蘇家重視農務，為討公婆歡心，便日日跟著下地。後來沾著蘇青的光，一家子總覺得能飛黃騰達，便將蘇丹當官家小姐培養，才又拿出活計。

昨夜丈夫得了信，道蘇木想到法子了。禍事能解決，身家性命有保障，她這會兒便開始操心茶山那三十畝的分紅，以及兒子的紅利，說話也殷勤了些。「木丫頭，妳要做啥繡活，二嬸是一把手，吩咐就是。妳丹兒姊也會那些活計，人多好辦事！」

蘇木點點頭，倒是沒有拂她的面子。「那二嬸和丹兒姊一會兒隨我們一道去茶坊。」說著轉向吳氏。「娘，您也去，再挑幾個繡活好的丫頭，一併帶上。」

吳氏雖不曉得女兒到底打什麼主意，既有安排，自是要辦的。

「綠翹！」蘇木朝屋外喊道：「我要的絲布可尋到了？」

「誒！」綠翹似是剛從外面回來，小跑著進屋道：「訂了兩疋，已經送往垣村了。且同掌櫃講好，確定好了就通知他再進貨。」

蘇木點頭，轉向屋子的人。「咱這就動身吧！」

坐在堂前的蘇大爺瞥了吳大爺一眼，心想同樣都是莊稼好把式，既能幫得兒子建茶園，他這個親爹不能乾看著，於是道：「我同你們一道去，手上活計不行，地裡總能幫得上。」

蘇世澤卻道：「您身子剛好，還是好生歇歇，莫再出個什麼好歹。」

蘇大爺沈下臉。「索利著呢！能有什麼好歹！」

吳氏忙衝丈夫搖搖頭，陪笑道：「咱都去，正好帶爹娘瞧瞧。六月也去，到時候還要麻煩娘看顧。」

蘇大爺對吳氏的態度很滿意，竟頭回對她露出一絲笑意。於是蘇宅門前停了四、五輛馬車，一大家子出門，空前地熱鬧。到了垣村，女眷皆跟著蘇木去了茶坊。蘇世澤爺兒幾個好奇，也跟了去，想瞧瞧木丫頭說的「法子」究竟是否奏效？

這時孫躍也到了，帶著兩個小廝，三人手上皆捧著一樣怪異的東西。「小姐，您要的東西製出來了。」

蘇木接過，左瞧瞧，右看看，像是滿意。「走，去試試。」

這東西是蘇木由先前改良的榨汁機改造，她在舂木頭上安了九宮格似的刀片，加深了底座，即使盛入東西受力也不會濺出。左側仍採用槓桿原理，並未設流汁的凹槽，只是將底座改為嵌入式，方便拆卸。因為她要切的，是茶葉。

取了適量郡城運來的茶葉入底座，拉動槓桿，見滿是鋸齒的茶葉被分割、切碎，片刻已是細小的模樣。蘇木將底座拆下，撚起茶葉渣。做不到細緻的粉末，這樣的程度該是夠了。於是對孫躍道：「可以了，訂做一批吧！」

待孫躍三人離開後，蘇世澤提出疑惑。「木兒，這茶葉切得這般碎，再縫入絲袋，泡出的茶能喝？」

「自然能喝。」蘇木解釋道：「好茶講究葉形舒展，味貌俱佳，眼下餘這麼多殘茶，只能這麼做了。我思量，雖瞧不見茶葉形貌，卻有沖泡迅速、方便攜帶，以及方便飲用等特點，是有可取之處的，且味道並不因此就改變了，比起平常的茶葉，仍能算頂級好茶。」

眾人雖心存疑惑，卻也表示贊同，眼下再無別的法子了。

見大夥兒不再追問，蘇木便對吳氏、張氏等人道：「娘、二嬸，且按我說的，將絲布裁成小段，製成二寸長短的小布包，形態各不相同，然後都試試，選出最佳的一樣，務必針腳細且密。」

「省得了！」張氏最是大嗓門，動作也快，麻溜地將絲布展開、裁段，裁下的每塊絲布竟大小一致。

吳氏將絲布塊分派下去，妯娌二人並蘇丹和幾個丫鬟開始手上活計，不多時，縫製出了二十餘種布袋。

蘇木揀出幾樣不合格的，餘下十餘種皆裝上碎茶葉，封口、沖泡，並在同一時間比較出香氣、味道，以及因茶包膨脹而上浮的程度，最終選出張氏做的銀錁子形狀。此樣茶包，各方面都優於其他。

張氏見蘇木在自己那款茶包前駐足許久，不由得有些激動，卻不敢開口說什麼，只等著她最後敲定。

「就選這款吧！」蘇木將茶包取出，而後看向張氏。「二嬸，明兒會再請幾位女工，製作茶包就有勞了。」

張氏樂開了花，彷彿自個兒已經成了蘇家的大功臣，言語中不免得意了幾分。「成，這樣子簡單，就是做花、做鳥、做魚，都不在話下！」

這話一落，蘇木卻冷了臉。「二嬸，您方才說啥？」

張氏趕忙收起笑意，心裡有些惴惴，癟著嘴看看吳氏，又望望丈夫。怎地，她是說錯話了嗎……吳氏倒是沒什麼反應，因木丫頭從不是刻薄的人。

見蘇木仍直勾勾地盯著自己，張氏只得老老實實將方才的話重複。「我……我說別的花兒、鳥兒、魚兒也能做得出來……」

蘇木粲然一笑。「那便請二嬸將花兒、鳥兒、魚兒的茶包都做出來！」

「啊？」張氏張大了嘴，愣在原處。

第一百零七章　嬷嬷

這幾日蘇宅空前冷清，連平時吳氏教六月說話的聲音都沒了。丫鬟個個安靜地清掃院子，沒了主子在家，竟不覺鬆泛，而是百無聊賴。

一大家子幾乎日出便趕往垣村，日落才歸，蘇世澤、蘇木、吳三兒和蘇青幾個更是輪流住在垣村。茶坊的大門緊閉，門口有人看守，兩個小廝都是孫躍精心挑選，簽了死契的，幹起活來自然賣力，站崗時，盹都不打一個，只怕連隻蒼蠅飛進去都得他二人過目。

茶坊的門被打開，探出一個頭，那模樣怯生生的。

「幹什麼？」小廝冷聲問道。

嚇得那人一個激靈。「我……我是你們東家小姐的堂姊，不過身子乏了，出來透透氣。」

小廝相互看了看，有些猶豫，並未放行。「蘇小姐，東家小姐說了，嚴加看守，切莫讓人隨意出入，走漏了風聲。」

蘇丹的眉頭皺了皺，她心一橫，索性從門縫裡擠出來。「我跟她一家人，能走漏什麼風聲？況且就在這茶園邊上走走，在你們眼皮子底下能做什麼？」

「這……」小廝有些為難。到底是東家小姐的親堂姊，這攔還是不攔呢？

蘇丹見二人動搖，乘機道：「我知你二人忠心，不好太為難，便進屋讓木兒同你二人說一聲吧。」說著佯裝要回屋。

二人忙攔住，連聲道好。「不不不，蘇小姐請便，是我二人謹慎過頭了。您且去，只是不要耽擱太久的好。」

蘇丹嘴角一翹。「是，就待一會兒。」說著朝二人微微頷首，搖曳著身姿往茶園方向走去。

幾乎就在錯身離開二人視線時，她面上的笑意便冷了下來，腳下步子緩慢，彷彿真就迎著朝霞，踱步散心。只有她自己知道，她在找人，一雙眸子不住轉動，於每一株茶樹間搜尋。忽而聽見右前方傳來一聲蛙叫，她腳步頓了頓，雙手捏成拳，點點冷汗濕了手心。

「誰在那兒？」

只見一個模糊的黑影從一棵茶樹後緩緩移了出來。蘇丹害怕極了，到這時，她才有些悔意，想要拔腿離開，可那漸漸清楚的黑影教她兩腿似打了釘，動彈不得。不，不只是兩腿，是渾身，連聲音都發不出了。

忽然間，肩膀一沈。她「啊」地叫出聲，彷彿靈魂被抽走。身後之人是如何悄無聲息地靠近？

「誰？」一個清朗的男聲響起，那黑影瞬間沒了影子。

蘇丹也因這聲音回了神，轉過身，果見一張熟悉的面孔，不由得鬆了口氣。「小……小弟，你怎麼來了？」

蘇青鐵青著臉，直勾勾地盯著她。「方才那人是誰？」

「……人？什麼人？」蘇丹慌忙躲開視線。

蘇青一把抓住她的手腕。「我都瞧見了，妳偷偷溜出茶坊去見的那人，究竟是誰？」

「你在胡說什麼！我不過出來透透氣，什麼人?!」蘇丹打死不認，一面掙扎他的禁錮。何時那個矮自己半截的小弟力氣如此大，捏得她手腕生疼。

「別以為我不知道，妳又想害二姊！」蘇青像是氣憤極了，一把將她甩開。

蘇丹一個趔趄，險些栽倒在地，她忙緩住身子，一臉不可思議地看著面前這個少年。

「你瘋了吧！到底誰才是你親姊，她給你兩個臭錢，你就搖尾乞憐了？」

蘇青覺得好笑。「小時候我倆偷花生酥，妳誣陷她，害得爺一陣棍棒；長大了，妳又耍奸計搶走田良哥；現在全家人的命都拴在那茶包上，妳還要向外洩密。姊，妳是巴不得所有人都去死嗎？」

蘇丹慌了。他怎麼會知道自己通風報信？不，不能被蘇木知道，否則她定會報復自己的。她還要回去，還要跟田良哥過日子……只要那丫頭死了，田良哥的心就一定會為她敞開的。

「青哥兒……弟，你小聲點！」蘇丹幾乎是撲過來，一把抓住蘇青。「你是我親弟，我怎麼會讓你去死？爺奶雖然不待見我，我也沒那麼狠毒。我都談好了，把木丫頭的動靜遞出去，光她一家子蹲大獄、砍腦袋，咱一家子還是能安安生生回郡城，過咱的日子。對了，還有一筆銀子，姊都給你，你拿去買園子、種茶樹。她能給你的，姊也能！」最後一句話似乎憋足了氣。蘇木能的，她也可以！

終究是她將自己帶大，又有骨肉親情，蘇青於心不忍，不忍她變成這副滿是嫉妒、落井下石的樣子。於是壓低了聲音，勸慰道：「姊，妳糊塗啊！京都是咱小城鎮能比的嗎？這裡雖然繁華，可到處都充滿了陰謀算計。縱使二姊那樣聰慧也著了道，何況是妳，人家三言兩語，妳就信了？欺君之罪，其罪當誅，君若大怒，滿門抄斬，妳以為是兒戲？」

蘇丹睜大了眼，眼中滿是驚恐。「你……你說真的？」

「哪裡有假！」蘇青無奈至極。他這個傻姊姊啊！險些釀成大禍。

「誰？誰在那兒？」這時四、五個村民圍了過來，遠遠瞧見二人拉拉扯扯，像是起了爭執。東家小姐交代，這段日子白日、夜裡都要巡邏，發現可疑之人立即抓起來。

幾人快速跑過來，將二人團團圍住，蘇青忙解釋。「大叔，是我蘇青，這是我姊蘇丹，我二人是東家小姐的姊弟。」

二人日日跟著蘇木來垣村，那些村民自然是認得的。「原來是蘇小姐和蘇公子，咱還當混了賊人進園哩！」其中一人笑道。既是一家人，定然不是什麼賊人了。

蘇青陪笑。「大叔，您往那處瞧瞧，方才像是瞧見人影鬼鬼祟祟的。」說著，指向方才黑衣人隱去的方向。

二人便回到茶坊，裡頭一切照舊。蘇木來回走動，時而朝幹活之人細說一二，對姊弟倆的離開和進來似乎一點也沒有察覺。直至夜幕低垂，工人散盡，留得幾個丫頭打掃。香蘭的娘帶著村裡幾家婦人，熬了清粥，蒸了糕點當消夜，這會兒，蘇世澤幾人正坐在門口吃著，說閒話。

蘇丹捧著粥，忽見不知何處躥出的雙瑞，手一抖，湯水濺到手背，生疼。她視線不由得隨人進屋，見他走至蘇木和綠翹那丫頭身邊，主僕三人低低說著什麼。她一顆心咚咚地跳不停，都快跳到嗓子眼了。待茶園收拾妥當，一家子上了馬車，趕回宅院，蘇丹的心才落了地。

今兒，蘇木留下看守，綠翹服侍她梳洗，二人也說起閒話。

「小姐，怎不將蘇丹小姐關起來？這回告密不成，保不齊有下回。古話說得好，日防夜防，家賊難防！哪承想蘇丹小姐竟是這樣的人，到底是一家親，也下得去如此狠手。」綠翹很氣憤，打第一眼見到這個蘇丹就瞧不上她，總跟自家小姐作對。

蘇木笑了笑，將外衣脫下遞給她。「里正大伯帶人巡查在明，雙瑞帶的人在暗，且那些人都是唐相予調派，身手了得。若真將人引出來倒好了，順藤摸瓜，查出幕後之人，咱也不必整日提防。」

綠翹接過衣裳，驚訝道：「原來您早就知道了？不對呀，我日日跟著，不見您有多餘心思注意蘇丹小姐。」

蘇木指指茶坊門口。「那二人也是唐相予安排的，若有異樣，自然暗裡通氣。就在丹兒姊出門時，便有人同我報信了。」

「原是唐少爺安排。」綠翹若有所思。「沒抓到人，那不是壞事了？不過，蘇青少爺倒是向著您，不枉您對他的一片苦心。」

蘇木點點頭。若連他也背叛自己，才真是件寒心事。至於蘇丹，眼下沒有閒工夫管她，等慶典過了，她若仍是死性不改，也別怪自己不客氣了！

很快地，在慶典開始前幾日，蘇家將等數量的茶葉運到杜府。也是當日，杜大人將貨物送進宮中。只是此回不若從前那般歡喜，而是滿面擔憂。

次日，宮裡掌事的嬤嬤將茶司的官服送至蘇府。那嬤嬤約莫四十上下，周身氣質不俗，衣飾也不是一般宮婢能比擬，想來是個極有地位之人。對待這樣的上賓，自是不能怠慢，一家子齊出動相迎。

嬤嬤吩咐身邊宮婢將官服奉上，又說了些客氣話，更將慶典那日的流程及注意事項細說，很是周到。對於她的熱情，蘇木多留了幾分心思。見嬤嬤言語間四下打量，像是尋找什麼，直至正事說完，她端起茶盞飲茶，竟未有起身離去之意。蘇世澤和吳氏本就不是善於言詞之人，蘇大爺和二房夫婦更是沒個見識，宮裡來人便早早縮到後頭，大氣不敢吭一聲。一時間場面冷清，一家子無措起來。

蘇木越發確定，那嬤嬤另有意圖，於是施施然起身，有些不好意思地道：「嬤嬤，我蘇家都是農戶出身，於宮裡的一切事物不甚了解。」說著，指向身側綠翹捧著的官服。「這官服也不曉得如何穿，若是弄錯了，便是褻瀆皇恩，還請嬤嬤教導。」

那嬤嬤眼睛頓時亮了，正愁沒機會繼續留下。「舉手之勞，便由姑娘帶老身去內堂。」綠翹忙上前指引，幾人齊往內堂去。

那嬤嬤也真就教蘇木穿戴，自然也熱絡地聊著天。「蘇姑娘可真能幹，年紀輕輕便得聖上御賜官位，還是大周首位女官，令人敬佩。」

蘇木站直了身子，由著她將官衣加身。「嬤嬤謬讚，不過會些泡茶的粗淺功夫罷了。」

嬤嬤忙搖頭。「人都講茶藝，會泡茶也是一項技藝。再觀姑娘談吐，想來也是唸過書的，必是書香門第，雙親及姊弟都是有見識之人。」

提及家人？蘇木有些納悶了，卻也順著話回道：「家裡世代務農，並不是什麼書香門第，只有父親識得幾個字，時常教育我姊弟三人罷了。」

那嬤嬤心頭一喜。「方才見堂內的少爺、小姐，可是令姊、令弟？」

蘇木眉頭挑了挑，笑道：「那是堂姊、堂弟，二叔的子女。家姊、家弟遠在郡城，大姊已成親生子；小弟正於書院求學，準備科考。」

嬤嬤長長吸了一口氣，而後道：「蘇小姐一家子都住在京都，如今又封了官，小公子為何要孤身遠在郡城？豈不是孤苦無依？」

「郡城書院位列書院之首，小弟考上已是不易，自然不能輕易捨去。照我爹的話，男娃總是要吃些苦頭的。」蘇木細細觀察，見她似對虎子頗感興趣。

嬤嬤點點頭。「倒也是，今年參加科考了？」

蘇木如實回話。「是，前些日子隨先生遠遊，路過京都，逗留了幾日，便匆匆趕回書院了。」

「待了幾日便走了？」嬤嬤聲音陡然變高。

蘇木便更加肯定心中猜測。「是啊，本欲教他騎馬，也只學了半道。」

這話便是試探嬤嬤的意圖是否同馬場那日有關，否則如何會如此關切虎子？但見嬤嬤不住點頭，面露喜色，該不是壞事……難道是九公主的人？以她在宮中受寵愛的程度，能驅動皇上身邊的掌事嬤嬤，想來也不是什麼難事。

那日，九公主與虎子打交道，說是發生了衝突，可事後並未有人追究，如今又巴巴遣人來打聽，究竟是為了何事？算帳？不對，總不能是九公主對虎子傾心吧？小孩子如此早熟？蘇木晃了晃腦袋，只覺有些發懵。不管如何，只要不是壞事就好。

那嬤嬤問到想要的訊息，也不再耽擱，提出告辭。蘇木將人送至大門口，讓綠翹包了一個大大的紅包；嬤嬤也不推辭，大大方方收進袖口，對蘇木越發客氣。

到了六月二十四，貢茶院開院慶賀大典，宮裡宴請百官，共同見證貢茶院的開啟，因此天不亮，各家便動身前往宮中。此回宮宴同上回不同，蘇木作為貢茶院的首席官員，自然受到隆重邀請，盛裝出席，且作為家眷，蘇家人也應邀在列。

一家子忐忑不安，打聽後才曉得不必出席典禮，只是跟著其餘官眷遠遠跟隨，吃頓宮宴就罷。縱使這般，也讓一家子緊張了許久。自然也有興奮，能入宮，那是多大的榮幸！回到鄉里也是足夠撐面子的事。

天剛矇矇亮，一家子坐著馬車前往皇城，路上正巧碰到唐府一行。兩家隊伍一前一後至宮門口落腳，才得以照面。唐夫人暗自打量一家子，最先瞧見的自然是一身官服的蘇木。

那官服是杭白綢製的，料子垂直且輕薄飄逸，既不過分妖嬈，也有一分官服的拘謹。配以玉帶束髻，再無別的首飾衝撞，整個人顯得文氣儒雅，卻又英氣勃發，她越看越滿意。

兩家人有交情，蘇家欲上前招呼，只是唐府乃朝廷重臣，自是許多人追捧，到宮門的官員無不駐足寒暄，一家子只好靜靜等在原處，不承想，竟等來孟大人夫婦。孟府雖人丁薄弱，可排場不小，華麗的轎子不知是故意安排還是無意，將將好停在一家子面前。

蘇木是頭回見到孟大人，三十好幾，卻身姿挺拔，丰神俊朗，莫怪孟蓁蓁生得如此貌美。只是這俊朗的面容上，一雙眸子寒光迸發，極富野心，讓人不寒而慄。他一面享受眾人捧賀，一面似漫不經心地掃過蘇家一行，面上露出的輕視轉瞬即逝。

身後緊跟著孟夫人，孟夫人倒是沒有那份心機，其憎惡的神色溢於言表，甚至直接罵出來。「什麼阿貓阿狗都能進宮了！」說罷昂著頭，像一隻高傲的母雞從一行人面前走過。

第一百零八章 站住

蘇世澤夫婦未有多的反應，和孟家的過節不是一天兩天了，人家位高權重，他們只有忍耐的分，然而蘇大爺等人卻有些氣血倒湧。原先在村子，那是人人高看他幾分，如今來到這繁華之地，竟被如此羞辱。若說先前還有留在京都的念想，沾沾大兒子的光，這會兒是不稀罕了。

唐相予自是瞧見孟家的作派，忙走了過來，向蘇世澤一家拱手作禮，而後徑直到蘇木身側。「沒事吧？」

蘇木搖搖頭。「左耳進，右耳出罷了。」

唐相予衝她笑了笑，以示安慰，而後轉向蘇世澤等人。「大叔，您和木兒同我們一道，嬸子跟著母親即可，她自會安排的。」

這邊說著，唐府一行走了過來。唐夫人自然與吳氏寒暄，說著親近話。

吉時將至，一聲響亮的鑼鼓聲響起。宮門大開，只見裡頭張燈結綵，一條兩丈寬的紅毯鋪自宮門口，著喜慶宮服的宮人排作兩排，自遠處走來。此時絲竹之音響起，於是宮門外等候的眾人依次進宮，紅毯至宮殿門前分作兩路，一路是官員，一路是官眷。

蘇世澤和蘇木跟著唐府父子走一路，吳氏帶領一家子跟在唐夫人身後。宮牆上那飛起的高簷、燦爛的金瓦、碧綠的窗欄，教蘇大爺等人看得眼花撩亂，一路皆昂著頭、張大嘴。好在曉得場合莊嚴，並不交頭接耳，發出聲響。

約莫行了半個時辰，眼前出現一座嶄新的宮殿，而那處多出許多宮人和侍衛。此刻本還時而低語的官員噤了聲，各自整衣理袖，一副莊重嚴謹的樣子。待至宮門前，守門的宮人吆喝著什麼，像是歌功頌德的吉祥話；而後開門，請入。入了院門是一座寬敞的院落，院中修一水池，池中養著紅色錦鯉，各處雕花玉石欄杆上皆綁了紅綢，顯得喜慶而氣派。

一個尖細的聲音響徹院子。「皇上到，眾卿跪——」

只見眼前通身暗紅官服的官員齊齊俯身，跪安，道：「吾皇萬歲，萬歲，萬萬歲！」

蘇木伏在其中，眼角餘光瞥見一道明黃的身影，緊接著一個中氣十足的男音道：「眾愛卿平身。」

眾官員齊聲致謝，而後起身。因著掌事嬤嬤的教導，蘇木於這些禮儀還算信手拈來，起身之時，卻忘記不可直視聖上，習慣地將頭抬起。見那明黃之人正看著自己，她忙低下頭，作乖順模樣。

皇上似乎面帶笑意……哪裡像主宰生殺大權的君王，分明是一位和藹的老者。

「蘇茶司，這貢茶院，妳當如何？」皇帝再道。

朝自己問話，蘇木忙準備拱手，卻得身側的唐相予提醒。「先上前一步，拱手作禮。」

那嬤嬤只教了大典之禮，未料到聖上會問話，是以並未教到這一步。幸得唐相予提點，蘇木忙照做，遂道：「遠超臣之所料，我大周新茶必節節高升。」

「哈哈哈！」皇帝撫著長鬍，龍顏大悅，像是極滿意蘇木的話。

眾官員不解，左右看了看，並不理解聖意。然而不理解歸不理解，聖心大悅，作為群臣自然要陪笑。一時間整個殿宇歡聲一片，熱鬧非常。

趁這機會，蘇木悄悄扯了扯唐相予的袖子，低聲道：「是我說錯話了？皇上笑什麼？」

唐相予也笑了。「不，妳說得恰到好處。皇上要的就是這番肯定，先前修這殿宇，遭眾臣反對，如今成了，還不准樂一樂？甭想那麼多，慶典要開始了。」

「哦……」蘇木茫然地點點頭，隨即揚起嘴角，與眾人一同歡笑。

此時，那尖細的聲音再起。「慶典開始——」

一連串祭祀、叩拜和文書宣讀，讓蘇木兩條腿站得痠疼。約莫過了兩個時辰，儀式才算正式結束，稍事休息後便是宴席。此回宴席，較年前放鬆得多。蘇木和蘇世澤乖乖跟在唐相予父子身側，一上午下來並未出錯。蘇木在殿前被問了一句後，皇帝便未再過多注意她。

唐相予見坐在身旁的蘇木暗暗於桌下捶腿，便覺好笑。「怎麼，才這麼一會兒就累了？這滿朝的文武百官，每天多是站這麼久，時而遇到大的政題，站一天也是有的。」

蘇木撇撇嘴。「好在我那活計是坐著，否則一日下來，腿還能是自己的？」

唐相予再笑，想到下午便提醒幾句。「木兒，下晌的茶宴可準備好了？」

蘇木點點頭。「前些日子宣我進宮與幾位女官講授過了，只要她們不出錯，便沒什麼問題。縱使她們出錯，也怪不到我頭上來。」

「妳放心，縱使出了岔子，我自替妳圓回來。」他說著忽而有些擔憂。「只是不曉得那茶包能否得皇上青睞？」

「放心吧！」蘇木笑了笑。「我有信心。」

所有人吃罷，轉往內堂休息。到了內堂，也是眾官員結交的好機會。唐大人父子和孟大人等自然被眾人圍攏，連帶著蘇木也被寒暄了幾句。

然蘇木父女倆未有實權，不過是區區茶官，說難聽了，就是泡茶的。是以並未有人過多拉攏，只有少數幾位念及聖心眷顧，說了一、兩句話，也都轉向別處去了。父女二人閒得無事，坐在一旁等候。蘇木擔憂起吳氏他們，這偌大的皇宮，規矩甚嚴，稍不注意便是殺身之禍，臨行前，自己雖百般叮囑，仍是有些放心不下。

距茶宴還有兩個時辰，蘇木便尋思去瞧瞧。「爹，我去瞧瞧娘。」

拘謹了一上午的蘇世澤忙道：「我同妳一道去，這處都是些官老爺，我不敢說話，又不敢不說話，著實難受。」

蘇木搖搖頭。「怕是不妥，娘去的自是後院，皆是女眷，爹若跟去，怕是也進不得院子。」

蘇世澤想了想，是那麼回事。「那成，我就這處等妳。只是皇宮這麼大，妳如何尋得到地方？不若讓唐少爺陪同，他是官少爺，比我方便。」

蘇木見唐相予這會兒正被人拉著說事，且講的都是政務上的，想來要緊，確實不便走開，於是往門外望了望，見雲青候在外頭。

「讓雲青帶路就好。」說罷，她出了後殿。

雲青時常跟著唐相予在宮裡當差，對於各宮各院自是熟悉，二人一路走，他便一路介紹。今兒宴會，宮裡自是人多，三五步便碰見人。別人見她面生，可能在皇宮大殿隨意行走的，那也不是一般人，於是點頭示意，也算禮待。

穿過偌大的前殿，繞過一道紅牆，便是後宮了。後宮比起前殿顯得顏色鮮明許多，且來往都是著宮裝的宮人，個個粉面嬌俏，姿態婀娜，連宮女尚且如此，何況妃子、貴人了。蘇木不由得想起那些宮鬥劇，一堵紅牆將三千佳人與世隔絕，困在這方天地，有的人汲汲營營，活在頂端；有的人安於現狀，孤獨老去。再有的技不如人被踩在腳下，成為權力、寵愛的墊腳石。

正當她胡思亂想時，一聲嬌喝自旁側傳來。「站住！」

那聲音很近，幾乎就是對她喊的，於是忙停下腳步，轉過身去。

卻見到許久未見，由一眾奴僕簇擁，衣飾華貴的孟蓁蓁。眼下的她更美了，妝容更加豔麗。此刻她正冷眼瞧著自己，不似從前帶著輕視，而是冷漠，那種讓人不寒而慄的冷漠。那視線微微一偏，瞧見蘇木身後的雲青，驟然變得憤怒，眼中燃起熊熊烈火，似乎要將蘇木挫骨揚灰。

而方才那喝住她之人，正是翠蓮，都是「老朋友」。翠蓮面上是不可一世的輕蔑。「哪裡來的山野村婦，瞧見王妃娘娘，竟不叩拜行禮？」

蘇木有些頭疼。這主僕二人擺明了找碴，就是要羞辱自己，只是讓她跪下磕頭，如此屈辱之事，豈是說做就做的？

蘇木笑著拱手，行了官禮。「著實抱歉，行路匆忙，並未瞧見王妃娘娘自宮裡出來，是下官的不是。」

翠蓮大笑，彷彿聽到什麼笑話，朝左右二人道：「妳們聽見了嗎？這個村婦竟自稱下官，簡直笑話。這裡可不是市集，竟瘋言瘋語！」

見蘇木被如此刁難，雲青看不下又有些著急，於是上前一步。「王妃娘娘，蘇姑娘是皇上御封的茶司，今兒開始上任，是大周官員，不必行——」

話未說完便被翠蓮冷聲嗆道：「這是後宮，豈由得你一名男子隨意僭越！」

「雲青。」蘇木搖搖頭，將他攔在身後，眼下可不能再讓人抓到把柄。

雲青不得已，只得住口，退至一旁。

這翠蓮擺明了沒事找事，身後的孟蓁蓁一言不發，冷眼看著。蘇木知道，和翠蓮多說無益，於是踏前兩步到孟蓁蓁面前，微微躬身。「無心之失，還請王妃娘娘莫要見怪才好。」

並不是她卑躬屈膝，而是在這前腳後腳都是宮牆的情況下，不好輕易得罪人。若沒猜錯，這處殿宇是三王爺之母殷貴妃的住處。若驚動了那位，隨便尋個由頭拖進院裡，怎麼死的都不知道。人家只需道，婢子犯了宮規被處罰，並不曉得是新封的茶司。貴妃娘家手握兵權，皇帝自然不會為了一個無足輕重的茶司過多責怪。

然而孟蓁蓁冷冷地看著她。見她示弱，心裡稍有舒坦，可是……還不夠！她要她跪地求饒，她要看她狼狽不堪的模樣，她要將她那分淡然踩得粉碎。誰讓她搶了自己的一切！既然不能得到相予哥哥，那便毀了，讓她也得不到！

孟蓁蓁眼中迸發出寒光，讓蘇木頓覺不妙。只見眼前之人抬起手臂就要揮過來，蘇木身子迅速往後閃，只覺一股濃郁的脂粉氣從鼻尖略過。

「妳竟敢閃躲！」翠蓮怒斥，說著招呼左右二人。「把人給我抓住！」

二人作勢就要上前拿人。

「蘇姑娘！」雲青焦急不已，欲上前幫忙，卻被孟蓁蓁身後的宮人攔住。

就在蘇木覺得自個兒要完蛋的時候，一個清脆的女聲悠悠傳來。「貴妃門前竟有人隨意綁人？」

眾人循聲望去，只見一個粉衣小姑娘由幾個宮婢簇擁著，款款而至，蘇木當即覺得禁錮雙臂的手鬆了。翠蓮幾人忙退至孟蓁蓁身旁，哪裡還有方才的囂張氣焰。孟蓁蓁也斂了眼色，一副溫和的樣子。

待那小女娃走近，孟蓁蓁一行齊齊福身，道：「給九公主請安。」

那被喚做九公主的女娃偷偷衝蘇木擠了擠眼，而後恢復高傲姿態。「這位是？」

翠蓮忙接過話。「回九公主，是三王妃。」

新晉三王妃沈魚落雁，又出現在殷貴妃宮前，哪裡會不曉得這是孟蓁蓁？這番言語擺明是故意。

「哦，我聽聞三王妃端莊賢淑、溫柔可人，如何會在宮門前出手打人？」

翠蓮回話。「九公主有所不知，是這下賤婢子目中無人，衝撞了王妃，奴婢才出手教訓。」

她將事情全攬在身上，彷彿方才孟蓁蓁打人，只是眾人的錯覺。

「混帳東西！」九公主忽然大怒。「來人，將這婢子掌嘴二十！」

翠蓮慌了。「九公主，您……」她本就半蹲著身子，險些嚇得趴下。

孟蓁蓁哪裡能容自己的大丫頭被打，那便是打她的臉。「公主，翠蓮不過護主心切，不知您因何要重責？」

九公主似覺得好笑。「我父皇御封的茶司，竟讓妳的婢子稱為『賤婢』？三王妃如此維護，莫不是也這般認為？」

孟蓁蓁頓時臉色蒼白。她們自然知道蘇木的身分，故意不說破，是有意為難，卻沒料到九公主會如此維護，那丫頭真是走了大運。

九公主的生母是先皇后，先皇后和現在的聖上青梅竹馬，感情深厚。先皇后誕下九公主次年便薨了，聖上痛心整整一月，對於二人最後留下的女兒，自然百般寵愛，縱使她要天上的月亮，怕是也要摘下來。

宮裡眾所周知，一不惹貴妃，而不惹九公主。然而皇上對於貴妃不過礙於殷家勢力，對九公主那才是實實在在的疼愛，若二人對立，貴妃始終是不敵的。殷貴妃是聰明人，她既能得到今天的地位，自然也懂進退，不會拿自己的頭往石頭上砸。否則這鬧了半天，為何連一個瞧熱鬧的人都沒有？

孟蓁蓁大抵也知道這一點，只怪今日不走運，不能好好教訓那個村婦！「自然不是，是蓁蓁沒有管教好下人，人我帶回去好生懲罰，不好髒了公主的玉手。」

「不髒，」九公主笑道：「我今兒閒得無事，這人就替妳教訓了。」說著伸出小手招呼，身後的婢子便上前將人拖過來。

啪！響亮的一巴掌下去，翠蓮一聲哀嚎，緊接著臉上紅腫一片。那婢子顯然用盡了全力，一點也沒給孟蓁蓁面子。

緊接著兩下，翠蓮再受不住了，直呼：「九公主饒命啊！奴婢錯了，王妃，救我，疼死了！哎喲！啊……」

蘇木看著就覺臉疼，這樣大的力道，那婢子定是會點功夫。二十巴掌下去，翠蓮的臉只怕就毀了。

孟蓁蓁進退兩難，心有不忍，卻求不得。若讓蘇木說兩句好話，定然有效，只是她拉不下這個臉面，只能眼睜睜地見自己的大丫鬟被打得血肉模糊，心中的恨意加了一分又一分。

終於，二十巴掌打完了，翠蓮已撲倒在地，昏死過去了。

九公主拍了拍手，笑道：「三王妃，這婢子怕是用不得了。人既是我打的，自然要賠妳，不如從我宮裡給妳送兩個得力的去？」

孟蓁蓁惶恐道：「多謝公主美意，只是王府比不得宮裡，莫要委屈了公主的人。」

九公主聳聳肩。「是妳不要的。過後，我可不想聽到什麼閒話，沒事且退下吧！」

「是，蓁蓁銘記。」孟蓁蓁忙低頭福身告退。

一眾婢子抬著翠蓮趕忙跟上，生怕這地方的火燒到自個兒身上。

第一百零九章 風向

待人散盡，九公主才轉頭看向蘇木，見她也直勾勾地看著自己，那眸子清亮得和他一模一樣。一旁的雲青焦急不已。九公主如此驕橫，蘇小姐該是恭順萬分，否則惹得一個不高興，就是翠蓮的下場啊！

「妳要去內廷？」九公主先開口說話。此刻的她粉妝玉琢，哪裡還有方才的頑劣模樣，簡直乖巧得不得了。

蘇木點點頭。「方才多謝公主。」

九公主揮揮手。「我就是見不得有人欺負他的……呃，見不得有人欺負我父皇御賜的新官。我也要往內廷，一道走吧！」

「是。」蘇木微微頷首。

二人並肩而行，身後是落後兩步的一眾奴僕。蘇木覺得，身側人兒的心情非常好。

「妳家是種茶樹的？很多嗎？地有皇宮那麼大嗎？」

蘇木轉頭看她，有些不可思議。她真的就是方才那個雷厲風行的九公主嗎？這番言語，分明是個孩童的天真。

「很多，京都有，遠在郡城家鄉的莊園也有。不過沒有皇宮大，走上一個時辰便到邊界了。」蘇木仔細說著。

「那妳一家都會茶藝？」九公主睜大了好奇的雙眼。

蘇木搖搖頭。「不是，只有我會。」

那他便不會了……果然是個傻子……

「蘇茶司，妳當我師傅吧！等妳的茶藝開課，我定日日去上！」

蘇木驚訝。她這樣高高在上的身分，竟想學茶藝？要知道，這個朝代茶藝未普及，於一般人眼中，泡茶不過是粗淺的活計，並不多高雅。「那……好……」

她在九公主的陪同下，順利去到內廷，見到吳氏一行。有唐夫人的照拂，並未出什麼岔子，只是面上都帶著拘謹。

蘇木也才曉得，原來內廷對面便是前殿，隔著一條河渠，憑欄便可望見對面風光，連臺上的表演也都能瞧得一清二楚，不得不讚，工匠構思這宮殿極為巧妙。待了片刻，她便匆匆趕回前殿，那時官員們也從後殿出來。

唐相予走在前頭，瞧見蘇木，便焦急地迎上去。「妳往內廷怎不喚我一道！若是出了事，該怎麼好？」說罷，看向身後的雲青。「你也是，眼裡越發沒有我這個主子了！」

蘇木忙道：「這不是沒事嗎？別責怪雲青，是我要他帶路的。」

見她這副知錯就認的模樣，唐相予當即軟下心來，哪裡還捨得多說重話。「可莫再單獨走開了，去哪處定要知會我。」

蘇木乖巧地點頭。

「走吧，茶宴要開始了。」

茶宴設在戲臺處，皇帝坐首位，文武百官四方圍坐，宮婢們來回穿梭，上水果點心。彼時絲竹樂起，著七彩舞衣的宮婢邁著細碎的步子上場，隨著音樂節奏，甩袖子扭身，婀娜多姿。小宮娥悄聲至蘇木身側。「蘇茶司，準備上茶了，您請。」

蘇木點點頭，與唐相予和蘇世澤招呼一聲，便起身隨小宮娥往內堂去了。

歌舞畢，換作悠揚的樂曲，那曲調宛若泉水激石，泠泠作響；好鳥相鳴，嚶嚶成韻，聽之，心靜，氣沈。此時一股濃郁的青草香陣陣傳來，這種香氣爽朗、舒適，一眾青衣宮娥翩然上場，手中端著青瓷茶碗，輕柔放置於每張桌前。

此刻再無人閒談其他，心思都被那茶碗吸引，只見碗中茶葉根根直立，姿態恍若飄飄欲仙的仙人，煞是好看。眾人皆端起杯盞，細細品著，只覺口感清甜、潤澤，是以往所品不能比擬，配以獨特的茶香和裊裊琴音，直教人心神滌蕩。有不少人在宮宴那日是品過此茶的，一飲便不能忘懷，如今再飲，竟別有一番滋味。

唐大人不住讚嘆。「好茶，確實好茶！」說著看向左側的蘇世澤。「蘇老爺能將茶葉做到這般境界，著實令人佩服。」

蘇世澤哪裡敢居功自傲，忙謙虛道不敢當。

一曲畢，杯盞盡，眾人意猶未盡，似此刻才從那種境界中出來，與左右交談，談著品茶後的心得，有的人更是作起詩來讚揚此茶。片刻後，樂曲再起，卻不復方才的悠揚，而是曲調歡快，漸漸地變得激昂。一群著紅衣紗質舞衣的宮娥，袖若流水清泓，裙如螢光飛舞，邁著細碎的步子翩翩而至。

宮娥們纖腰靈動，回眸淺笑，猶如月下仙子，翩躚間隱現若雪的膚色，小巧的銀鈴點綴於裙襬，空靈清脆的鈴聲散開來。就在眾人被舞姿吸引時，一股香甜的梅子味悠悠傳來。眾人視線皆往殿宇入口探去，但見宮娥捧著紅漆托盤進來。此回茶盞換作白砂茶盞，較方才的青白瓷大出許多。

待茶入手，映入眼簾的是一隻游動的錦鯉，那錦鯉尾翼四散，紅白相間，像極了……眾人抬頭，恍然大悟，不正是像極了面前舞動的宮娥？細看，才發現這白砂茶盞的碗口頗深，其內的錦鯉茶包由一條絲線連接，吊至杯緣，線頭以一寸左右的宣紙黏合，其上寫著五字：「蘇記烏龍茶」。

茶湯金黃，帶有特別的梅花味和梅子味。如此別致的出場，已教人迫不及待入口，品飲時只覺舌尖舒暢，喉韻清冽。此茶無論顏色、氣味與平時所飲的紅茶、綠茶差別甚大，是一款從未見過的新茶，在座之人無不讚嘆。高堂之上那位，也是一臉享受，茶盞在手，似乎捨不得放下。

蘇家進貢的此二款茶數量不多，他便獨自珍藏，時而小酌。沏茶的皆是宮裡手藝最巧的女官，只覺得味道比起宮宴那回，差了些意味。然同平常所品相比，已是好太多，尤其偏愛白毫銀針，那股獨特的香氣是所有氣味不能代替，教人如癡如醉。如今再品，卻發現無論色澤、氣味或是茶溫，都好太多。那丫頭，果真有本事。

再看這「烏龍茶」，竟磨成粉末裝入絲布包，少了幾分茶韻，卻多了幾分便捷，甚至不必拂去茶葉，入口便是清澈的茶水。有遺憾，也有驚喜。

唐大人低聲與兒子道：「這就是你去宮中打聽舞衣的緣由？」

「正是。」唐相予嘴角微微翹起。「如此一來，只怕有人要拿此作文章了。」

唐大人點點頭。木兒真是聰慧，在本質上下工夫，還懂得揚長避短。

話音剛落，果見對座的孟大人起身，走至殿前，拱手道：「皇上，臣有異議。茶，品最鮮嫩的葉端，一是味，二是形，作何這烏龍茶要磨成粉末裝袋？著實有違茶道。」

皇帝斂了神色，大袖一揮，那些舞蹈的宮婢便齊齊退下去了。場面霎時冷了下來，眾人交頭接耳。

皇帝道：「孟卿家，你當如何？」

孟大人轉過身，直直望向蘇世澤。「這茶葉分明有問題，是否蘇家故意欺瞞聖上！」

「我……不是……」蘇世澤忙擺手。他哪裡敢欺瞞這天下權力最大的人，只是笨拙的口舌教他說不出半句話來，女兒此刻又不在，他簡直快急瘋了。

唐相予按住不安的蘇世澤，起身，踱至大殿，拱手道：「茶葉為何必須是同種面貌？既是新茶，以新的形式出現大眾眼前，有何不可？吾皇推崇新政，意在不走從前老路，將大周治理得更好。創新，何罪之有？一個茶商尚且有如此覺悟，孟大人，您是否太過迂腐了？」

創新，這個新奇的詞，還是木兒說給自己聽的。推崇新政是皇上近幾年專注的事，一幫一幫老臣思想守舊，其中以孟大人為首，時常駁回提案，使得新政難以推行，皇上為此沒少頭疼。唐相予這番話無疑說到他的心坎，面上神色緩和不少。

孟大人似覺好笑。「小唐大人還是有些年輕氣盛了，茶歸茶，政歸政，如何混為一談？莫不是你與蘇家關係匪淺，幫著說好話吧！」

唐相予不慌不忙。「朝堂之上，不講私情，孟大人莫要曲解下官的意思才好。」

「哼！」孟大人冷哼，轉身又朝皇帝拱手。「臣聽聞蘇家茶園受損，茶葉被螣蛇侵襲，所剩的不過是殘枝敗葉，以此茶上貢，便是欺君！」

螣蛇一事鬧得滿城風雨，最後螣蛇被滅，蘇家成為治理害蟲的功臣，此法還被記錄史冊，實在是大功一件。若蘇家因此居功自傲，以殘茶糊弄聖上，那也真的是膽大妄為。

此時，蘇木在內堂指點女官泡茶，並不能分開身，只是前堂傳來的動靜，在場之人也是忐忑不已。女官暗自打量蘇木，卻見她氣定神閒，哪裡有絲毫慌張？

「集中精力，注意注水的速度和方向。差一分，味道便有不同。」

清冷的聲音將走神的女官拉了回來，趕忙將心神放在手上。這些女官都是宮裡專門沏茶的，對茶多多少少都有些了解，手法自然嫻熟得當。今日得蘇木指點，才知道泡一杯好茶，得注意多少細節，怪不得今兒泡出的茶比以往更香醇。她們本對這個年紀不大的小女娃不以為意，兩壺茶泡出來，才覺真人不露相。

蘇木雖將注意力都放在茶上，心思卻早飛到大殿去了。不曉得唐相予能否應對住……而內廷這方，眾官眷屏息瞧著，雖聽不大清楚，可觀幾人神色，大致還是能判斷。蘇大爺和二房一行更是膽顫心驚。若茶葉出了問題，那這宮門怕是出不去了！這幾日靜默許多的蘇丹也意識到，自己先前的作為簡直愚蠢，這樣的局面哪是她能掌控的？

堂前的爭辯越發激烈，孟大人咄咄逼人，唐相予也不甘示弱。「茶包自有茶包的用途，具體的事，臣已寫了奏章呈遞。」

「誰又知道，這不是你的緩兵之計？」孟大人眸光一冷，於是於殿前拱手，道：「皇上，臣奏請唐大人道明茶包的用途。若不然，就是這蘇家膽大妄為，欺瞞聖上！」

皇帝知道今日唐相予不說出個所以然，孟大人是不會甘休；且他也想知道，唐相予究竟能有什麼新奇的點子？這個少年得志的榜眼，起初並不留戀官場，似乎好做個閒散的商人。後來不知為何進宮述職，且兢兢業業，比起當年的御史中丞唐大人還要出色。他不到兩年時間，便在朝廷站穩了腳跟。最關鍵的是他支持新政，每每提出的建議，十分合心意，是個眼界獨到的人才。

「唐愛卿，你便將這茶包的用途細細道來，若是有利於社稷，我便不追究蘇家的過錯。」

唐相予心頭一喜，昂起胸脯。「臣遵旨！」

他轉身回位，端起茶盞，朗聲道：「茶包方便攜帶和沖泡，出門在外，若想飲茶極為方便。像番邦的游牧民族，比起茶葉來講，想來他們更加喜歡茶包；且此法還為我大周節省出項，何樂不為？」

年前才因番邦使者對換茶一事提出異議，險些鬧得失了顏面，若將茶葉換成茶包，於馬背上生活的他們來講，確實便利許多。若行此法，使得邊關安定，那便是大功一件。

孟大人看向唐相予的眼神變得陰霾。這小子何時有了這般見地，茶包一事讓他得逞，只怕往後官場的風向就要變了。唐家父子聯手，又有那蘇家做後盾，往後官場的動向，便不是他能控制的了。好在女兒嫁給三王爺，拉攏了殷貴妃，自家這方始終不落下風。只是這個突然冒出的蘇家著實可惡，務必要除掉！「唐大人究竟有何自信，憑這小小的茶包就能讓番邦順服？」

唐相予不急不躁。「番邦游牧，以畜牧為生，主食牛、羊肉，好喝奶。因此男女老少最常得一種病，便是心衰症，這也是為何他們年年要以良駒換茶葉的緣由。大多數人以為換去的茶葉如同我們一般，閒時沖泡、細品，實則不然。番邦在馬背上討生活，並不重視學識，是以品茶對他們來講，不過是飲水防病罷了。

「然而茶葉苦澀，他們不能喝得慣，於是將茶葉加到奶中，製成了一種家家戶戶都愛喝的酥油茶。如今酥油茶已成為番邦的特色，若將茶葉製成茶包，煮酥油茶是否更加便利？且這烏龍茶比起紅茶、綠茶來講，多了一絲花香，少了許多苦澀。」

他說著，拱手於殿上叩禮。「所以臣斗膽認為，茶包一事，蘇家並無過錯，反而是功勞一件！」

孟大人只覺氣血倒湧，再說不出辯駁的話來。

場上安靜極了，有的人面露讚嘆，有的人不動聲色。直到殿前高坐之人滿意地大笑兩聲，才有官員上前附和：「唐大人此法甚妙，年少有為！」

「唐愛卿，」皇帝站起身，看向唐大人，笑道：「你生了個好兒子啊！」

唐大人忙起身作揖，謙虛道：「微臣惶恐。」

邊關的酥油茶，予兒如何會得知？同吃食有關，只怕是那丫頭想出的法子。二人一明一暗，配合得極有默契，予兒若能得此賢內助，前途必將無量！

「傳朕旨意，蘇家獻茶有功，賜黃金五萬兩。晉蘇茶司為三品，致力弘揚大周茶藝，並載史冊。唐相予獻策有功，封六部侍郎，即日冊封！」

眾人一陣譁然。茶司不過是無名小官，晉三品也只是名頭上風光。可唐相予一下升為六部侍郎，那是主掌六部的要職啊，僅次於孟大人！如此年紀，晉升如此快，聖心難測，只怕朝廷的風向要變了……

第一百一十章　賞銀

宴後，席散。吳氏一家等在內殿，遲遲未離開，唐夫人一行也靜坐等候。這一幕並不陌生，年前那場宴會也是如此。不同的是，那會兒吳氏等在家中，現在卻身處宮門。

一整日的心驚膽顫，教張氏有些坐不住。眼下只從那唐家夫人處探聽消息，蘇大爺是起不了什麼作用，唯一能說上話的是吳氏。她挪了挪屁股，挨到吳氏身側。「大嫂，木丫頭不是都升了官，怎還沒出來？妳著人去打聽打聽，到底什麼情況？咱這樣乾坐著，心裡沒底，都著急。妳瞧爹，都急得說不出話來了。」

吳氏心裡自然忐忑，卻也沒什麼法子，只好故作鎮定，安撫家人。且唐夫人都沒發話，她一個婦人能有什麼法子？「不是我不著人打聽，只是宮裡不若街市，哪能由人隨意走動？木兒和他爹現在情況不明，咱不懂這宮裡的規矩，不該添亂。」

張氏暗自腹誹。平時精明，這會兒怎麼犯糊塗了？「大嫂糊塗，咱一家平民百姓，能打聽啥道道！」說著，眼神往唐夫人那處遞了遞。「那兒不是現成有一位，官家夫人常進宮，對宮裡的道道自然摸得清。」

吳氏橫她一眼。「莫瞎打主意！唐大人父子也在裡頭，唐夫人尚且坐得住，咱不能慌了陣腳。木兒聰慧，不會出事的。」

「妳！」張氏氣結。「裡頭是妳丈夫、女兒，出了事，這裡還有我丈夫、兒女呢！」

張氏嗓門本就大，這一急，聲音便抬了抬，旁座的唐家官眷皆看了過來。蘇青忙將人拉住。「娘，這裡可不是吵鬧的地方，咱耐心等著吧！二姊定會平安出來的。」

張氏自然察覺別人看過來，面上有些熱，卻仍是死鴨子嘴硬，嘟囔道：「我又沒說錯……二姊二姊，你叫得親熱，被人害死都不知道！」

唐夫人收回視線，很是看不起張氏的作派，再瞧吳氏，便順眼許多。好在那丫頭的母親是個知禮的，若同那等鄉間村婦一般，縱使女兒再優秀，她也不願兒子娶那樣家庭的孩子。於是繼續端坐，視線往正殿落去。

她面上淡定，內心卻隱隱有些激動。她知道並不會出什麼事，皇帝當著文武百官冊封兒子為六部侍郎，那是多大的榮耀，縱使幫著蘇家隱瞞茶葉受損，對外也不會有什麼懲罰，至多訓斥幾句罷了。兒子少年得志，如今又封了官職，這份榮耀來得太快，教她有些恍惚。

直至夜幕低垂，殿門才打開，唐家父子及蘇家父女前後腳出來，等候的兩家家眷忙迎了上去。吳氏來到蘇世澤身側，拉住他的手，看到父女安然出來，頓時覺得內心有些酸楚，比起上回宮宴在家裡等候，還要來得心焦。

蘇世澤哪會沒瞧見妻子眼中的晶瑩，握緊她的手，安慰道：「沒事了。」

二房兩口子也鬆了口氣，蘇大爺則由蘇青姊弟攙扶著，兩眼無神，似乎驚了魂。

唐夫人像是見慣了如斯場面，淡定許多，只是同丈夫交換了眼神，二人便並肩而立。兩家人低聲說著事，走出皇宮大殿，出了宮牆。兩家下人皆備馬車在宮門口等候，蘇世澤和吳氏同唐家一行寒暄了兩句，也就各自上了馬車離去。

吳氏這才拉著父女倆細問：「皇上有沒有追究咱用廢茶葉的事？」

「皇上聖明，哪裡會不曉得？」蘇世澤嘆了口氣，說著又笑了。「照木兒的話，咱是將功折罪，茶葉還是那些茶葉，何來欺瞞，不過是換種形式罷了。」

吳氏聽得有些暈乎。那到底追究還是不追究？見父女二人面上並無憂色，大抵是沒事了。

因為拘謹，一家子晌午宴席上沒吃多少，這一等又至夜幕降臨，肚子早就空空如也。回到家，吳氏去瞧兒子。一日未見，六月終於見到娘，便抱著不撒手，吳氏騰不開身，只好讓嬤嬤和幾個丫頭去備飯菜。

父女倆安然出殿，便說明沒事了。蘇木升官和得賞黃金五萬兩，那是一家子眼瞧著的，蘇世福兩口子異常歡喜，因為那茶包有張氏的一份功勞。張氏手肘碰了碰丈夫，後者會意，端起酒盞，站起身。「大哥，恭喜恭喜，咱蘇家就靠你光耀門楣了！」

蘇世澤心裡也高興，不光是得了賞賜，主要還是茶園的危機解除，保了一家平安。他端起酒盞，碰了碰，一飲而盡。

「還是木丫頭能幹，能想出茶包的法子！」女人家不便喝酒，張氏便從菜碗裡挾了兩隻雞腿，一隻給吳氏，一隻給蘇木。

連一貫不善言詞的丁氏都說了幾句高興話。只有蘇大爺一人，埋頭沈默不語。他一口酒一口菜，像是餓極了，待酒飲盡才放下筷子。「咳，我說兩句。」

一家子還在歡笑，見蘇大爺這般樣子，不由得斂了笑意，放下碗筷，專注起來。

蘇大爺抹了抹嘴，拿出玉石煙管抽起來，才道：「明兒我就收拾回鄉，家裡那麼多地，沒人照看不行。」

說要回去，張氏頭一個不樂意。賞賜的金子還未送來，她那份拿了才走啊！

「爹，您急什麼，好不容易上趟京都，不好好在大哥這裡享清福，做啥急著走？再想來趟，不曉得何年何月了。」她說著看向六月。「您在家不就念叨著六月，娃子一眨眼就長大了，怎不多跟小輩處處？我尋思您啊就甭回去了，家裡有青哥兒和青哥兒他爹，沒甚擔憂的。」

蘇大爺兩三口抽完，將煙管啪地往桌上一拍煙灰，嚇得張氏一個激靈，當即住了嘴。她不情不願地坐下，腳下不停地踢丈夫。蘇世福自然同張氏一條心，心裡惦記著賞銀，也是不願早早回去的。然而方才媳婦兒的一番話已惹得老爹不快，他若再說什麼，便是火上澆油。這方行不通，便轉向大房一家子。

「大哥，你說兩句，爹難得來一趟，茶葉要九月收，這不還有兩個多月呢！」

蘇世澤見老爹一路悶悶不樂，想來是在宮裡受了驚。也是難怪，突然生死走一遭，在這異鄉總是沒那份安定。只是老二說得對，這回來京，確實出乎意料，且老倆口都來了，他心裡高興。從原先分文沒有到如今有了偌大的家產，還混了個官職，他自豪，自然也想讓爹娘感受這份自豪。

於是轉向蘇大爺道：「爹，要不再住幾日，家裡的地不著急。」

蘇大爺臉上凝重，始終沒有鬆懈。「不了，明兒就走。」說罷站起來，對丁氏道：「走，回去收拾東西！」

丁氏忙不迭站起身。老倆口前後腳出了門，到了門口，蘇大爺腳步頓了頓，對著二房兩口子道：「你一家子，要走就一道，不走就別回來了！」

說罷，頭也不回地往房裡去了。

「爹、爹！」蘇世福追至門前，見勸不住老爹，也沒法子，懊惱不已。「這是什麼個事？叫他享福，怎弄得跟坐牢似的？」

蘇青實在看不過爹娘的作派，於是站起身。「姊姊出門一個月，是該早早回去了，否則田良哥該擔心了。茶園被螣蛇破壞，我也得回去瞧瞧，早做防護，莫等九月還出這等子事！」說罷，轉向大房幾人。「大伯、大伯娘、二姊，我也回去收拾東西了。」

蘇世澤面色沈重地點點頭，沒有開口挽留。

「你這個兔崽子！」張氏氣得拍大腿。

「我也去收拾了。」蘇丹也沒多猶豫，站起身跟上前頭蘇青。她本就心虛，更是巴不得早點離開，免得將禍事扯出來。

再者，如今的蘇木再不是從前那個賤丫頭，自己待在這裡一日，只會被比得更低下塵埃，甚至覺得和她相比，連一根針尖都算不上。

眼下再要留下來，是不可能了。張氏的心在滴血。她不甘心，那些茶包是她做出來的，那五萬兩金子也有她的一份……內心那份渴望推動著她。「木丫頭，那茶包……」

話未說完，張氏便被蘇世福一把拉住往門外扯，他一面樂呵呵道：「那我們就回去收拾東西了。」

剛出口的話，生生嚥了回來。張氏覺得她今晚要氣瘋了！她一面被丈夫拖著走，一面掙扎著。「你拉我做甚?!話都到嘴邊了，那些賞銀你不想要？」

蘇世福想來也有些氣，手一撒，張氏險些摔了一跟頭。「妳腦袋是被驢踢了還是怎了？那些賞錢是妳好開口要的？欺瞞皇上，是多大的罪，往後追究起來，咱不就脫不了干係了！妳怕是活膩了！」

張氏穩住身子，也穩了穩心神。「你說啥？今兒放咱出來，不是沒追究嗎？再說了，方才你不也幫著說讓爹再住幾日！」

「她主動給和咱去要，能一樣嗎？」蘇世福狠狠白了張氏一眼。「她給咱，咱可以說是茶山的分紅或者旁的什麼；妳去要茶包的獎賞，不就擺明白把咱家往那事上綁？豬腦子！」

張氏似心有餘悸，往蘇世福邊上挨了挨，又斜著眼往屋裡瞧了瞧，壓低了聲音。「那獎賞和分紅都不要了？」

「要錢還是要命？」蘇世福哪裡會不心疼，可是錢沒了可以再賺，命沒了，要錢有啥用？只能回去好好侍弄茶山的地，等著九月的分紅吧！

一屋子的人走了一半，剩下蘇世澤一家子。吳氏嘆了口氣。「爹就是怕了，他這輩子活在村子裡，也算受人敬仰，今兒往宮裡走一遭，著實受了不少打擊。回去也好，自在。」

蘇世澤點點頭。哪裡會不曉得，只是心裡頭有些酸楚罷了。

蘇大爺經歷了蘇三爺被流放、蘇老太爺客死異鄉，怕是在心裡留下陰影，擔心自己也有這麼一日，便在京都一刻也待不下去了。至於二房鬧那麼一齣，該是為著五萬兩黃金。那麼些錢，誰都眼紅。其實他們不說，也會分一部分給他們；只是二房存的那份私心，教人不敢將他們視作自己人。罷了，就讓他們有事可做，有錢可拿，沒空動壞心思吧！

次日大早，蘇大爺帶著一家老小匆匆趕回郡城。因走得匆忙，便沒來得及備貨，吳氏便從庫房裡撥出一筆給蘇大爺帶著上路。一路山高路遠，老老小小帶那麼些東西，總是不安全，蘇木便讓雙瑞去杜府聯繫鏢師，護送一家子回去。

這一路倒是沒出什麼岔子，後來蘇青來信說蘇大爺在半路大病了一場。雖不是什麼大病，卻也把蘇大爺嚇得慌，之後他便很少出門，就是郡城，也去得少了。

沒兩日，賞銀下來了。用這些錢買了京郊的兩處莊園，總共有一千畝。蘇木從垣村提拔了幾個年輕能幹的當管事，派到這兩處莊園。莊園原本就養著長工，那些願意留下的，由管事重新簽了契。

垣村的茶園步入正軌，由村人照看即可，蘇世澤和吳大爺父子便轉向莊園。因著先前被人溜進茶園使壞，父子倆專請了匠人在莊園邊修了十尺高的荊棘牆，還養了幾十條獵犬看守。這往後就是自家產業，自然要做到有備無患。

只是莊園一置辦下來，吳大爺和吳三兒回鄉的事又耽擱下來了。父子倆同家裡分開大半年了，蘇世澤偶有提起將吳大娘和牛秀兒接到京都，吳大爺沒什麼意見，吳三兒也歡喜。於是一家子就這件事鄭重地談了談，決定寫信回去，讓娘兒倆把地處理了。

考慮到牛大力母子孤苦無依，若是願意，也跟著一道。往後其中一處莊園，就交由吳三兒和一家子管理，同蘇青一樣，每年分紅利。

第一百一十一章　是個局

之後的日子蘇木足不出戶，閒得無事便研究霜淇淋機。田師傅幾乎日日被請上門，二人在後院忙得不亦樂乎。然而，蘇府安定，唐府卻有了動靜。

是夜，唐相予被唐大人夫婦叫了去。天已大熱，即使夜晚，走一路，背脊上也冒出汗來。往常唐相予去二人院子請安時，唐夫人總是著人備了冰鎮的湯水。今兒他巴巴趕去，桌上竟空空如也，便警醒了幾分，想來是出了什麼事。

他拱手作揖。「父親、母親。」

唐大人衝他擺擺手。「坐吧！」

見二人神色陰鬱，便收起那副賣乖的樣子，自個兒倒茶往嘴裡送。「父親、母親叫我來是有何事？」

二人相互看了看，唐夫人別開臉。「你說。」

唐大人沈默了片刻，才道：「今兒你幾位伯公叔公請我去吃茶了。」

伯公、叔公？唐相予大抵猜到幾分，放下茶盞。「他們說了什麼？」

「提及你的親事，你早已到了成婚的年紀。」他頓了頓，繼續道：「年紀倒是其次，不過是因你年少登科，仕途順遂，如今又驟然升為侍郎，擔心你根基不穩，坐不穩這個位置，欲結親鞏固。」

唐相予嗖地站起身。「男子漢大丈夫，仕途自然靠自己爭取，以結親鞏固不是君子所為，他們真是腐朽至極！」

「予兒，不得無禮！」唐夫人冷臉斥責。縱使叔伯們再有違君子之道，到底是長輩，作為晚輩，萬不可能不敬重。

唐相予扭過頭，不說話，片刻又轉回來。「您二人不是不曉得我心悅木兒，木兒的才情，你們也見識過，比起京都官宦人家的家眷，有過之無不及；況且她為了我才來京都，至今日這番成就，便是為我二人以後。你們當她稀罕過這樣爾虞我詐的日子？從前在郡城的時候多快樂，自由自在，什麼官籍、商籍，什麼家產、地位，她半點也不在乎。可是為了我，她付出了心血爭取，就是為了能與我並肩站立……不，她比我還好，只是這些世俗將她禁錮，不得不屈服。」

兒子的一番話將夫婦二人驚呆了。那丫頭竟是為了兒子才來京都，關鍵……關鍵若是一般女子，只消狐媚兒子，縱使與父母反目，遭家族唾棄，也要他無論如何娶進門。從目前來看，兒子確實已經稀罕她到那個地步，可那丫頭並沒有那麼做，而是自身努力與唐府並肩站立，做到要兒子娶她是理所當然。如今她做到了，這樣的女子，只能讓人敬佩。

若說先前唐夫人還有一絲顧慮，那麼這會兒已經完全被那丫頭征服。「予兒，娘支持你娶蘇姑娘，縱使千百人反對，我都站你這邊。」

「母親……」唐相予忙躬身抱住唐夫人的雙肩，感動不已。母親從來以唐氏家族的利益為重，是瞧不上木兒的，如今能站在自己這方，著實不易。

既然母子相通，那麼……二人齊望向唐大人，後者一臉無奈。「你叔伯那兒，我早就推辭了！」

母子倆這才噗哧一笑。

「你二人啊……」唐大人無奈地搖頭，而後道：「你伯公他們說的幾位京中貴眷，都不大妥當。本是打著同孟家結親的主意，卻被三王爺截了先。若是從前，娶哪家貴冑千金皆可，如今卻大不相同。你在孟大人手下當差，咱又因蘇家的事同孟家鬧得不愉快，若非娶個公主、郡主的，是不能安身立命了，這些便是你伯公他們的考量。」

唐夫人眉頭微蹙。「公主、郡主……皇上多子，大公主和四公主皆已許人，如今待字閨中的僅剩九公主，可九公主才十歲啊！」

「所以我便拒了，縱使沒有蘇姑娘，也是不能應的。皇上鍾愛九公主，定然會為她擇一良婿，若咱們貿然求娶，以二人年紀的懸殊，皇上定認為唐家利用九公主鞏固地位，那才是害了予兒、害了唐家！」唐大人說著有些忿忿。都是唐氏血脈親兄弟，可為著唐府的百年基業，他們哪管旁的？

母子二人見唐大人痛心疾首，也不再說話。好在九公主年幼，如今京都又未有合適人選，親事該是不著急。那麼他和木兒的將來，便還有時間。唐相予暗暗握緊了手。

從唐大人院子出來，已經夜深。唐相予和雲青主僕，一前一後行在竹苑的小道上。月色皎潔，將整個竹苑照得透亮。

「雲青，」唐相予停下腳步，轉頭道：「去查查我那幾位叔公、伯公。」

唐府少爺要議親的消息，不知為何不脛而走，也傳到了三王爺府中的孟蓁蓁耳裡。她半晌沒有回過神來。那個她欽慕的少年郎終於也要成婚了嗎？那段旖旎的夢，終究要碎了。讓她欣慰的是，議親的並不是姓蘇那丫頭。

「翠蓮……」孟蓁蓁隨口喊道，卻見身邊換了人，眸光閃過黯淡。

翠蓮在上回慶典被九公主摑掌後，便毀容了，送到孟家莊子去。她自幼跟著孟蓁蓁，至今十餘載，也算情誼頗深。如今驟然失了這個心腹，時而仍是有些感傷。

「蓮心，妳著人進宮遞個信。」

這個喚作蓮心的婢子是孟夫人送來的貼身心腹。女兒吃了這麼大的虧，她是心疼又心急，也可恨。

這日，已經連續五日未出門的蘇木終於換上官服，乘坐馬車往宮裡去。先前把守宮門的侍衛總是要一番盤問，如今只要見著蘇家馬車便讓行。蘇木可不認為自個兒後臺大到讓守衛側目，大抵是受了某位的囑咐。

蘇木下了馬車，綠翹忙拿出傘替她遮擋，主僕三人行走在偌大的皇宮。來往有宮人朝蘇木躬身行禮，途中也能遇到後宮妃嬪過往，有的同樣在烈日下行走，有的卻有步輦坐。每每走過這道宮牆，總是教人感慨萬分。

「妳聽說了嗎……」前頭花園的假山旁，兩個宮婢正湊在一處耳語。

綠翹最喜八卦，路過便忍不住豎起耳朵聽，卻聽到自家小姐的名字。「小姐，那二人像是在議論您……咱要不要聽聽？」

蘇木點點頭。若說背地議論她的人多了，可方才分明聽到唐相予的名字，便多了分疑慮。

三人停在一棵楊柳樹下，正好背對那兩個宮婢。宮婢似乎覺得此處無人，便膽大起來，聲音也不低。

「我聽說，唐少爺要議親了。」其中一人道。

另一人驚訝道：「誰呀？唐少爺年少有為，又剛晉升侍郎，那是前途無量。我那日在慶典上瞧見他與蘇茶司似乎關係頗好，不曉得二人是否有情誼在……」

那人不屑道：「唐少爺是什麼出身，那蘇家又算什麼，二人自然是不可能成對！議親的另有其人……」

「誰呀？」

那丫鬟說著四處望了望，才道：「是九公主。放眼望去還有哪家小姐能配得上唐少爺？」

九公主？綠翹不解地看向蘇木，後者眼中有一閃而過的驚訝，未有別的反應。

而那處再傳來二人的談話聲。「哪裡來的消息？九公主可是皇上的掌上明珠……」

一人笑道：「正因為是掌上明珠，才想到要給她找最好的夫婿。且這消息是唐府傳出來的，我的一個好姊妹在唐府當差，她私下與我道，親事是唐大人親自與諸位叔伯商議的，不能有假。」

這話一出，綠翹再不能淡定了。「小姐，唐少爺——」

「噓！」蘇木打斷她，側身往貢茶院方向走去。

綠翹和雙瑞忙小跑著跟上去，聽見蘇木道：「今日所聽，半個字都不許洩漏，你二人謹記。」

綠翹不解。「可是若唐少爺議親，該是給您一個交代，這……這算怎麼一回事？」

雙瑞也有些著急。「唐少爺不是那等涼薄之人，其中莫不是有什麼誤會……」

蘇木搖頭。她不知道其中有什麼誤會，或是他遇到什麼棘手的事，但是她必須信任他能辦好。唐大人也不是那等置兒子終身不顧，只一味追名逐利之人。

所以，方才那兩名宮婢有問題。不偏不倚，正巧在自己必經之路議論唐相予的親事，還說得如此大聲，只怕是個陷阱，故意引她入局。不論如何，這件事絕不能從他們這裡流露出半個字。

「綠翹、雙瑞，你們聽好了，九公主是皇上最疼愛的公主，且年僅十歲，無論是否同唐相予議親，都不是你我所能談論的。保不齊這就是個陷阱，咱們說出去的每個字，都可能招來殺身之禍！」

蘇木的嚴肅，讓二人有些心驚膽顫。真如此嚴重？可……唐少爺怎麼會議親呢，他不是心悅小姐嗎？

三人說著到了貢茶院，遠遠便瞧見一個粉衣人兒迎了上來。

「師傅。」是九公主。

自貢茶院開了，蘇木開班授課，九公主是從不缺席，且學得極為認真。

蘇木笑了笑，回道：「來這般早。」

她面上閃過的凝重沒有逃過九公主的眼睛。師傅從來都是一副氣定神閒的樣子，今兒是遇到什麼糟心的事？「是呀，五日未見，想您得緊。」她越發親暱，卻留意蘇木的神色。

可方才那閃過的凝重後，再無其他。她正納悶，卻瞥見師傅身側的小婢子一臉忿忿，瞧自個兒的眼神也有些幽怨。怎麼了？是她做錯什麼事了？並沒有啊！

「外頭曬，快進去吧！上回學的課業可還記得？」蘇木溫和地領著她進院。

「記得，回去反覆練習，一會兒您再考考我。」九公主撒嬌道。

方才的疑慮還存在心中，待到院中，蘇木整理器具，她便招來貼身宮婢。「妳去查查，師傅從宮門到貢茶院，路上都見過誰、說了什麼話。務必要打聽得一清二楚，不可放過一絲一毫。」

蘇木坐於案前，兩手交疊在膝上，眸光淡淡落到堂下一眾華服錦衣的少年少女上，獨獨前排的九公主熟識，旁的一概不認識。

「喝茶、品茶、茶藝與最高境界——茶道。喝茶，是將茶當水解渴。品茶，是注重茶的色香味，講究水質、茶具，喝的時候又能細細品味。茶藝是講究環境、氣氛、音樂、沖泡技巧及人際關係。至於最高境界——茶道，是在茶事活動中融入哲理、倫理、道德，透過品茗來修身養性、品味人生，達到精神上的享受。」

這一眾年紀相仿，甚至比她還大些的學生也正眨巴著眼，好奇地望著自己。課已上兩回，教了些淺顯的喝茶、品茶。這些貴族子弟，好茶自然沒少喝，是以理解起來並不困難。

「今日學選茶。」蘇木揚了揚手，示意一旁站的宮人將備好的幾款茶葉分發下去。

這間隙，她起身，道：「茶葉的品質表現在外形和內質兩方面。外形分為條索、色澤、整碎度、淨度；內質分為香氣、湯色、滋味、葉底。」

「蘇茶司。」一位少年站起身，將手中茶葉隨意一扔，滿不在乎道：「泡茶這等粗使活計，交由下人去做便好，作何要我等身分的親自動手？這不是自降身分！」

蘇木抬頭看了他一眼，見一旁幾位捣嘴偷笑，遂道：「若會作文章，又何苦練字？累人的活計，交由下人去做便好。」說罷，側身往後去，不再理會。

那少年不服氣。「那如何一樣？寫得一手好字，悅人悅己，品茶同沏茶喝不是缺一不可的關係。」

「聽說蘇茶司是農戶出身，怕是做慣了這些……」有人笑著附和。

蘇木也不氣惱，仍是不溫不火。「看來前兩堂課講授的茶道是沒有理解。不如這般，有誰覺得沏茶粗鄙，便留下補課可好？」

「本以為是有真才實學的，竟也只會耍耍嘴皮子！」那少年很是不屑，袍子一甩，大步離去。

旁座三人也滿臉鄙夷，跟了出去。餘下眾人倒是沒說什麼，卻也相互看了看，似有些驚訝。

蘇木卻像沒事人似的。「且將這些茶葉，分作三六九等。」

課後人漸散去，蘇木坐在案前品茶，綠翹、雙瑞收拾器具。

九公主磨磨蹭蹭地沒有離開。她幾番打量蘇木，似乎見她真不生氣，不知為何自己卻氣起來了，於是三兩步坐到她面前。「師傅，方才那些不知禮數之人，該是要狠狠教訓的！若非妳教導我課堂上不得分身分高低，我偏生要喊人將那幾人丟出去！」

蘇木笑了笑。那幾人不就是故意來瞧她笑話的？早在那幾人報名時，唐相予給她安排的小廝就將幾人身分表明，竟是唐府宗親的後輩，想來是聽到什麼風言風語，前來打探。

九公主見蘇木眼底一派溫和，有些猜不透。方才她派去的人查探蘇木見了何人，也已有結果，竟是殷貴妃宮裡的，編排起唐大人跟自個兒議親。一石二鳥的計謀，既讓師傅與自己反目成仇，又盤算著師傅將此事散播，好讓父皇治罪。

好在師傅聰慧，並無異樣，連她的貼身婢子和小廝都不亂說一個字。可是……聽說自己搶了她心悅之人，為何還能如此溫和，心平氣和待自己呢？師傅真是除了父皇，是整個宮裡第二好的人。她暗自打定主意，定要撮合二人！

第一百一十二章　大禍

蘇木讓人把霜淇淋製出來，放在店鋪門口正式販售，這個小巧又美味的冰涼糕點受到整個京都追捧，每日門口皆排長隊。好在這玩意兒做起來方便，一拉一轉不過眨眼工夫。如此一來，蘇記又在京都紅火了一把。

此時，唐相予也已踏上前往番邦談判的途中。茶包既是由他提議，與番邦的談判自然也落到他手上。原本如今以大周的地位，大可隨意派個人過去，孟大人卻以誠心為由，派他前去。他也無法，孟大人既高一等，六部又少有維護自己的，這件差事只得攬下。

蘇木在那回被唐氏宗室後輩嘲笑過後，於宮中竟再無此類事情發生，她知道，定是九公主暗中助她。如此，便既來之，則安之吧！

然而，就在日子過得風平浪靜時，卻從唐府傳來一件不好的事。唐府宗室子弟對公主出言不遜，被關押在天牢，聽候處置。皇上震怒，狠狠斥責了唐大人。此時邊關也傳來消息，唐少爺遇襲，生死未卜……唐大人夫婦受不得這個打擊，雙雙病倒了，沒人撐起大局，如今唐氏各族亂作一鍋粥。

「小姐、小姐！」綠翹搖了搖蘇木的肩。「小姐，您說句話，別嚇奴婢。」

蘇木回過神來，一把抓住綠翹的手。「消息哪兒傳來的？可確切？」

半個月前，才親自將他送出城門，他還說要給自己帶番邦的烤牛肉乾。眼見回城將至，怎麼……怎麼會遇襲？他說過要百般顧好自己，平安歸來的……

「是唐府那頭親自遞來的消息，錯不了……」綠翹淚眼汪汪。唐少爺生死未卜，雲青只怕也是……

蘇木在屋裡來回踱步。她是真的慌了，一面擔憂，一面又覺事有蹊蹺。為何所有的事都一起發生，使得唐家一夕之間跌入谷底？唐大人為官數十載，難道就被一個後輩犯錯打垮？她不信。可消息又是從唐府傳出來的，教人不得不信。

「綠翹，更衣。」

主僕二人匆忙換洗，上了馬車直往唐府而去。

無論何時，總是有人上門遞帖子的唐府，如今真就詮釋了什麼叫「門可羅雀」。二人上前叩門，裡頭小廝不耐煩道：「回去吧！不見客！」

「你倒是去通報一聲，我們是蘇家的！」綠翹氣急，用力拍門，手掌都紅了。

這時裡頭傳來幾個丫鬟的聲音，聽著有些耳熟，一番詢問，竟叫人將門打開了。

開門一看，是唐相芝院裡的婢子，她熱情地迎上前。「蘇小姐，快請進。」

主僕二人這才狼狽地進門，蘇木客氣道：「我想見見唐大人和唐夫人，不知二人身體可好些了？我帶了些補身子的藥品前來探望。」

她話音剛落，便聽見院子裡頭吵吵嚷嚷。

丫鬟忙道：「蘇小姐來得不巧，二老太爺、四老太爺和五老太爺都在老爺屋子鬧呢！」

「這……」蘇木有些無奈，今日來得真不是時候。

見蘇木猶豫，丫鬟也不好逐客，於是道：「不如蘇小姐先去偏房等候，我與小姐知會一聲，再來與您稟報。」

蘇木想了想。這樣也好，今兒若問不出個所以然，心也放不下。二人便被指引到偏房稍坐。只是坐了許久，也不見人來，依稀聽見前院斷斷續續傳來想法子進宮、保人云云。

「小姐，那些老太爺真是狠心腸。」綠翹趴在窗戶往外瞧，見前院爭吵得激烈，似乎一時半會兒停不下來，轉過頭對蘇木道：「唐大人夫婦都病倒了，唐少爺又出事，這幫人還上門鬧，比起豺狼還差不多！」

「小聲些，仔細讓人聽見。」蘇木走過去，只見院子站的都是下人，屋裡著實鬧得厲害。

這時一隊身穿銀甲的官兵破門而入。主僕二人覺得不對勁，正往門邊走，卻被兩個迎面走來的官兵推搡著出門。「去院子站好！」

「官爺，你這是做啥？我們是唐府的客人。主人家的臉都沒見到，抓我們是什麼由頭？」綠翹一面護著蘇木，一面掙扎著問話。

那官兵像是聽到什麼好笑的事。「還客人？這唐府就快遭殃了，唐大人涉嫌與邊關私通受賄，今兒就是奉命捉拿，抄家產的！」

「啊？」綠翹傻了。「唐大人哪可能呢？」

蘇木仔細聽著，越發覺得不對勁。私通邊關，那是要將唐府置於死地啊！

主僕二人被趕至院中，前廳一眾人等也被押了出來。前頭是三位錦衣華服的老太爺，三人因這突如其來的變故有些發懵、惶恐，不住向官兵問話。得知是唐大人犯事，便極力撇清關係，稱只是上門話家常，平日甚少往來云云。

隨後是唐相芝攙扶著一臉憔悴的唐夫人，一旁是兩個小廝架著唐大人往外走。唐大人低著頭，瞧不清臉色，就這副樣子來看，怕是不太好。那些奉命押人的官兵一點也不客氣，未因三人身分而有半分顧慮。至院中時，直接將人推在一起，三人險些站不穩。

蘇木忙上前攙扶唐夫人胳膊。後者緩緩抬眼，一雙眸子布滿血絲，嘴唇沒有丁點兒血色，她顫抖著道出三字。「蘇……姑娘」。

這方還來不及說什麼，只聽見為首一位官兵拿著明晃晃的聖旨。「奉命捉拿通敵貪污要犯，且查封唐家所有家產，一干人等立即搬出唐府！」

通敵貪污、查封家產，於唐府一干人無疑是晴天霹靂，而那三位唐家老太爺在話音剛落時，便討饒著說同唐府關係淺薄，立刻就走人，不敢打擾。幾人要離開，那些官兵並未阻撓，任由三人帶著奴僕避若蛇蠍，逃也似地離開了。

餘下奴僕自是不走，雖是驚慌，卻仍是等著當家主子發話。哥哥生死未卜，雙親病重，唯有唐相芝站出來斥道：「種種罪狀可有證據？」

那官兵冷哼。「唐大人與番邦私通的書信在手，又有人查到唐少爺頻繁與番邦人秘密接觸，諸多證據在手，若你們再有疑問，去刑部喊冤吧！來人，帶走！」

說罷，左右二人不客氣地將攙扶唐大人的下人推開，架著人便往外去。唐夫人和唐相芝哪能由人帶走，拚了命地追上去，哭著、喊著，再無平時那份端莊，一眾奴僕也跟著哭喊冤枉。一屋子的人在官兵的驅趕下出了唐府，連換洗的衣物都來不及收拾，而後便將大門落鎖，貼上封條。

周遭都是瞧熱鬧的人，指指點點，並不曉得出了什麼事。只是那些官兵凶神惡煞，旁人不敢造次，只遠遠地瞧熱鬧。就在眾人竊竊私語之時，那些官兵押著唐大人往刑部天牢，好在未殃及旁人。

唐夫人母女並一眾奴僕追趕著一路，蘇木主僕也混跡其中，眼見著將人押入宮門，而後牢牢關上。唐夫人是哭得死去活來，唐相芝也是淚流滿面，精神不濟。母女二人形容憔悴，衣衫凌亂，連一句完整的話都說不出來。

蘇木雖也憂心如焚，思緒卻還算清楚。她蹲下身，攬住靠在宮門上的唐夫人。「夫人，唐大人定是無辜的，只是眼下遭奸人算計，脫不得身，如今能指望的只有您了，您不能倒下。我們一起想法子，一起尋人幫忙查出真相。您得打起精神來主持大局。如今唐府不能回，接下來該如何打算，這幾十個奴僕又如何安置？且唐大人病重，在天牢那樣的環境下，只會加重病情，咱得想法子著人送藥。現在不是悲傷的時候，還有許多事等著做。」蘇木一字一頓，神色凝重，將利害關係一一講明。

唐夫人淚流滿面，卻停止了啜泣。她望著蘇木堅定的雙眼，竟似找到了一根主心骨。是啊！她不能倒，她是侯府之女，是唐府當家作主之人，她飽讀詩書，遇事不該像那些無知婦孺般只會哭泣！

眼中漸漸恢復清明，她抹了一把淚，藉著蘇木的手緩緩站起來，從腰間抽出一塊玉珮遞給唐府的管事。「府裡被抄，院子、莊子怕是都去不得了。你們拿著我的腰牌，去侯府找我母親、大哥，讓他們安排，待事情水落石出再回府來。」

那管事顫抖地接過，在唐府生活了十幾年，從未想過會以今天的方式離開。「夫人、小姐不一起走嗎？」

唐夫人搖搖頭，拉住女兒。「如今老爺是罪臣，那些人不發下降罪的旨意，也不一併將我等抓入天牢，便是證據不足，抑或是皇上存有仁心。倘若哪日坐實了……罪證，我也不想連累侯府。」

「可是，您二人又能上哪兒去？」管事能理解她的思慮，可從未吃過苦的夫人、小姐離了唐府和侯府，如何能活得下去？

唐夫人沒有回話。是啊，偌大的京都能上哪兒去？那些個唐氏親叔伯，曉得老爺被降罪，恨不能把關係都摘乾淨了，如今怕是避之如蛇蠍，又哪裡會接應她們母女？她這方仔細計算著，身上還有些金銀首飾，拿去典當，該是能度幾日。

蘇木上前一步。「夫人若不嫌棄，可往我家住幾日。我們一家是生意人，不涉官場之事，那份罪證牽扯不來。若說以茶包為由，誣衊與唐家同流合污，私通番邦，那也是罪無可證。如今茶葉都還沒上貢，上哪兒去私通？若說先前兩年，我們也都是按大周律例，直接將茶葉運送給杜大人。杜大人隸屬工部，若要追究，那六部也脫不了干係！」

這事十有八九是孟府搗鬼，孟蓁蓁恨極了自己，這個時候還不動手，便是沒有足夠的證據；加上自個兒的一手茶藝受皇上賞識，不好隨意安罪名。

「這……」唐夫人看看女兒。後者眼中帶著懇切，彷彿贊同蘇木的話。二人需要幫忙，除了侯府，怕是只有蘇家了。那些平日往來親密的，不過是看在昔日唐大人深得聖心，全是巴結之意；如今遭難了，便同幾位唐氏宗親一般，躲都來不及吧！

幾番衡量，唐夫人終點了頭。蘇木放下心來，又道：「夫人，還是留下幾名婢子、小廝。府裡雖有下人伺候，到底不比自己人用得順手。」

「不，蘇姑娘能收留我母女，已是極好，不好再平白多養幾個下人。」唐夫人忙推辭。

蘇木知她一貫心高氣傲，如今不得已接受旁人幫忙，心裡是難受的。只是二人身分到底不一般，就算看在唐相予的分上，她也要顧好了。

於是她轉向那管事。「你既是唐府管事，又得了夫人之託，這幾十口是務必要好生帶去侯府。我便不留你了，且為夫人、小姐留下幾名丫鬟、小廝，周到服侍。你們也聽好了，莫要因唐府遭難就心生怠慢。唐大人是否無辜，你們該比我還清楚，冤情總有真相大白那日，唐府既養了你們多年，這時候也是你們共患難的時候！」

一番言詞鑿鑿，讓一眾心慌的奴僕找到了方向。那管事點點頭。這位蘇姑娘看似年紀小，卻臨危不懼，心善不說，還膽識過人，思慮周到頗有大家風範。讓夫人、小姐去毫無背景的蘇府，方才還有一絲顧慮，這會兒全然打消了。他立即選出幾位貼身侍婢和小廝留下看顧，餘下一眾也聽由夫人意願，帶去侯府暫避風頭。

唐夫人見蘇木如此有見地，且說話、做事毫不含糊，像極了當家主母，面上雖不顯，心底確實有幾分讚揚的。若一個人聰慧，但擔不起檯面，那也是無用之人。想她一個鄉村長大的丫頭，比起自己悉心教導的女兒竟有過之無不及，不禁有些慚愧。

此時蘇世澤同吳氏不知從哪裡接到了消息，知道唐府遭難，女兒還捲在其中。一家子急匆匆趕來；見女兒無恙，唐家母女情況也還算好，才放下心。蘇木將打算同二人說了，蘇家人自是滿口答應。吳氏留下來寬慰母女倆，蘇世澤同那位唐府管事去尋馬車。侯府離宮門較遠，馬車來去得近一個時辰。

見蘇家人如此熱情，極盡周到，唐夫人母女是感慨萬千。起初還瞧不上一家子，沒想到最後竟還是一家子好心收留，安排身外事。宮門離蘇家不遠，但吳氏還是讓蘇世澤安排了一輛馬車接二人回宅院。對此，唐夫人是有動容，到底顧及了自己的臉面。

回到宅子，吳氏讓蘇木陪著母女倆，她帶著丫鬟們安排廂房，還讓唐府的幾個丫鬟去集市置辦母女倆的換洗衣裳，又著雙瑞請大夫給唐夫人瞧病。

唐夫人和唐相芝二人坐在廳堂，有些侷促。蘇木親自去後廚端了些羹湯給二人，鬧了這麼半天，定然餓得緊。蘇世澤幾人也一番收拾後出來陪客，自然也問起了唐家的狀況。唐夫人一一說了，免不得又是一陣難受。

「如今，老爺深陷大獄，兒子生死未卜，唐氏宗親不聞不問，我是實在沒有法子。」唐夫人抹著淚，卻又故作堅強。「我著管事將下人送去侯府，也是往娘家報信。明面上不能往來，私底下，母親和大哥不會見死不救。即使不能使老爺脫罪，在牢裡能得照應，也好過些。他那身子，我是擔憂……怕撐不到……」

「母親……」聽到這些，唐相芝也難受得不行。

蘇世澤幾人不由得嘆息。突遭橫禍，最絕望的就是妻兒，當初他又何嘗不是如此？只是自家人微言輕，除了能收留母女倆，竟也不曉得能幫得上什麼？

就在一室悲涼，感傷不已時，請郎中的雙瑞回來了。不僅帶回了郎中，身後還跟著杜家二少爺，杜夫宴。

第一百一十三章　演戲

唐大人獲罪幾乎就在眨眼之間，杜夫宴也是才得到消息，便匆匆趕往唐府，卻是晚了一步。只瞧見大門上掛著鎖，貼了條子。一經打聽，才曉得被蘇木接了去，又火速奔往蘇家。一貫溫文儒雅的杜夫宴此刻滿頭大汗，後背都濕了，進屋時一眼便瞧見哭成淚人兒的唐相芝，心疼極了。

他拱手於堂前和人招呼，而後只是一雙炙熱的眼眸望著唐相芝，再無其他話。一切只能等大夫號完脈，抓完藥再說。

唐相芝和杜夫宴的事是瞞著家人的，畢竟哥哥未娶，妹妹怎好先嫁？且杜家是新官，父子三人雖說在朝為官，可職位比起唐家父子來說，確實低了些。若唐相芝與杜夫宴成親，那算是下嫁了。唐夫人豈是愚笨之人，一眼便瞧出杜家公子看女兒眼神不一般，驚訝之餘，卻也欣慰。落難方看出真感情，兒子、女兒眼光好，選的人都是品性極佳。

「夫人是急火攻心，加之過度勞累，過度憂傷，是以傷了心神。且開幾帖安神藥，再好生休養幾日，放寬心，自然就能好起來。」大夫一邊診脈，一邊捋著鬍鬚緩緩道來。

見唐夫人沒甚嚴重，都放下心來。

「多謝大夫。」蘇木招呼道：「雙瑞，你領大夫開方抓藥。」

待人一走，一家子便看向杜夫宴。他眼見是說話的時機，這才開口。「我大哥在刑部當差，得知唐大人落難，便著人給大哥捎信，務必要照看好唐大人。妳們若有什麼東西要捎進去，只管交給我。這期間也莫要太憂心，定能保得唐大人安全。」

他言詞懇切，極盡周到，不像是寬慰的話，一屋子的人都鬆了口氣。如今就是擔心唐大人病重，熬不過牢獄之災，這下還好。

唐夫人起身，就要謝禮。「感念杜少爺大恩。」

杜夫宴忙虛拂。「夫人見外了，我同相予兄是至交好友，這些便是分內之事。」他說著，忽而面色變得難看。「市集傳聞……相予兄遇難，可是真的？」

唐夫人一坐下，掩面哭得不能自已，再難道出一個字。

唐相芝拭了拭淚，哽咽道：「消息是宮裡傳來的，只怕不是假的。哥哥在回京都路途中，遇到賊人伏擊，生死未卜，下落不明……」

杜夫宴臉色慘白，如遭雷擊。他不相信，那般聰慧英勇的少年就此送命？此時再難說出安慰的話，因為他知道，什麼安慰的話都不能減弱母女二人心中悲痛一絲一毫。

「我不這樣認為。」蘇木淡淡幾個字，教眾人停下心中悲痛，紛紛看了過來。

「唐府在一夕之間獲罪，唐相予遇難生死未卜，一切實在太過巧合，便讓人覺得滿是疑問。譬如那封書信哪裡來的？唐相予何時被查到頻繁與番邦來往？在京都這段時日？那是絕不可能。若是遊訪番邦期間更是疑點重重。若有勾結，為何還會遇襲？是茶葉生意沒談攏？

可茶葉還沒製出來，何來生意？」

眾人俱驚，定定地看向蘇木。這番言詞不無道理，為何唐氏宗親得罪了九公主便斥責唐大人，而後就是一連串的罪責、打擊，一切事情發生得太突然，就像是……巨大的陰謀。那麼唐相予遇襲，也是有人故意為之，遇害的消息也有可能是假的？真假難定，就還有一絲希望！

杜夫宴立即反應過來。「我這就派人去番邦境地，仔細尋找相予兒的下落，定要將他平平安安帶回來！」

有了杜家的暗中相助，唐夫人母女及蘇木一家安心不少，至少一切都還有轉機。

吃罷飯，入夜，母女二人回房歇息。屋子裡一應俱全，桌上備了茶水，屋角還放了冰鑑，窗邊妝檯還擺了唐夫人最愛的金盞菊，櫃子裡是母女二人的衣裳。下晌，吳氏讓唐府的丫鬟去置辦這些，全都按照母女二人的喜好來。慣用的茶具、喜歡的顏色、常穿的衣料，無不細緻妥貼。丫鬟服侍二人梳洗完畢後，唐夫人就讓她們下去，母女倆上了一張床。

唐夫人平日素來嚴謹，待兩個孩子也是頗為嚴厲，是以在兒女面前總端著夫人的姿態。她不希望兒子學到女人身上的柔軟，也希望女兒能夠早日學會當家作主的氣派。她的整個心思都在唐府榮光上，直到突遭橫禍，才曉得什麼最珍貴，便像小時候一般將女兒攬入懷中。

「芝兒，是母親對妳不夠關心，竟不曉得……我女兒已有心悅之人。」

唐相芝咬了咬唇，有些羞澀，心裡又有些難受。「母親，我同杜少爺，不是您想的那般……」

「母親知道。」唐夫人撫著女兒的頭髮。「母親也知道，那孩子不錯。」

唐相芝笑了，將身側的母親摟得緊緊的。

次日，綠翹為蘇木換上官服。今日是她進宮授課的日子，一家子及唐夫人母女都站在門口等候，面上皆是凝重。

「出來了。」吳氏輕聲道了聲。

幾人上前，欲言又止，蘇木笑了笑。「甭擔心，同往常一樣，沒什麼事的。」

有了唐家的事在先，哪裡會跟往常一樣？皇宮就是龍潭虎穴，蘇家一沒背景，二無權勢，若敵人有心為之，指不定被生吞活剝了。

「蘇姑娘，沒有把握的事，定要懂得一個忍字。上回殷貴妃宮門口的事我聽說了。殷貴妃是孟大人一黨，如今唐府遭難，怕是會牽連於妳。凡事要懂得明哲保身，知道嗎？」唐夫人心有擔憂，仔細叮囑。

蘇木點點頭。「放心吧！我自曉得隨機應變。」

這個節骨眼上，她可不敢自信過頭，早早打聽了，九公主今日會到課。有她在，便多了一分保障。孟蓁蓁想要挑撥離間，殊不知那日九公主早已察覺。那樣機靈的孩子，又如何會成為別人的兵刃？

二人至宮門，卻見裡頭停著一頂轎輦，一個粉衣人兒正探著腦袋張望。見到熟悉的身影，這才揮手，高喊：「師傅！」

託九公主的福，蘇木有幸在炎熱季節坐轎輦去貢茶院。怪不得那些位高權重之人喜歡高高在上的感覺，平日行走在這偌大的宮裡並不覺得，這會兒平心靜氣地流覽宮牆，竟別有一番風味。

「師傅……」九公主睜大了眼，巴巴望著她。

蘇木側過臉來。「怎麼了？」

她抿了抿嘴，有些過意不去。「您不怪我撒了謊？」

蘇木知道她說的是唐氏宗親的事。九公主是宮中頭號不敢得罪的人之一，那些宗親自然不敢招惹她，那麼原因只有一個，便是她為了給蘇木出氣。只是……若無這件事導火，那後面的一連串禍事是否就不會發生了？

見蘇木不說話，以為她生氣了，九公主有些難過，甚至自責。本以為關了唐氏宗親，那些唐氏的長輩會有求於人，若是他們去求蘇木，自個兒定會向父皇說好話。如此一來，蘇木在唐家的位置舉足輕重，嫁給唐少爺便順理成章，再無人阻攔了！

「我只想讓父皇懲罰那些侮辱妳的人，卻沒想到他會斥責唐大人，更沒料到會發生後來的事……我……」九公主說著小臉皺起，眸中蓄滿了淚水。「師傅……我是不是做錯事了？我去求父皇了，說這件事跟唐大人沒關係，為何要抓他？我不是有意的，我只想讓妳好……」

「我知道。」蘇木一把將人抱住。「這事不怪妳，跟妳一點干係都沒有，都是他們大人之間的事。」

九公主在蘇木懷中哭成了淚人兒，不住搖頭。「我求過父皇了……」

九公主到底是個十歲孩子，雖比平常人家多經歷了宮中的算計，心智早開，卻是心思純良。事情從一開始便是孟家挑起的，如今這個局面，得利的自然也是孟家。唐家倒了，一貫擁護皇帝持新政的主力也倒了，於朝廷的平衡不是一件好事，皇上會任由孟家獨大？

不，不會。那麼……蘇木腦海中忽然閃現一絲靈光，卻怎麼抓也抓不住。可既然事已至此，不如順水推舟？她倒要看這局棋的最終得益者是誰！

「九公主，妳聽我說。」蘇木替她擦乾淚痕，認真道：「現在的局面已是妳我不能控制的，妳且想想，最開始是否有人正看熱鬧？她既然想看，那咱們就演！」

「……若不是看在妳先前幫過公主，妳以為公主是妳召之即來，揮之即去的？能在宮門口等妳把話說完已是看在昔日情分，妳竟想著為唐府求情！妳可知唐府那些上不得檯面的人如何辱罵公主？竟還為那些人求情，不識抬舉！」

蘇木被趕下轎輦，九公主身側的管事嬤嬤將她訓得一個字都不敢回。來往都是宮女、太監，不出半個時辰，蘇茶司被訓的消息傳遍了整個皇宮，也才曉得為何九公主先前與她那般親近。只是這個蘇茶司也太不知進退，誰不知唐大人如今是罪臣，她有什麼立場求情，還求到了九公主頭上？要知道唐氏子弟因侮辱公主下獄，如今還關著呢！

「當真？」孟蓁蓁倚在貴妃榻上，聽見蓮心的話，激動地坐起身。「當著整個宮裡太監、宮女的面訓斥？」

「千真萬確。」蓮心回道：「那蘇茶司被掌事嬤嬤訓得頭都抬不起來。」

「哈哈哈！」孟蓁蓁大笑。

當初她在殷貴妃宮門口丟盡了臉，如今算是小小報復了一下，可惜只是一頓訓斥，該掌她的嘴，以報翠蓮毀容之痛。

「我是百思不解為何九公主與她親近，原是這麼個由頭。」孟蓁蓁眸光一冷。「沒了這尊大佛，往後還不是任自己拿捏！」

蓮心上前一步，壓低了聲音。「王妃，孟大人讓您不得輕舉妄動。眼下還沒找到蘇家與唐家同流合污的罪證，為免引人懷疑，暫時不得動她……」

「沒有證據就做出證據！我一刻都不想看到那個賤丫頭，恨不得扒皮抽筋才能消心頭之恨！」

孟蓁蓁美麗的面容有些扭曲。因為蘇木的出現，導致自己和相予哥哥不能在一起……那個伏擊相予哥哥的人，是她派的——沒錯！她要他死！

那日宮宴，一個宮婢說唐府少爺找她，她才會什麼都不顧地跑去御花園，也不會在那時撞見三王爺，成了如今的三王妃。嫁到這宅子的本該是她蘇木！就因為唐相予的干預，使得一切都變了，他好狠的心，親手埋葬了自己那份卑微的愛意……

可是，世間哪有那麼美好的事，做了這一切，他二人就能順利在一起了嗎？不，絕不可能！既然得不到，那便毀了他！

蓮心眉頭皺了皺。唐少爺遇襲一事已破壞了老爺的計劃，否則現在便是人贓俱獲，唐家早已滿門抄斬，蘇家只怕也難逃干係；就是不死，在這京都也待不下去了，到時候隨便撿個理由，便能將人處死。而不是現在，靠著一封書信將人暫時扣押。

「小姐，那蘇茶司極其謹慎，這幾年茶葉走帳都是按照大周制度，簡直滴水不漏，讓人查無可查，且老爺已有計劃，他不希望您再魯莽行事了。」

啪！孟蓁蓁猛地站起身，一個巴掌掄過來，是用足了力氣。「我如何做事，用得著妳教?!」

蓮心被打得撲倒在地，嘴角沁出血跡。她忙端正了身子，跪地求饒。「王妃贖罪，是奴婢的不是。」

孟蓁蓁氣得額上青筋冒起，一雙眸子瞪圓，模樣何其猙獰，哪裡還是從前那個溫柔可人的京都第一美人。這時，有婢子進來。孟蓁蓁側過身，收起方才那副面孔；蓮心也快速起身，抹了抹嘴角，微低著頭。

「王妃，王爺回來了，喚您去呢！」

「知道了。」孟蓁蓁淡淡回道。
皇帝年邁，遲早要讓出皇位，如今殷貴妃最為得寵，三王爺即位的機會最大。孟家將籌碼押到三王爺身上，如今已是一條繩上的螞蚱。只要扳倒了唐家，那麼大周的半壁江山便已到手。屆時三王爺即位，孟蓁蓁便是大周新后，孟大人就成了國丈。就是再不喜那浪蕩王爺，孟蓁蓁還是會曲意逢迎，討他歡心。
蘇木一腳未踏進家門，蘇世澤和唐夫人等人已知曉她在宮中受辱一事。剛進院子，便被迎面而來的吳氏牽著往屋裡去，還一邊忿忿道：「木兒，咱回家，不在這勞什子地方待了！」
「回哪兒去？」蘇木無奈，由著人牽著走。
這時，唐夫人母女和蘇世澤幾個也走了過來。
「回郡城！」吳氏不管不顧。自個兒捧在手心的閨女教人那般侮辱，她心疼得不行。
蘇世澤還算理智些。如今唐府遭難，不是說走就能走的。若是一走了之，那唐大人洗脫冤屈便又少了一分希望。雖然他沒什麼法子，可他知道，女兒心裡有唐少爺，不會不管不顧。
他沒說話，卻被蘇木喊住。「爹，您勸勸娘。」
蘇世澤自是聽話，將吳氏拉過來，低聲道：「莫要使性子讓女兒難做，唐夫人還在呢！」

吳氏不再說話，卻忍不住哭起來。當娘的總是比當爹的感性，性子來得快，也去得快。只是她這麼一鬧，唐夫人卻是不好意思了。她歉意地看向蘇木。「蘇姑娘，讓妳受委屈了，這事原本就同妳干係不大，如今既無牽扯，不如我同芝兒就——」

話未說完便被蘇木打斷。「唐相予的事，就是我的事。他救我家於危難不是一、兩回，就算……我與他沒有那份情誼，我依然會選擇幫忙。」

說到這兒，吳氏再不哭了，蘇世澤也不糾結了。是啊，安生日子過久了，便忘記從前那些苦日子。若不是唐少爺三番五次搭救，一家早就妻離子散，如今不知道淪落成啥樣了。

「可是……」唐夫人仍是不忍心。

蘇木卻衝她搖搖頭。「咱們裡邊說。」

幾人一齊進到廳堂，蘇木讓綠翹和雙瑞守在門口，任何人不得靠近，才道：「唐夫人、爹、娘、阿公，讓你們擔憂了，今日之事，是我和九公主演的一場戲。」

啊?!眾人俱驚。

第一百一十四章　察覺

蘇世澤忙道：「這是怎麼一回事？」

蘇木便將孟蓁蓁使宮婢二人，故意在她面前散布唐相予與九公主議親之事道來，又講明她的一番算計。

唐夫人眉頭緊鎖。「幾位長輩確實叫了老爺商量予兒的親事，也的確心屬九公主。可老爺已擺明了拒絕，這事如何會傳出去？」

難道……唐府有內鬼？妄議公主婚事，還是皇上最寵愛的九公主，那是圖謀不軌。倘若蘇木沒有沈住氣，將此事宣揚出去，便是死罪一條啊！好歹毒的心思。

「不過，由此事我也瞧出些眉目。唐大人被陷害，跟孟府脫不了干係，皇上也不會任由孟大人獨大，威脅自己的江山。」

唐夫人心頭湧出一絲希望，她站起來，用有些顫抖的聲音問道：「那現在……我們該怎麼做？」

蘇木眸子一抬，眼中滿是鎮定。「等。」

遠處微露的霞光中，馬匹在小丘上吃草。幾頭奶牛在山坡下舒懶地躺著，偶爾聽到馬兒嘶鳴。火紅的太陽從草原昇起後，開闊平緩的大地反射著遍野的綠，沒有高樓，沒有街道，沒有商鋪，沒有喧囂，有的只是點綴在綠色中的幾座乳白色氈包。

當唐相予推開簾子走出來時，眼前便是這幅景象。他腦袋是懵的，額頭還有些疼，伸手一碰，便抹到類似草木灰般的觸感。疼痛再次來襲，他不由得「嘶」了一聲。

忽然，身後傳來清脆爽朗的女子聲音。他回頭一看，是一位年輕的女子，光潔的面龐上，濃而黑的柳葉彎眉，一雙亮晶晶的大眼睛，高挺的鼻梁下是紅潤的櫻桃小口。她穿著水藍色的紗衣，肩上還披著一條紅絲巾。

女子看到他，一臉驚喜，隨即嘴裡嘰哩呱啦地說著他聽不懂的話。唐相予茫然地搖搖頭，女子便開始比劃，一會兒指著他的頭，一會兒又是嘴，一會兒又指向外面。唐相予揉了揉太陽穴，覺得頭更疼了。

「這是我的女兒麗莎。」一個中年男子的聲音自遠處傳來。「她說你頭受傷了，不能吹風，進氈包喝藥吧！」

循聲望去，見一人身高八尺、膀闊腰圓，長長的絡腮鬍遮住半張臉，濃黑的眉毛下一雙眼如鷹隼般銳利。他左手拿著一柄大斧泛著寒光，在地上劃出長長痕跡，右手扛著一隻肥羊，肥羊脖子被割了一刀，血水正往草地上滴。

「是你！」唐相予驚呼。

此人不正是那日他陪同木兒上京都，夜晚襲擊他們的胡人?!他立刻戒備，深知自己如今的身體狀況打不過這個健壯男子，氣勢上仍是不能弱下去。

那人只淡淡瞥了他一眼，再無別話，鑽進了氈包。被喚做麗莎的少女不由得摀嘴一笑，也跟著進去了。唐相予有些窘，於是撓撓頭，也掀簾子進去。

圓形的氈包被劃分為三區，左右兩邊睡人，中間類似廳堂。四周掛滿了動物的皮毛和羊角，以及各式捕獵的工具，正對門口是一方木桌，及一張虎皮大椅。中間搭了個架子，架子下是石頭堆砌的火坑，此刻正燃著火，火上烤著一個用鐵鍊吊起的大鐵鍋。

麗莎見他進來，又是一笑，便坐到架子前熬煮東西；方才的中年男子則坐到虎皮大椅上，一把將肥羊扔到桌上，旁若無人地剝起皮來。唐相予見肥羊露出血淋淋的骨血，不禁嚥了一口唾沫，思緒也漸漸清楚起來。

他將茶包帶到番邦首領處，受到一致好評，也答應兩國重修舊好，下半年便進貢大量馬匹，一切都十分順利。可就在他啟程回京都，剛離番邦踏上古道時，便遭了埋伏。對方有十餘人，且個個都是不要命的打法，不過半個時辰，他們只能落荒而逃。

那些人身形瘦高，所使兵器皆為利刃，並不是番邦的人。他被追到一處叢林，眼見利刀就要刺來，是雲青奮力一推，二人雙雙跌落崖邊。再醒來時，便是這樣的情形了。

他忽而疾步往前，焦急地望向那男子。「與我隨行之人呢？」

男人抬頭看了他一眼，搖搖頭，又低下頭忙活手上活計。

「我要去找他！」唐相予顧不得旁的，滿腦子都是雲青，直往門外奔去。

麗莎忙起身拉住他，滿臉焦急，嘴裡仍說著他聽不懂的話。

「你若不想死，就別踏出這個氈包。那幫沒見到你屍首的人，不會甘休。」男人冷冷道。

唐相予腳步遲疑了，麗莎也就放下心來，將他拉到爐邊坐下，忙從鍋裡盛出黑乎乎黏稠的一碗遞給他，還笑得一臉真誠。那碗裡的東西散發古怪的氣味，他有些猶豫，手遲遲沒伸過去。麗莎的笑容漸漸淡下去，隨即一雙眸子又亮了，對著那中年男子說了幾句。

男子手上的動作慢下來，道：「你渾身都是傷，身上已幫你上過藥了，這是治內傷的。雖番邦無你大周醫術高超，草藥的功效卻不見得差，你若想早日回去，還是將藥服下吧！」

他可不就歸心似箭，這會兒也不曉得爹娘和木兒是否知道自己遇害，怕是都急瘋了！於是不再遲疑，接過藥碗，把心一橫，三兩口將藥喝了下去。

「謝謝。」他牽了牽嘴角，將碗遞給麗莎。

麗莎見他笑了，臉上頓時爬滿紅暈，一把將藥碗接過，端起鐵鍋，跑出了氈包。

唐相予擦了擦嘴，往男子身邊走去。「你為何會救我？」

那夜被好幾名番邦匪徒所截，他清楚記得，為首的就是這個有著鷹隼般銳利眸子的男子。他也確切感受到那夜的殺機，若非木兒帶了茶葉，只怕是一場慘烈的廝殺。他不懂這個嗜血的男人為何此刻放下一身殺伐之氣，救了自己。

男人手上動作頓住，半晌沒有說話，除了方才冰冷的氣息外，此刻唐相予感受到了一種憂傷。

「茶葉。」輕飄飄的兩個字從他口中吐露，唐相予卻懵了。為了茶葉？木兒給他的那幾罐茶葉，讓他救了自己？

滿腦子的疑問使得他繼續追問。「為何？」

那男人身上的悲傷越發濃厚，他放下手上鋒利的刀，拿起桌邊一塊髒黑的布將手擦乾淨，又緩緩起身，走到一處氈壁。那裡似乎掛著一個卷軸，輕輕一拉，卷軸便鋪了下來。畫上是一位美麗的番邦女子，濃黑的頭髮下是一張漂亮的面容，濃眉大眼，與麗莎生得十分相似。

唐相予走近了兩步。「是麗莎的母親。」

男人點點頭，緩緩道出了那晚的事。因為長期得不到茶葉，麗莎和麗莎的母親患了心衰症。那夜麗莎的母親病重，男人無法，只得帶著一幫人去搶茶葉。茶葉是搶到了，可是過沒幾日，麗莎的母親還是去世了。麗莎年紀小，病情輕，而後得到了補充，身子慢慢好起來。但是父女二人卻永遠失去了家裡最美麗溫柔的女人。

像這樣的家庭，這樣的事，每天都在發生，每天都有人因為心衰症死去。他們恨極了大周，恨極了大周嚴格的販茶制度。

「可是番邦每年會向大周進貢馬匹以換取足量的茶葉！」唐相予不願承認這一切的災難都是因為自己國家釀成的，辯解道。

男人搖搖頭。「那點茶葉，連皇室的用度都不夠，分下來能得多少？大家為了生存，不得已才聚集一起。有點能力的私下同大周商人交易，沒法子的只有搶劫古道上來往的人。」

男人的大周話，大抵也是因為這個才學會的。

唐相予仍是不能相信。「不可能！大周有完善的販茶制度，每年向番邦置換的數目不下萬斤，就是頓頓吃茶也是夠的！」

男人轉頭看他，彷彿也察覺事情不對勁。他知道唐相予是大周的官員，雖救他大部分是看在女兒因為那幾罐茶葉而活下來的緣故，還有一部分原因是不想大周官員在番邦出事，從而斷了為數不多的茶葉銷路。

「大周獅子大開口，萬匹駿馬換千斤茶葉，我們每年上貢無數駿馬，分到的茶葉不過手捧。」

唐相予搖頭。「不可能，這其中定有什麼誤會。」

掌管茶葉的是工部，每年運往番邦的茶葉不止這個數目，他是清楚的。若是如此，定是工部私吞了茶葉，抑或是番邦皇室私吞。再或者雙方合作，一個斂財，一個收馬……他想到不敢想。若是最後一條猜想，那……大周豈不危險？

忽而想到自己遇襲這件事，怕不是搶劫而是刺殺，是有人故意為之。那麼是誰？普天之下，瞧他不順眼的唯有孟家。難不成將自己派到番邦，本就是個陰謀？如果他出事了，那麼父親……不好，這是要將罪責嫁禍自家啊！

唐府獲罪，孟家獨大，加之殷貴妃助力，殷將軍手握兵權，那麼三王爺登位，便是遲早的事！京都要變天了……

男人見唐相予如遭雷擊，想來是想到什麼。若他方才說得不假，那麼那些馬匹和茶葉都去哪兒了？這已超出了他的認知，若能將其中種種不明解開，是不是以後再也不用受茶葉缺乏的困擾，也不再有家庭遭遇那樣的分離？

他一把抓住唐相予，眼前這個聰明又有些權勢的少年定有辦法。「你要找出一切緣由！」

唐相予身上本就有傷，這樣被他用力箝住，彷彿骨頭都要碎了。因這疼痛，腦子也清醒過來。他要留下，查出孟大人與番邦勾結的罪證，最有力的便是拿到番邦進貢良駒的數目，以及孟大人和胡人往來的證據。只怕這時，父親或是自己同番邦私下結交的罪證已被偽造。查出真相刻不容緩，只是如何潛入番邦皇室？如何拿到證據？

他定定地看向男人。「我需要進你們皇室。」

這兩日，男人的氈包來了許多人，大都長得剽悍，有幾個是那夜見過的。他們聚在一起講番邦話，唐相予聽不懂，但他知道，那男人是在想法子讓他混進皇室，且多次聽到他們提及一個叫克里多的人。

一切未定，他便不能輕舉妄動，甚至不敢隨意走出氈包，那些追殺他的人定也在全力搜尋。他還是有些擔心雲青，便囑託男人詢問那些胡人是否見過自己的手下？遺憾的是，沒有人看過雲青的蹤影，但是他們答應會留意。

過沒幾日，唐相予乾淨的下巴長出了絡腮鬍。麗莎將男人的衣服改小了給他穿上，還為他梳了胡人特有的辮子。除了身材不夠魁梧，皮膚過於白皙，與胡人相差無幾。令人欣喜的是，他終於能走出那個氈包，呼吸大草原的氣息。他靜靜地走在這片廣闊的草原上，與藍天為伍，牛羊作伴，遠處還有一群奔馳的駿馬和勞作的胡人。他漫步走著，麗莎就緊緊跟著。唐相予跟她說，自己身體已經好了，沒事了，可是麗莎聽不懂，還是燦爛地望著他笑。對此，唐相予感激又無奈。

終於到了第五日，氈包來了一位客人。他身上穿著皮製衣裳，腳下是馬靴，腰間佩著大刀，身形同男人差不多，可身上那股殺伐之氣卻強得太多。那不是匪徒身上的戾氣，而是在戰場上奔馳過，不懼生死的決絕。

唐相予掀開氈包門簾，那人眸中迸發的寒光將他從頭到腳掃視了一遍；他又豈是怯懦的性子，迎著那道寒光，毫無畏懼。二人之間一種無聲的考量和探究慢慢展開。

男人走到中間，先對唐相予道：「這是克里多，我們番邦的勇士，按你們大周來講，是領兵作戰的將軍。」

唐相予點點頭。男人將二人引至桌前，麗莎為三人斟了三碗酥油茶。唐相予捧起碗，溫熱的觸感使得他身子都舒適了。這些日子，吃食上還算習慣，就是晝夜溫差讓他十分不適。

端起這酥油茶，他便想起了蘇木——

「酥油茶是用酥油和濃茶熬製而成。先將適量酥油放入特製的桶中，佐以食鹽，再注入熬煮的濃茶汁，用木柄反覆搗拌，使酥油與茶汁溶為一體，呈乳狀即成。喝不慣的，只覺異味難忍，但多喝兩口，便能體會其中的流芳醇香。」

「妳沒去過番邦，作何知道他們的酥油茶是特色？描述得如此詳細，像是喝過。」

「傻，我在話本裡讀過的。」

第一百一十五章　勸說

男人和克里多一番對話後才轉向唐相予。「你準備怎麼做？」

這幾日，唐相予初步想好了對策。「我扮作專與番邦交易茶葉的茶商，和那位打交道。只是需要克里多引薦並擔保，我會以更低的價格賣更多的茶葉，以取得他的信任，自然就能知道良駒換茶葉的等量價值，從而打聽出他與大周其他人往來的關係，進而搜羅更多證據。」

克里多聽完男人的翻譯後，直直看過來，帶著探究，彷彿考量他說的話到底有多少分量。

男人再問：「茶葉哪裡來？」

唐相予嘴角牽了牽。「還記得送你茶葉的姑娘嗎？」

男人一愣。那個瘦得跟草一般的小丫頭？那夜慌亂，人人皆驚慌，獨她臨危不亂，捧上兩罐茶葉。那雙眸中的鎮定，男人瞧得真切，彷彿自己不是凶惡的搶匪，只是稀鬆平常的人。也因為這一點，他不敢隨意動手。他只想要茶葉，並不想惹上某位身分不一般的人。

唐相予再道：「九月是成茶的日子，我保證奉上絕對頂級的好茶，是番邦從未得到過的。」

男人眉頭皺了皺，不確定唐相予的話是否可信？他不懂茶，那夜的茶除了包裝比別的好，味道並無不同，一貫苦澀，於是警告道：「並非番邦所有人都不懂茶，你別想以此誆騙。」

唐相予自是應承。「絕無半句託詞。」

得了承諾，男人才用番邦話對克里多細說。克里多越聽，一雙眸子越亮，看向唐相予的眼神也炙熱了幾分。

「克里多問你，什麼時候能將茶葉運來？」

唐相予仔細估算此處到郡城的路程，快馬加鞭，來回五日足矣。「五日。但我需要有人掩護我回大周，以及一匹快馬。」

克里多不再廢話，起身說了一通，便跨步離去；唐相予也站起身，看向男人，等著他回話。

男人將克里多送至門口，才轉頭。「明早出發。」

第二日，唐相予還是一身胡人裝扮，坐在拉肉的板車上。身邊是堆積如山的牛、羊肉，有了這些遮掩，勉強能掩飾自己與胡人相差甚遠的身形。同行有五、六人，皆拉著裝滿牛、羊肉的板車，隊伍極其壯觀。

男人彷彿是這個隊伍的頭領，他領導前行至關口，熟練地給守門衛兵塞銀子，同他們交談。此時的他收起了那股凶狠，儼然一個圓滑的生意人。然而似乎進行得不太順利，衛兵收下了銀子，卻不肯放行，招呼幾人挨個兒檢查板車。

唐相予垂著腦袋，眼角餘光瞥見衛兵越走越近。就在所有人都繃緊了神經，兩個衛兵走到唐相予那輛，正要動手的間隙，唐相予忙自覺地將牛肉翻開。那二人未多疑，畢竟滿手沾得血腥味和有人動手，他們還是傾向後者。於是唐相予翻動，他們便仔細檢查。衛兵檢查完就往後去了，唐相予又老實坐回原位，只覺後背已浸濕。後頭的人也機警，依著唐相予的動作主動翻開，如此也就不與眾不同，惹人懷疑了。

不到半盞茶工夫，隊伍檢查完畢，衛兵大喊了一聲，關口的門便開了。男人又是一番陪笑，才領著隊伍入關。幾車牛、羊肉直接拉進市集，很快便有人來收。趁這忙碌慌亂的空檔，男人帶著唐相予從後門溜出去。

後門有一條小河，河邊停著一艘小舟，河兩岸是高大的樹木，掩映了過往蹤跡。

「過了河，往林子裡走，那裡備好了馬匹和衣裳、乾糧。記住，你只有五日時間，若是五日後未歸，克里多便再不會管這件事。他是整個番邦最為牧民打算的人，若你失約，牧民便得不到救贖，同樣也救不了你和你的家人。」男人定定地看著他。

這年輕人是番邦牧民重獲新生的希望，他期盼著，卻也害怕著，怕他一走了之。

「放心吧！君子一言既出，駟馬難追！」唐相予信誓旦旦地道，而後便頭也不回地上了小舟，搖擺著往對岸去了。

男人看著漸行漸遠的唐相予，拳頭捏了捏，回頭鑽進了鬧市。

唐相予過了小河，照男人說的路線，果然找到了馬匹和包袱。他麻溜地換上大周衣衫，梳上髮髻。為掩人耳目，鬍子未刮，將胡人的衣飾一把火燒了，還挖土掩埋。一切妥當，才騎馬悄悄離開樹林。

行了大半日，才穿過樹林，離開古道，離開了邊關。他順東趕路，一路風平浪靜，那些追殺他的人大概不會料到他已逃離番邦，趕往郡城。又隱隱有些擔憂，蘇木不在，蘇青是否會將茶葉給他？畢竟要的不是一筆小數目，且沒了茶葉上京都，他是否會害怕蘇家被降罪？

番邦的良駒果然不同，只路上歇息了兩回，跑至半夜，終於到了郡城邊界。他多了分謹慎，沒有直接入城，而是去到京郊的茶園。

「汪汪！」

只是沒料到，蘇木的茶園竟然養狗……

「誰?!誰在那兒！」片刻，火把燃起，幾個光著膀子的漢子將他團團圍住。

「我……我找你們莊主。」

「唐少爺？」蘇青披了衣裳，拎著燈籠，忙湊近了看，除了滿嘴絡腮鬍，不是京都那個唐少爺又是誰？

唐相予的心一下就落地了。若是沒有相熟的人，這些長工保不齊就將他扭送官府了。一眾長工見二人相識，說了幾句歉意的話，便繼續巡邏。

蘇青將人帶回休息的裡間，邊走邊道：「這不茶葉要交，京都的鏢隊這兩日該是到了，我便日夜住在茶園，守著將茶葉製出來。為防上回出那樣的意外，加派了人手日夜巡查，生怕再出什麼岔子。」

他一股腦兒地說著，而後才想起。「唐少爺，你不在京都，為何扮成這副模樣跑來郡城？」

「京都出事了……」

「啥?!」蘇青停下腳步，轉身直盯著他。這才三個月，怎又出事了！「我大伯一家出事了？」

唐相予搖搖頭。「進屋說。」說著將人拉進屋裡，仔細往屋子四周瞧了瞧，二人才坐下商談。

「是我家出事了。如果沒猜錯，我父親該是以通敵受賄下獄。只是至今無有力的證據證明唐家通敵受賄，自然也有沒證據誣衊木兒一家夥同，他們暫時安全。」唐相予謹慎分析，盡可能詳細地告訴蘇青更多內容，以便他能答應將茶葉給自己。

聽到蘇木等人沒事，蘇青鬆了一口氣，可又聽到「暫時」二字，那口氣又梗在喉頭。

「你的意思是，唐家若是定罪，那我二姊……也完了？」

唐相予點點頭，神情有些痛苦。都是因為自家讓她吃了些許苦頭，無論如何，他都要找到證據，趕回京都，將真相大白天下，此後再不讓她受丁點傷害！

「你放心，我絕會不會讓她有事！」說著，他一把握住蘇青的肩。「我之所以趕到郡城，是需要你的幫忙。」

「我？」蘇青不解。

「是。」唐相予點點頭。「我要扮作茶商混入番邦，尋找孟大人與番邦勾結的罪證。」

蘇青到底唸過幾年書，番邦與大周的關係是了解幾分。「你要茶園的茶葉？」

唐相予沒有說話，只是堅定不移地看著他。

蘇青矛盾極了。這位唐少爺他接觸得少，卻曉得二姊與之關係過密，他的一番說辭到底是真是假？仔細想來，他也犯不著為著這批茶葉千里迢迢地誆騙，大抵真的是為了救人。大伯曾道，唐少爺救一家子數次，為著這些恩情，他也該答應的。只是，六月那批成茶已受損，若九月再上不了京都，宮裡是否會怪罪？二姊是否又要為難了？一時間，思慮千迴百轉，什麼通敵、受賄、下獄，已超出了他的認知，他……有些拿不定主意了。

蘇青的猶豫，唐相予是意料之中。「我不逼你，你且細細思量。木兒此時沒事，卻與唐府的生死存亡有著莫大干係。上回的人於茶園使壞，便是針對蘇記，若那股勢力在朝堂獨大，其權勢可想而知，那時木兒的處境便危險了。」

「你要潛入番邦？」蘇青問道。番邦是蠻人之地，那些胡人茹毛飲血，殺人不眨眼，若是知曉了他的身分，豈不是危險！

唐相予點點頭。「我正是從那處來。胡人需要茶葉，我便只能裝作茶商才能混進去，尋找證據。除此之外，別無他法。」
能夠豁出性命，蘇青對他有了些信任，且一番權衡下，茶葉送去京都和送到番邦，哪樣對蘇木最有益處？無疑是後者。
「你需要我怎麼做？」
唐相予心頭歡喜，忙道：「你私下將茶葉掉包，偷偷由我運出郡城。鏢師那頭一切照舊，避免引起動亂，打草驚蛇。」
蘇青點點頭。「何時要？」
「三日後！」

三日後的夜裡，茶園後門有了動靜。蘇青舉著火把，指揮一眾長工搬貨，待貨物裝了滿滿三大車，他才走到前頭，對車頭一個戴著斗笠、低著頭的人道：「齊了，一路小心。」
那人緩緩抬起頭，露出絡腮鬍和一雙黑漆漆的眸子，不是唐相予又是誰？「放心吧！」
簡短地交流過後，唐相予駕著馬車上路了。等他趕到小樹林時，正好到第五日晌午。越近邊關，他越發小心，聽見樹林前頭有動靜，忙翻身下馬，一窺究竟。就在他走過去時，聚集在樹林的一眾人也發現了他，一陣嘰哩呱啦的番邦話後，男人轉頭看了過來，而後大步朝唐相予走來，還未開口問什麼，便往他身後看了看，見馬匹拉著三大車貨物，才鬆了口氣，忙指揮人搬貨。

貨還是原路返回，先由小舟運到對岸，再裝車出城。一切有男人帶領，唐相予換了番邦衣物，混在車隊裡。出關比入關容易得多，男人給官兵塞了一張銀票，車子連看都不看便直接通行。出了邊關，過了古道，回到番邦境地，一行人才鬆了口氣。

「克里多已向阿棨伊稟報，你今日便可直接入宮。」男人隨後又解釋道：「阿棨伊是可汗的兄弟，也是番邦除了可汗，最有權勢的人。」

唐相予點點頭。看來這個阿棨伊是關鍵人物，隨即問道：「你們可汗與這位阿棨伊，關係如何？」

男人不假思索道：「我們番邦的人親如兄弟，可汗和阿棨伊又是一脈相承，自然是好。」

大致了解了一些，唐相予有了打算，只是不曉得關於管理番邦，二人間是否存在分歧？若是二人關係極好，那麼私通大周官員吞併茶葉，或者私藏馬匹，那便是二人共同的主意，其心不言而喻，是不想屈服於大周的壓力，想要反抗的。多的話他也沒問，這幾個都是平凡的番邦漢子，於朝政上的事，大概也是不解。

番邦的皇宮不若大周修得富麗堂皇，以高高的宮牆圍起來，而是一座座更為高大豪華的氈包，氈包之間有人走動巡邏。在那裡，男人帶著唐相予找到了克里多，二人一番交談後，直接將人帶去豪華氈包的一處。

門口守著兩位身強力壯、手持利刃的士兵，正直勾勾地盯著來人。人還未走近，便將大刀亮出。克里多上前解釋，士兵才收起大刀，接著將來人從頭到腳、仔仔細細地打量個遍。唐相予此時已經進入角色，正點頭哈腰，一副市儈的樣子。開酒樓這些年，扮演這種角色還是手到擒來。而男人則還是那副戾氣騰騰的模樣，長年遊走於大周的街市，做些不法勾當，自是沒有什麼好臉色。

有了克里多的引薦，不一會兒便有人通傳，請幾人進去。藉著茶商的身分，唐相予似沒見識一般，毫無顧忌地打量屋內裝飾。構造同男人的氈包差不多，只是更加高大廣闊。直到男人拍了拍他的肩膀，才晃悠著身子似醒悟過來，看向堂前，忙作揖行禮，也暗自觀察這個叫阿紮伊的男人。阿紮伊約莫四十上下，臉大肚圓，絡腮鬍擋了半張臉，同大多數胡人的健壯相比，顯得十分富態。

唐相予來訪時，是由出訪大周的使者接待，而後面見可汗，這位阿紮伊似乎正好外出，便不曾見過。眼下來看，自己改了裝扮留了鬍子，也不會惹人懷疑。阿紮伊揮了揮手，克里多便招呼眾人落坐，片刻，漂亮的番邦美人上酒。是充滿清香的青稞酒，此酒香甜，口味清淡，卻是後勁大。唐相予自知有些酒量，也不敢貪杯，便意思意思小酌了一口。

飲完酒，又瞧瞧酒杯，摸摸酒壺，以及仔細端詳桌上盛放瓜果、熟肉的銀碟。他盡力將那股貪財樣演出來，直到兩個胡人將一個箱子抬進來，放到堂中央。

阿紮伊親自起身，其餘人等自然不敢坐著，忙放下酒盞站了起來，眼看著他從侍從腰間抽出利刀，再一揮，將箱子上的鎖劈成兩半。唐相予身子瑟縮，躲到男人背後，佯裝嚇呆了。

阿紮伊用刀尖挑起一罐茶葉，一把拔掉塞子，這才露出滿意的笑容，高舉酒杯，敬眾人一杯，而後一飲而盡。

第一百一十六章 獻計

男人道：「阿紮伊問你，那些茶葉怎麼賣？」

唐相予忙嘻笑著站到堂前，伸出一根手指。「一千匹良駒。」

眾人俱驚，堂前之人眸光頓時冷了下來。

唐相予眼見情況不對，笑容僵在臉上，默默收回一根手指。「那八百？」

沒想到堂前之人越發生氣，就差沒吹鬍子瞪眼了。

唐相予一臉苦相，求爹爹告奶奶一般。「五百匹，就五百匹！諸位大爺，好歹是千斤茶葉，再不能少了，已是最實惠的價格，再少我就是虧本買賣了！」

阿紮伊忙對男人嘰哩呱啦一番講述，男人遂道：「在大周，你們茶葉不是金貴物，為何你賣得這般便宜，是否這些茶葉有問題？」

唐相予忙擺手。「自然不是，茶葉在大周自然是金貴物，只不過那是在老百姓眼裡，在我們這些茶商手上，卻如燙手山芋，銷得一件是一件。換得幾百匹良駒，不比得上交官府划算？所以我這些茶葉是有問題，卻不是品質問題，而是見不得人的贓物。再說了，不是贓物哪敢往番邦銷呢？我那不是不想讓腦袋安在脖子上了嗎？只要你們壓價不要太狠，這買賣，咱們可以做長期的！」

話畢，唐相予暗暗觀察阿紮伊的神色，見他嘴角一抖一抖地抽搐，顯然是氣極，而後對男人一頓吼。男人遂道：「銷往官府是怎麼個價？」

唐相予似有些為難。「我這還是要做生意的，你們別一來就抽底牌，往後不好辦事啊！這麼說好了，大周的土地都是皇帝的，你們說在他的土地上種出的茶葉能值幾個錢？若是值錢，我還用得著費力跑到番邦來冒這個風險？」

男人將話一傳，阿紮伊一把將桌上的東西掃到地上，顯然是氣極。唐相予佯裝恐懼，再不敢多言，躲在男人背後。

氣撒過後，才指著唐相予說話。「一千斤茶葉，五百匹良駒，成交！」

要知道番邦上貢萬匹良駒不過換得千斤茶葉，唐相予這價格著實太低了。以目前形勢，唐相予料想著孟大人不會出比這個再低的價格，他這般做，無非就是想挑起兩方爭鬥，伺機查出證據。幾人出了氈包，往回走。

「阿紮伊動怒了，直罵大周那官員是奸詐小人，竟欺瞞他。」男人道：「你做得可乾淨？阿紮伊不會憑你的片面之詞就相信，定會著人查你，以及那些茶葉的來歷。」

唐相予點點頭。「放心吧！再送兩回茶葉，他便能信我了。你可幫我向克里多打聽了？」

他側頭看了眼走在前頭，一絲不苟的克里多。

男人點頭。「問了，阿紮伊一心要脫離大周的欺壓，爭取自主平等，可汗卻認為大周太過強悍，番邦根本不是對手，談何平等自主，不如乖順些，不惹是非，力求安穩。」

二人感情雖好，卻在治國上出現分歧，一個心高，一個心慈，所以阿紮伊才暗自勾結大周官員，暗自壯大，向大周說一個「不」字之時，才有能力反抗。所以，他在斂財屯兵！

那麼孟大人呢？大肆收集良駒也是為了養兵？對了，是殷將軍！朝中攬勢，軍中攬權，那是奔著謀反去的啊！只要他找到軍隊馬匹藏匿處，再獲得一份大周與番邦交易的證據，那孟大人是百口莫辯！

至於到時候要是叛軍壓境，那便只有靠番邦來救國了。番邦可藉此機會提出平等自主的要求，大周與番邦開通互市，兩國交好，豈不兩全其美？思路漸漸清楚，眼下要做的，便是取得阿紮伊還有眼前這個克里多的信任。

唐相予走上前。「我有辦法爭取番邦平等自主，再不因茶葉的牽制而使胡人百姓家破人亡。」

男人等的就是這句話，他忙著為克里多翻譯。後者眼睛微微瞇起，眼神中透著貪婪，是對唐相予那句話的貪婪。

「克里多問你，要怎麼做？」

唐相予忙道：「我要知道良駒的去向，具體到了哪處？」

克里多想了想，點點頭。

邊關往北是戰場，唐相予將良駒託付給早已聘好的鏢局運送。在那裡，他有一位年少時的朋友做少將，相信他見到自己這份厚禮，定會歡喜。

安排好良駒的去處，他又匆忙趕回郡城，如法炮製將第二批茶葉運送到番邦。有了這樣一處來源，番邦何須與大周交換，又何須看孟大人臉色？如今支撐阿紮伊同孟大人合作的，大抵就是那份約定。

二次運送後，唐相予明顯感受到阿紮伊的人對他態度好了。經男人解釋才曉得，阿紮伊將五百匹良駒換千斤茶葉的事告知了可汗，可汗大喜，一番褒獎，以為阿紮伊放棄了和大周對抗，盡釋前嫌。

第三次茶葉到達番邦時，阿紮伊已是親自出門相迎，對唐相予稱兄道弟。眼見機會來了，克里多喚來十名歌姬，唐相予伺機獻上女兒紅。唱歌、舞蹈、吃肉、喝酒，氣氛一下推到最高潮。

唐相予見阿紮伊喝得有些暈，便提起酒壺上前。「阿紮伊，往後我二人一起吃香的、喝辣的！大家有錢一起賺，有酒一起喝！」

男人在這個時候自然也保持清醒，充當翻譯。

阿紮伊卻將酒盞放下。「大周對番邦如此苛刻，如何像你說得那般，有錢一起賺，有酒一起喝？大周沒一個好東西！」

男人將話一字不落地翻譯，唐相予摸了摸鼻子，佯裝有些尷尬。

這時有人上門稟報，說是大周的使者來了。若說以前，阿紮伊定會私下會見，如今對方奸詐，他心裡極不舒坦，加上喝了點酒，那份謹慎便少了幾分。他揮揮手，叫人帶上來。

唐相予暗暗退下，躲至一旁。眾人也不為難，只當他膽子小，怕遇見自己人，惹出禍事。來人是個生面孔，唐相予仔細打量，並不認識。

「阿紮伊，大人傳話，今年茶葉收成不好，數量怕是無法滿足。且等年底，一併買賣。」

嘩！阿紮伊將桌上酒罐往使者面前砸去，緩緩起身，搖晃著肥胖的身子走到使者面前，嘰哩呱啦地說了幾句，大抵是罵人的話。

那使者趴在地上大氣不敢出，也是滿頭問號，不曉得何處惹人不快？從前都是客客氣氣，今兒卻碰了釘子，接著立即有士兵上前，將他拖了出去。

克里多站起身，將唐相予之前交代的一番話道了出來。大周明明茶葉過剩，卻還是抬著價格，那孟大人根本就是小人，同番邦合作不過是利用，等到事成之後，哪裡還會管他們死活？以他的狼子野心，只怕還會斷了茶葉來路，逼得番邦就範；倒不如倒打一耙，將罪證遞給大周帝王，在大周叛亂之際搭把援手。番邦土地貧瘠，物產少，就算在大周混亂時，想要螳螂捕蟬，還是沒有勝算，不如乘機發兵平亂，要個平等自主和兩國互市的機會，豈不是更好？

克里多是番邦極有威望的戰將，他的話，阿紮伊還是能聽得幾分，且細細想來，的確有道理，與其把命運交到別人手裡，何不自己主宰？於是阿紮伊決定明面上繼續與孟大人合作，製作了一份蓋有皇室印章的假契書由人帶回大周。另一方面將真的契書給了克里多，讓克里多帶著唐相予趕回大周揭露真相。而番邦此時也將集結兵力，準備在殷將軍趕回京都的路上攔截。

就在事情分頭進行之際，杜夫宴派出尋找唐相予的人卻生生與之錯過，等他們趕到番邦時，唐相予正好離開了。

是夜，他們來到一處山林，卻見烏雲密布，狂風呼嘯。克里多瞅了瞅天色，大手一揮，示意眾人安營紮寨。帳篷支在高處，又在樹與樹之間搭了草棚供馬匹休息。剛安排完，豆大的雨滴便落下來。唐相予拔開火塞，吹了兩口氣，猩紅的火芯逐漸變亮。他點亮油燈，帳篷四周逐漸清晰起來。

克里多和男人一把掀開帳篷簾子，大步走進來，身上帶著水氣。見克里多從懷裡掏出一張地圖，在桌上展開，男人圍了過來，唐相予也站起身。

「穿過這片山林，再過兩座城池，不足五日便能抵達京都了。」克里多指著地圖說話，男人細細翻譯。

唐相予卻眉頭緊鎖。越是接近京都，越會暴露自己身分。一日未找到自己的屍首，孟大人只怕在城門外布下了天羅地網，如何入城，成了大問題。

「你們暫時不能入城，得想法子通知裡頭的人接應。若身分暴露，只怕契書落到賊人之手，我等也將死無葬身之地。這樣，不如我先混進城……」

話未說話，忽見克里多眸光一冷，轉頭看向門外。男人也覺出不對勁，拿起利刃，一把在手，一把扔給克里多。二人大步往外走去，丟下一句「別亂跑」便出了帳篷。

唐相予覺得無奈。自己雖說不是武林高手，可功夫還是有點，對付一般毛賊……好吧，那些殺手不一般，他不能以一敵十，打一、兩個還是不成問題。於是揀了一把看起來還算順手的劍，也衝了出去。

不過是晚了一會兒，外頭已廝打成一片。他見識到了克里多和男人的殺伐果決，手起刀落，人便倒下，不留一絲情面；其餘手下也不是徒有健壯的外表，打起架來毫不含糊。唐相予不敢耽擱，衝進了雨簾，加入戰鬥。

很明顯地，那幫凶手不是故意為之，像是突然闖入別人的地盤，是以並未有周全的部署，被打得招架不住。節節敗退的黑衣人見不敵，欲逃跑，克里多等人卻不給機會，並不打算留活口。唐相予知道，此時不是手軟的時候，若心軟放人走，那下一刻便會有人將這片林子團團圍住，於是利劍毫不猶豫地插進賊人的胸膛。

打鬥結束得很快，只是大家或多或少受了點傷。滿山林的血水被雨水沖淨，眾人挖坑，將一行不速之客掩埋。可還未來得及歇息片刻，林子不遠處又傳來了動靜。眾人再次握緊手上利器，直勾勾望著那處。

忽而，唐相予快速往前兩步，舉起一隻手，示意別動。

「雲青！」

來人不是雲青又是誰？他帶了一行人喬裝成農戶，到底是從小看到大的，唐相予還是一眼就認出來，滿是驚喜。

雲青腳步頓了頓，顯然也是瞧見了這群凶神惡煞之輩，又聽到打鬥聲，顧不得是否危險，萬一自家少爺在呢？便上前一探。可少爺一身胡人打扮又留了絡腮鬍，他瞧了半天，若非出聲喊自己，他愣是不敢相認。

失散半月餘，終於順利會師，雲青幾乎是飛奔過去。「少爺！」

帳篷內閃著亮光，在黑夜中顯得極微弱。雲青一股腦兒將自己獲救的遭遇同唐相予講述，又介紹杜夫宴派來的人，並將京都目前的情勢一一稟報。

「果然同我猜得八九不離十。孟大人狼子野心，是起了造反的心思。皇上遲遲不處置父親，大抵還是有幾分畏懼孟家權勢。如今只有我帶著契書和克里多等人去面聖，才能救得了父親！」

他忽而想到一件事，看向杜夫宴派來的人。「我母親和妹妹在何處？」

其中一人道：「唐少爺放心，唐夫人和唐小姐如今住在蘇府。蘇家也算自身難保，竟一點也不畏懼，確實難得。至於令尊，有大少爺暗中照料，刑部不敢有人為難。」

唐相予點點頭。沒事就好，這半個多月，最擔心的也是這些，如今知道詳情，心登時落下。

男人適時傳達克里多的意思。「如何進京都？」

「現在城門口到處貼的都是唐少爺和雲青的畫像，且查得極嚴，縱使如何喬裝，只怕都難逃此關。」一人道。

唐相予一時之間也無法子。連喬裝都不得進，那得藏得極為隱密才能混進城……如何隱密？光靠幾人怕是不行，還得裡應外合。於是他看向杜夫宴的人。「你們先進城，將我等情況告知我母親和蘇姑娘，一是免她們擔憂，二是想法子接應。」

那人慎重點頭，當即帶著幾人先離去。

「蘇姑娘……可是那夜遞我茶葉的小丫頭？」男人忽而問道。

唐相予粲然一笑。「正是她。若她見到你，定然驚喜。」

京都的天還是萬里無雲，一片蔚藍。商販、農夫和旅人在手持畫像的官差一個個仔細盤查後，逐一進城。京都的繁華和城門口的嚴峻形勢形成反差，幾個客商在市集中散開，往各處街市走去，似乎談著什麼大生意。其中一人進到一家布莊，換了身衣裳，從後門偷偷溜走。

已經半月過去，皇宮還算平靜，只是風向暗暗倒向了孟大人一派。少部分人還是保持中立，該是為唐大人鳴不平，卻又畏懼孟派權勢通天，只好默不作聲，明哲保身。

唐相予的畫像貼滿整個京都，街市上整日都是來往的官兵，連蘇府也被嚴加看管，進出之人皆細細盤問，有可疑的直接拉進大牢。一家子索性不出門了，到底惹人矚目，若有動作，反而打草驚蛇。打探消息的任務由杜夫宴攬了去，每三日送一回新鮮菜蔬的農戶，便是傳話的。

「夫人、唐夫人，送菜的來了！」有丫鬟來報。

二人忙放下針線簍子，匆匆趕往後廚。前腳剛到，蘇木及蘇世澤幾人也來了，一家子圍在後廚，這處已儼然成為商談要事之地。蘇世澤上前，將籮筐的菜翻倒在地，挑出幾根肥大的蘿蔔。往常女兒總是第一個衝上來，如今竟只站得遠遠的，雖無從前性急，卻還是每每到場，大抵是想知道消息，又怕失望。

蘇世澤無奈地嘆了口氣，連續劈開幾根蘿蔔，其中一根塞了紙條，他輕輕抽出來。一室的人巴巴地望著他，眼中帶著希冀，又滿是擔憂，生怕他再唸出「無果」二字。只是這回，他半天沒出聲。

吳氏按捺不住，開口問道：「說啥了？」

蘇世澤這才反應過來。「這信……是唐少爺寫的……」

第一百一十七章 佛像

話剛落，唐夫人上前將信接過，目光剛落到信上，淚水便落下來，一雙手抖個不停。

「是予兒……予兒的字跡……他還活著……還活著……」

眾人喜極而泣。蘇木呆愣在原地，耳畔是嗡嗡聲響，她彷彿聽不真切。

「木兒，是予兒！」唐夫人將信塞到蘇木手中。

雋秀而有些灑脫的字，是他。字條很小，他說的話也很短。安好，京郊，等入城，接應，揭發。他被阻擋在城外，無法進城……

唐夫人抹了一把淚。「予兒找到證據了，可是無法進城，城中戒備森嚴，就是進來了，也插翅難逃，這可如何是好？」

「是啊！」吳氏附和道：「如今唐府回不得，咱家也被盯得死死的，連隻蒼蠅都飛不進來，就連有些關係的杜家、魏家和侯府，都有人嚴加看守，想要進城是難上加難啊！」

蘇世澤直搖頭。一直待在城門口也不是辦法，那處極不安全。蘇木何嘗不知道，可是情勢迫在眉睫，唐相予既然能找到罪證，那孟大人的動作自然也快了，左不過這幾日，若不能接應唐相予進城，那宮裡只怕就會有動靜。

可是如何進城呢？整個京都全是危險之地，除了……皇宮。對，直接將人接進宮裡！孟大人該是作夢都不會料到，他翻遍整個大周尋找的人，就在他自己的眼皮子底下。

「我有法子了！」

次日，是蘇木進宮授課的日子。原本因著蘇家與唐家關係過密，是有嫌疑，孟大人一派要求暫停貢茶院授課，將蘇家嚴密監察起來。皇帝到底沒有什麼話，似乎聽之、任之，可九公主知道後大鬧一場，攪得整個後宮不得安寧，說是跑到殷貴妃的宮裡哭了好幾回。殷貴妃無法，才向皇上提議，暫且放了蘇木一人自由，准許她照舊入宮授課。

是以，蘇木仍跟沒事人似地帶著丫鬟、小廝，自由出入宮中，照常講茶。原本擔憂孟蓁蓁會來找碴，竟也相安無事，大抵是得了孟大人授意，不准輕舉妄動吧。

「公主課後留步。」綠翹在分發茶具時，偷偷朝九公主耳語。

九公主只覺身子一震，立刻裝作如常。她知道四周都是眼線，不能露出馬腳，於是課後揀了個問題留下問話。師徒二人悠閒地坐在一處，品茶、論茶，場面很是和諧，站在外頭監視之人，也漸漸鬆弛下來。

蘇木就著遞茶盞的機會，將一張字條塞到九公主手心。九公主只覺手心一熱，便牢牢握住。約莫一個時辰後，二人才起身告辭。九公主徑直回宮，屏退左右後，才悄悄將信箋展開。

後半夜，公主的寢宮忽然鬧了起來，九公主夢魘了，整個人像是被鬼附身，面色鐵青，還一直說胡話。太醫是去了一撥又一撥，皆束手無策。皇帝急得在大殿上來回踱步。先皇后去世，若最愛的女兒也……他的心如何能承受得住啊！

這時，掌事嬤嬤忽而道：「皇上，太醫皆束手無策，怕是鬼魂作祟，不如請華嚴寺的高僧來作一場法事，驅逐公主的夢魘，興許有救。」

為了救回心愛的女兒，皇帝自然採納了掌事嬤嬤的意見。此事孟大人自然沒有什麼理由阻攔，不過暗地裡加派人手前往華嚴寺及京都城門，越發嚴加看守。

嬤嬤親自去華嚴寺請人，將公主的病情講述，住持道要請神鎮壓。於是選定了一個日子，送佛進宮，以驅逐公主宮裡的陰邪之氣；又道此次請佛會在寺裡作三天的法事，將神靈之氣聚集，凡誠心參拜者皆能獲得普渡，仕途順遂，身體康健。

此消息不脛而走，在京都傳得沸沸揚揚。華嚴寺請願那是最靈的，如今又借九公主的光，得佛光普照，是百年難得的好機會。整個京都的百姓都在等著那日到來，準備夾道迎神，誠心叩拜。

此事宮裡自然也知道了，人潮擁擠，難免有人受傷，皇帝可不許為了給女兒治病而惹出禍事，如此菩薩怪罪，降罪於大周，降罪於女兒，那便得不償失了。於是幾乎派出了半個皇宮的兵力，於京都大街維持秩序。

綠翹藉買胭脂水粉的由頭出門一趟，回來時，手中的籃子裝得滿滿的。然而一屋子的人無心欣賞，直勾勾地望著她，等著她帶來街市上的消息。綠翹也不含糊，手中東西還未放下便開口。「街市上全是官兵，將路都封死了，只是不像從前逮人就問，這些人只管封道。越是這般，人越是多，鋪簷下站得都是人，看來這回華嚴寺請神，大家都萬分期待。」

如此便好，一家子皆放心地點頭，唐夫人卻仍是有些擔憂。「華嚴寺是國寺，僅憑咱們幾句，他們……能幫予兒藏身嗎？」

吳氏回道：「華嚴寺好幾位僧人都是來自垣村，憑著木兒對垣村的改變，該是會幫忙一二。只是……就像姊姊說的，幫助朝廷欽犯藏身，那是欺君之罪，華嚴寺的住持怕是不會拿全寺僧人的性命去搏這點恩情啊！」

唐夫人和吳氏經過一段時日的相處，關係親近許多，如今已是姊妹相稱。

蘇木看向綠翹。「此次前去請人的是誰？」

綠翹想了想，忽然想起，道：「說是宮裡的一個嬤嬤。」

蘇木點點頭。「那嬤嬤該是上回來咱家的掌事嬤嬤。她和九公主關係親密，又是皇上的貼身嬤嬤，有她幫忙，住持該不會說什麼。咱們能做到的只有這些了，餘下的，還看唐相予如何隨機應變。」

一家子若有所思地點點頭。一切都是預料，不能完全保證，擔心仍在。當日，後廚又送了一回菜，這次未翻到任何消息，一家子不禁有些失望，卻沒有辦法，只能耐心等待——等待法事到來的那日。

三日後，整個京都大街空前熱鬧，道路兩旁以兩排士兵把守，其後站得密密麻麻都是人，皆翹首以盼，雙手合十，嘴裡不住喃喃。而此時京郊，華嚴寺至京都城門口站了兩排士兵，因為城外的百姓也得到了消息，前來叩拜。

只見一襲素衣的僧人緩緩走來，嘴裡唸著佛經，另有僧人搖著法器、舉著佛旗。隊伍中間則有八個僧人抬著一尊三人合抱大小的佛像，那佛像神情肅穆，周身泛著金光，佛前還供奉著香火果蔬。佛像路過，無不有人跪下叩拜，連攔路的士兵都默默低下頭，以表誠心。一路暢通無阻，直至到了城門口。

那裡有大批的士兵將城門層層圍住，個個手持利劍，姿態高昂，沒有半分讓路的意思。送佛的隊伍不得不停下，宮裡派來的侍衛統領上前交涉。「大人，皇上請的華嚴寺住持進宮作法事，還請讓其進城。」

那位總兵大人冷哼一聲。「牛鬼蛇神，也有人當真！」

統領臉色瞬間就變了。「大人不可對神明不敬，否則……」

「否則什麼？難不成我還要遭殃？」總兵大人彷彿聽到什麼好笑的事，忽而臉色一冷。「我等奉命捉拿朝廷叛賊要犯，凡進城者，皆要嚴加查看，如有反抗，格殺勿論！」

「大人，這可是皇上要的人！」統領忙道。他是護送住持等人的統領，若出現什麼差池，腦袋是難保的。

「朝廷欽犯，也是皇上要的人！」總兵大人忽而露出一抹狠色。「給我挨個兒搜查！」

百姓見隊伍停下，皆竊竊私語。敢阻撓佛祖的道路，那不是找死嗎？若是得罪了佛祖，佛祖怪罪的話，他們這些人怕是要遭殃了。可是……那些官兵凶神惡煞，手上的利劍閃著寒光，教人不寒而慄。是以人們心有不滿，卻不敢聲張，只眼睜睜見兩隊人走近。

住持緩緩走出，雙手合十。「阿彌陀佛，諸位施主，佛前不見刀光劍影。我等配合搜查，還請諸位收起兵刃，以免衝撞了佛祖，遭神明怪罪。」

住持這話明顯是說給那些官兵聽的，暗裡卻在刺激民眾的同理心，讓那些士兵心有忌憚，不敢隨意觸犯佛祖及眾怒。這會兒，已有幾個膽大的混在人群出聲，讓那些上前搜查的士兵有些猶豫。

「我等也是為民除害，佛祖會原諒的。」總兵大人眼神一冷，喝道：「還愣著幹麼？給我仔仔細細地搜！」

既得到指令，士兵便繼續上前，拿著畫像，挨個兒仔仔細細比對。每個僧人都要接受查看，才算通過。約莫過了半個時辰，整個隊伍搜查完畢，並未搜到可疑之人。士兵無功而返，那總兵卻遲遲不開城門。

住持看向統領，有些為難。「這……為何還不放行？佛祖來人間的時間有限，若三炷香後還未到達皇宮，只怕會誤了治療公主的最佳時辰……」

一聽誤了時辰，統領有些慌了，忙朝那總兵大人道：「大人，這人也搜了，可否放行了？」

總兵半晌未說話，只是直勾勾地盯著隊伍，而後才道：「那尊佛像還未搜查。」

此話一出，眾人俱驚。是瘋了嗎？居然要搜佛像！

統領自然拒絕。「大人，你我各司其職，你要追查欽犯，我等配合。可你現在要搜佛像，是對神明不敬，耽誤公主病情，這擔待得起嗎？」

總兵大人一點也不犯怵，他背後有孟大人和殷將軍撐腰，區區一尊佛像，就是砸了又如何？如今的皇帝，以為還同從前一樣嗎？

「放走了朝廷欽犯，你擔待得起嗎?!」說罷，大手一揮。「給我搜佛像！」

士兵得令，火速上前。

「不可！」住持忙站在隊伍中間，擋住來人，餘下眾人自動將佛像圍起來。

住持道：「佛祖金身，豈是由你們隨意碰觸？若觸怒佛祖，不只我等遭殃，連公主也性命不保。」

若公主性命不保，皇上追問下來，要怪罪的自然是他們這些攔路的。兵士再度猶豫，轉頭問向頭兒。「大人，這金身佛像該是沒什麼問題，咱犯不著——」

話還未說完，便被總兵大人打斷。「寧可錯殺一千，不能放過一個，這佛像今日非搜不可！」

士兵無法，只得聽令。然而住持不讓步，一眾僧人也將佛像牢牢護住。

搜和尚忍了，總是不能讓佛像出事啊！統領當即下令護住佛像。

「怎麼，你是想造反嗎？」總兵眼睛瞇了瞇，嘴角抽了抽，顯然是動怒了。

一個是上過戰場的戰將，一個是皇宮侍衛，前者的殺伐之氣自然重了幾分。統領因著皇帝的權威，也不怯場，方才忍讓，不過看在孟大人的分上，不想鬧出事端。如今是人家要挑事，他便不能由著來，畢竟耽誤公主的病情，他怎樣都會擔一個護送不力的罪責。

「總兵大人，我看你才是想造反吧，連皇上的旨意都敢違抗。今日這城門，我是進定了，這佛像你也休想觸摸半分！」

總兵大人怒喝，一把拔出利劍，指過來。「我看你是活膩了！」

這囂張氣焰徹底惹怒了民眾，眾人紛紛怒罵起來，自發地擠開士兵攔起的道路，將佛像團團圍住；更有人往城門口這處擠，直呼開城門。

而城內因著送佛隊伍遲遲不到，百姓已有些騷動，靠近城門的一些人，聽到城門口的動靜，不禁議論紛紛。城門外是此起彼伏讓開門的吶喊，這是怎麼一回事？難道佛像送到，卻不讓開門？守門的是孟大人一派，沒有得到門外總兵大人的指令，自然不敢打開城門。

「官爺，城門外是不是出啥事？」

「就是，佛像早該送到了！這會兒都延誤一個時辰了，將門打開看看吧？」

「阻擋佛祖的路，那是十惡不赦啊！」

「官爺，快開門吧！」

民眾的呼聲越來越響亮，然而士兵視若無睹，只利劍一揮。「往後退！沒有總兵的命令，不得開城門！誰再上前，格殺勿論！」

眾人心有不滿，卻也畏懼，於是老老實實地退了回去，可方才的騷亂還是往後傳了去。

蘇世澤一家站在京都大街上，翹首以盼。天氣炎熱，幾人頭上皆是細密的汗。唐夫人拿出絹子抹了抹，焦急道：「怎麼還不來？」

吳氏也道：「是啊，都這個時辰了，該到了，莫不是……」

女人就是愛亂想，這話一出，兩人連帶著唐相芝和幾個丫鬟都擔憂起來。

蘇世澤忙安撫。「若是出事，早該開門將人押往天牢了，這會兒還未開城門，怕是雙方僵持著……」他說著，看向蘇木。「這樣下去不是辦法。」

蘇木點點頭，曉得那些人不是那麼好糊弄，卻也不曉得外頭具體什麼情況。不管如何，得開門！她往人群中看了看，而後道：「綠翹，妳去找魏夫人。雙瑞，你去找杜少爺，務必請動兩家與管事的宮廷侍衛道，若城門不開，延誤公主病情，皇上必會降罪！」

二人一臉謹慎，忙應下，鑽進人群不見了。大致摸清兩府方向，二人很快找到人，也將蘇木意思表明。兩家刻不容緩，找到管事的侍衛。在一番權衡之下，他們決定去城門口一探究竟。

領頭的侍衛問道：「怎麼回事？」

守城的幾人相互看了看，到底沒什麼權勢，這般一問，也就被嚇住了。「外頭民眾像是在鬧事……」

那領頭侍衛再道：「知道鬧事，還不將城門打開？驚擾了佛像，延誤公主病情，你們幾個的腦袋夠砍嗎?!」

幾人猶豫一番，卻仍是不敢。「大人，不是我們不管，沒有總兵大人的命令，這城門……不能開啊！」

領頭侍衛氣笑。「怎麼，這城門是他的？外頭鬧得這般厲害，不讓我等出去維護，在這兒等著出事？」

「不、不是……」

那領頭侍衛便沒了耐心。「來人，這些人耽誤佛像入城，違抗聖意，全部拿下！」說罷，一眾侍衛將看門的幾人制住，押了下去。

周遭百姓一陣拍手叫好，領頭侍衛一聲令下。「開城門，迎佛像！」

高大的城門緩緩打開，門外混亂的場面出現眼前。領頭侍衛見自家統領正與總兵劍拔弩張，雙方人馬也都刀劍相向，一場廝殺似乎一觸即發；那尊萬眾矚目的佛像也正被民眾團團圍住保護，因著城門打開，面上露出喜悅，而後歡呼。

領頭侍衛反應迅速，立即命人將總兵一行由背後圍住，猶如困獸的總兵見形勢敗落，不由得咬牙切齒，眼睜睜看著民眾簇擁佛像往城內而去。

此時的京都大街，因著華嚴寺的住持及佛像到來，歡呼雀躍，隨後開始誠信叩拜，虔誠祈禱。在全京都民眾的注視下，佛像順利移往了皇宮。

第一百一十八章 真相

掌事嬤嬤早在宮門口候著，等住持一行一到，便將人帶去公主的寢宮。皇帝、殷貴妃等人皆在寢宮外間等候，得知城門口的事情後，孟大人便匆匆趕去，一眾士兵也悄悄往九公主寢宮聚集。

住持帶著一眾僧人，抬著佛像，一路搖著法器，唸著佛經，所到之處，宮人們皆駐足，虔誠祈禱。

九公主宮殿內，一身明黃朝服的皇帝，滿心都是盼望女兒能康健起來。他腦海中閃過很多畫面，每一個畫面都是先皇后的音容笑貌。身側的殷貴妃見他這副失魂落魄的樣子，恨得牙癢癢。她將一生都給了他，卻抵不過一個死人！她年輕貌美，卻只不過是個影子，縱使哪天影子不在，也是件無關緊要的事罷了。

大門緊閉的公主寢宮內，一個粉衣小人兒正散著髮、光著腳，趴在窗口往外看。幾位伺候的宮女忐忑地站在邊上，嚇壞了。

「公主，快回去躺下吧！若是皇上突然進來，瞧見您生龍活虎的樣子，定會大發雷霆，屆時遭殃的人可不少啊！」不僅宮裡的奴僕，連皇上身邊的掌事嬤嬤、華嚴寺的住持及蘇茶司都難逃罪責。

九公主又豈是不知輕重，到底年紀小，等了半天不見人來，便有些焦急。「知道了。這人怎麼還未到？該不會出什麼岔子吧？」說著，往裡間床榻走去。

經過妝檯，瞧了眼鏡中的自己，見眼底青色褪了幾分，忙停下腳步。「快、快，補妝！」

就在貼身宮婢將她的「面色」加重了幾分後，殿外來人稟報，華嚴寺的住持到了。九公主被宮婢們催促著上床躺下，一番收拾後，人人面上掛上了悲痛之色。唸佛經的呢喃聲越來越近，宮人魚貫而入，將殿內騰出一塊地方，供佛像落下。而後住持著人鋪設法臺，再於法臺前設蒲團，又將法器經幡歸位，最後才一一落坐，焚香禱告。

等孟大人趕到公主寢宮時，一切妥當，並無異樣，只聞殿內陣陣呢喃聲，皇帝和殷貴妃同坐殿外，一個神色凝重，一個直打呵欠。

他鬆了一口氣，上前叩首。「微臣參見皇上。」

皇帝只揚了揚手。「起來吧。孟卿家怎麼來了？」

「謝皇上，」孟大人退至旁側。「微臣心繫公主安危，特來慰問。」

皇帝點點頭。「孟卿家有心了。」

孟大人不動聲色地打量皇帝，而後又往殿內瞧了瞧，才道：「臣知道不該在此時以國事叨擾皇上，只是……唐大人叛國通敵一事，有了眉目。」

「哦？」皇帝眉頭蹙了蹙，站起身來，看向他。「什麼眉目？」

近日朝堂風向大變，幾乎齊齊向孟大人倒戈，讓他很是頭疼，遲遲不處置唐大人，是另有考量。倘若唐府一家真的通敵叛國，那是留不得的。可在這之前，沒有合適的心腹取代唐大人時，他暫時不想動這個人。

然而孟大人近日的積極，教他很反感。京都城內的動向，他瞭若指掌，尤其今日迎佛像入宮是他的意思，那個總兵竟敢公然違背，簡直膽大妄為！一個小小的總兵尚且如此大膽，只怕得了背後之人授意，才敢如此囂張。只是人既提到耳邊了，還是得聽一下。況且他也想知道，他一貫信任的唐愛卿是否真動了通敵叛國的心思？

孟大人上前一步，道：「臣得到了一封蓋有番邦官印與大周官員秘密往來的契書，其交易數額之大，令人驚愕。」

皇帝眉頭一挑，心頭有些複雜。他起身朝向門外，欲回御書房。

這時，公主的貼身宮婢出來，歡喜道：「皇上，九公主醒了！」

皇帝眉間的陰霾散盡，將事情拋之腦後，大步朝寢宮內走去。孟大人不由得冷哼一聲，看了殷貴妃一眼，後者面色也不太好。片刻後，二人也跟隨皇帝的腳步進了裡間。

公主虛弱地撲在皇帝懷中，喃喃說著可憐話，比如見到了母后，她很想念父女二人云云，聽得皇帝眼圈通紅，抱住女兒的手哪捨得撒開？法事還在繼續，皇帝寸步不離地陪在公主身邊。一旁站的殷貴妃和孟大人在長長的衣襬下不住扭腳，快站不住了。

天將黑透，皇帝也有些倦了，但女兒抓住自己的手不撒開。他無法，只得靠著床榻歇息，轉頭見殷貴妃和孟大人還在，二人面色有些難看，想來也是勞累至極。這一會兒竟將他二人忘了，於是開口道：「你二人先回去，今日朕就歇在這兒了。」

二人如蒙大赦，匆匆退了出去。

片刻後，住持起身，對皇帝道：「皇上，公主已無大礙。」

皇帝抬起頭。「大師辛苦了，朕感激在心。」

「老衲惶恐，今日之事，還請皇上恕罪。」

沒頭沒腦的一句話，教皇帝摸不著頭腦，他正尋思，就見寢宮內幃帳後走出三人。三人雖著僧袍，卻身形高大，留著絡腮鬍，這……分明是胡人！

皇宮大殿竟讓胡人混進來，還離自己如此近！此刻，左右卻是手無縛雞之力的宮婢，皇帝頓時一陣心慌，也幡然醒悟住持的話。這些人竟是隨著住持一行入了公主寢宮，企圖行刺！

他正欲呼叫，卻見三人撲通跪地，身形稍瘦的一人，幾乎用顫抖的聲音道：「皇上，臣來遲了！」

皇帝一愣，定睛看去，模樣竟有些熟悉，除去那黝黑的絡腮鬍，這分明就是——

「唐愛卿?!」

他再看了兩眼，確認無疑，又見左右二人，也確定了是胡人無疑。他竟與胡人勾結一起，莫不是真的與胡人私通叛國?!「唐相予，你好大的膽子！」

唐相予跪伏在地，從懷中掏出一張牛皮書信，雙手奉上。掌事嬤嬤看了一下皇帝眼色，上前接過，奉於皇帝面前。皇帝仍是怒不可遏，一把展開書信。

唐相予此時道：「皇上，我唐家冤枉，通敵叛國的罪名乃孟大人栽贓嫁禍。此契書乃番邦可汗胞弟阿紮伊與孟大人簽署，孟大人暗中以茶葉與番邦合作，換得大量良駒。良駒牽往之地，臣已查明，便是殷大人的軍營，皇上大可派人搜查。」

皇帝咬緊了牙關，腮幫子不住抖動。「唐愛卿，你可知道，在見你之前，孟大人也道，得了一封你父親與番邦合作的契書！巧合的是，上頭也蓋了番邦之印。你道朕該相信誰的話？」

「皇上，臣潛入番邦皇宮，以茶商身分取得阿紮伊信任，利用茶葉貶值的交易方式，使得他對孟大人生了疑心。孟大人那封契書是假的，不過是緩兵之計，以保臣能安然回京，稟明一切。」他說著看向左右二人。「此二人是受阿紮伊所託，前來向大周求和的。」

話畢，克里多右手握拳放在胸口，嘰哩呱啦講了一通。身後男人翻譯道：「我番邦缺茶葉，胡民受苦，與大周官員合作，不過是為了茶葉需求大，並無與大周敵對的意思。今知孟大人狼子野心，我們生了悔意，萬匹良駒悉數已送往北方軍營，大周安危甚憂。」

皇帝猛地坐下。他本以為孟大人與殷貴妃合夥不過是為了讓三王爺即位，為子謀劃，天經地義；可沒想到，他們竟想逼宮！他還沒死呢！

「咳咳、咳！」皇帝氣得猛烈地咳起來，想他一生仁愛，竟落得這般下場。

「唐愛卿，這些……你都知道了？」

唐相予點點頭。「是，所以臣才馬不停蹄趕回京都，不得已出此下策，還望皇上贖罪。至於殷將軍的大軍，皇上不必擔憂，臣已通知齊少將，若殷將軍有帶兵回京的意圖，請他務必阻止。此外，阿紮伊也帶領番邦將士前往援助，一切盡在掌握中，絕不會威脅皇上的安危和大周的江山！」

皇帝緊閉雙眼。他是老了……「唐愛卿，你說，朕是該誇你，還是謝你？」

唐相予忙撲倒在地。「臣不敢！臣所做的一切不過是為了大周、為了百姓、為了皇上，以及臣的父親！臣一切所言非虛，請皇上明鑑。」

一切都言詞鑿鑿，還明鑑什麼？至於孟大人，若是不依他之意處死唐大人，殷將軍的軍隊是否就有動向了？皇帝長長吁了一口氣。京都設下重重圍捕，皆不能阻擋唐相予進宮稟明一切，如此周密計劃，若非有人裡應外合，又如何能順利進行？

能想出藏身於佛像偷渡入宮，此人著實有些智謀。與此同時，還能說動九公主配合演這場戲，連華嚴寺的住持、女兒身邊的嬤嬤都參與其中，此人膽子倒是不小！只是眼下不是追究這些的時候，他起身，大步朝外走去。

九公主聽見動靜，悄悄睜開一隻眼，見皇上不在，這才翻身坐起。事情就這樣解決了？可父皇究竟是什麼意思呢？他曉得自己騙了他，該是大發雷霆，怎就無聲無息地走了？

「唐大人。」

唐相予忙道：「臣在。」

九公主撇撇嘴。這個唐少爺也變得太……醜了，怎能配得上她師傅？

「我問你，這場戲演完了，父皇為何沒什麼反應？他不是該大發雷霆，罵我一頓，或是好好懲治孟大人和那個道貌岸然的殷貴妃嗎？」

唐相予嘆了口氣。「大抵是有些接受不了吧！等皇上想通了，自然有所定奪。此事，臣還要多謝公主的鼎力相助，若非如此，唐家不會這麼快沈冤得雪。」

「小意思！」九公主昂了昂頭，有些得意。自個兒也幹了一件了不得的事！

次日大早，唐相予一行三人跟著住持出了宮。此時的京都大街不再似昨日戒備森嚴，只是百姓仍出來歡送，站滿了街道兩旁。三人順利地脫離隊伍，混跡人群，消失不見。

此時，蘇府外嚴加看守的軍隊也撤了。雙瑞貼在門縫往外瞧，不放過一絲動靜。忽然，他見遠處走來三人，形跡有些可疑，於是看得仔細。三人體型高大，皆留了絡腮鬍，瞧著不像善類。隨著靠近，中間身形偏瘦的一位只覺得面熟……這不看還好，越看越面熟。

他猛地反應過來，一把拍在腦門上。那不是唐少爺又是誰！忙將門敞開，將人讓了進來，驚喜道：「唐少爺，你可算回來了！小姐和唐夫人定然高興壞了！」

唐相予也有些按捺不住欣喜。「我母親和木兒可好？」

「好，都好！」他一面說著一面將人往裡帶，卻也小心著不聲張。如今風頭還沒過，不能出什麼岔子。

他先一步進到堂前，嘴角都咧到耳根了。「小姐、夫人，瞧誰來了？」

眾人還是一副擔驚受怕的樣子，蘇世澤先出聲。「誰來了？」

不等人回話，只見門口進來三個漢子，眾人未瞧清楚，嚇了一跳。

「娘、芝兒、木兒、大叔、嬸子，我回來了。」熟悉的聲音出自中間的瘦高男子。

唐夫人最先反應過來，撲了上去，哭喊道：「兒啊！我的兒啊！你終於回來了！」

「哥哥！」唐相芝也淚流滿面，抱上前。

一家子抱頭痛哭，看得蘇世澤夫婦倆也忍不住直抹淚。唐相予抱著母親和妹妹，眼神落到不遠處的蘇木身上。她瘦了，本就小小一個人兒，如今越發顯得單薄。

她回給他一個淡淡的笑意，彷彿在說：我沒事。她總能讀懂自己的心思，總能了解自己內心深處最需要的東西。她是他心中獨一無二的人兒，是他的心尖至寶，這回風波過後，再不讓她經歷這些生離死別，他要將她永遠拴在身邊，再不分離。

蘇木輕輕點頭。從此以後，再不分離。

鋒利的匕首在燈光下閃著寒光，一雙纖纖玉手執起，移向著一身白色寢衣的少年面上。

少年眼中皆是笑意，嘴角勾了勾。「母親和妹妹就在偏院，妳不怕？」

少女驚慌地摀住他的嘴。「你小聲些！」說完，還往窗外悄悄望去，那模樣若驚兔，可愛得緊。

少年原本身子歪坐在椅子上，兩手撐著扶手，昂著臉，忽地左手一勾，將少女纖細的腰肢攬了過來。「木兒，真想時間停留在此刻。」

蘇木嘴角翹起。他說得很輕，她卻聽得一字不落。「說說你在番邦的遭遇，怎麼與那絡腮鬍大塊頭一起的？」

她說著，匕首就在他臉上輕輕滑動，一點一點，極為仔細。雜亂的絡腮鬍隨即落下，每一滑動，便露出光潔的肌膚。

「是他救了我……」唐相予將番邦的經歷細細道來。燭光將二人親密的剪影投映在牆上。蘇木聽他說著，時而一顆心揪起，時而想放聲大笑。得知蘇青將茶葉悉數送給他時，不禁佩服起這個小堂弟。他的世面僅停留在郡城，所以他的眼界也僅限於此，可將幾萬兩銀子平白給了唐相予，該是做了一番掙扎。

「木兒，這筆銀子，我會——」

蘇木掩住他的嘴。「你我又何必分得如此清楚。」說著，放下匕首，拿絲絹將他面上掃乾淨。

那個丰神俊逸、眸若燦星的少年又回來了。

唐相予另一隻手也環了過來，將人兒緊緊鎖在懷中。是啊！他的遲早是她的，又何必算得如此清楚？

第一百一十九章　嫁衣

次日，皇帝頒發詔書，昭告天下，唐大人通敵叛國是被栽贓嫁禍，有罪的是孟大人。孟大人已然關入天牢，等待最後問罪。

當兩個權傾朝野之人在天牢錯身相遇時，只覺得好笑。

「老唐啊，該說你運氣好，生了個好兒子，還是說你唐家氣數未盡？只差最後一步，我還是敗了。」孟大人英俊的面容上帶著似笑非笑的神情，有憤怒，有不甘，也有嫉妒。

唐大人在天牢待了近一月，雖形容憔悴，卻氣勢如常。「天下事皆逃不過王法，不是我唐家運氣好，也不是氣數未盡，是我不違王法，順應天理。」

「哈哈哈！」孟大人仰天大笑，再無一個字，由著獄卒將他帶進那暗無天日的大牢。

唐大人走出天牢，只覺陽光格外晃眼，曬得兩眼發昏，有些瞧不清路了。腳一晃，身子歪倒，身旁之人一把將他扶住。「唐大人，小心。」

此人是杜家長子，在天牢中頗為照顧，若不是他，自個兒只怕活不到洗脫冤屈這一日。

「唐大人，您看——」

唐大人強撐起身子，隨著他的指向看去。晃眼的日光中，瞧見了他最得意的兒子、最愛的妻女，而一旁還有蘇木那丫頭一家子。

他等到了……疲倦的雙眼漸漸合上，身子不再用力支撐，他累了，想歇歇了。

一身灰布衫的郎中收回了手，也將病人腕下的診包收起，口中緩緩道：「唐大人不過氣血供應不足，導致昏厥，好生將養，喝些補血養氣的湯藥，不日即可痊癒。」

一家子吊起的心終於落下了。

「多謝大夫！」唐相予將郎中迎了出去，又命管事領著郎中去拿診金開藥，返身回屋。

「母親，宅院都清掃過了，一應需求歸置妥當，寄在舅舅家的一眾奴僕，也都派人去接了。」

唐夫人收拾起心情，有些不好意思。「本就受累，這些瑣事怎好教你去安排？是母親沒用，心裡只念著你父親的安危，將正經事都落下了。」

坐在榻邊的唐相芝也唯唯諾諾道：「也怪我，平日貪玩，沒跟母親學好管家的本事。如今家中有難，母親分身乏術，我竟一點忙都幫不上，還要累得哥哥四處奔走。芝兒往後定痛改前非，好好跟著母親學管家。」

唐相予嘴角翹起。「安排活計，採買這樣、那樣，還周到地派人接回送去舅舅家的奴僕，我哪裡會做這些？」

母女二人相互看了看，皆一臉驚訝。那是……

唐相予也不再打馬虎眼。「是木兒安排的。她怕人說她踰矩，便推至我身上，還不讓我說出半個字。不過是擔憂母親和妹妹心力交瘁，無心理事，唐府又將將洗清冤屈，整個京都的人都瞧著呢！總不好教人看笑話不是？」說著聳聳肩，一臉無奈，卻又覺得歡喜。

母女二人這才恍然大悟。唐夫人點點頭，心裡極為熨貼。這丫頭能幹又聰慧，做了事還不邀功，是個品性純良的。雖說現今她並不是唐府的誰，做這些事是有些踰矩，可對外並未透露半字，唐夫人對這樣一個女子，竟怎麼也惱不起來。

她忽而認真看向兒子，問道：「予兒，你準備何時迎娶木兒？」

唐相芝搗嘴笑，一臉看好戲的模樣，望著自家哥哥。

想了千百遍同木兒成親的畫面，可真問到頭上，他竟不好意思起來，耳根微微泛紅，他撓撓腦袋。「一切全憑父親、母親作主……」

唐夫人見兒子這副傻愣愣的模樣，也笑了起來。「那便等你爹病好，我二人一同登蘇家大門，為你求親！」

唐相予不由自主地牽起嘴角，頭回露出扭捏的樣子。「嗯……」

唐相芝再也忍不住，哈哈大笑起來。「哥哥，往日我覺得你英明神武，今日怎麼跟要上花轎的小媳婦一般？哈哈！」

「妳！」唐相予臉色漸漸變紅，後竟脹成豬肝色。

唐夫人見兒子羞得緊，自是不由著女兒調笑，於是轉向唐相芝。「我且問妳，妳同杜二少爺的事是如何打算的？」

呃？這下輪到唐相芝面色脹紅。

「那不是先看哥哥的嘛……」她噌地站起身，扔下一句話便跑開了。

孟大人被關第五日，邊關傳來急報，殷將軍帶領軍隊悄悄往京都逼進，齊少將並番邦的阿紮伊一起阻擋，將殷將軍拿下，並收回了兵符，等皇上定奪。皇帝當即下令處決殷將軍，並由齊少將接任。

至於番邦，由克里多帶來平等自主的請求，也得到了同意。皇帝本就打算實行新政，沒了孟大人反對，又藉此次叛亂肅清了那些懷有異心的臣子。

新政的推行，幾乎無人反駁。茶馬互市便是新政的首要項目，大周不再對茶葉實行管制，以納稅形式使得全大周百姓皆有販茶的權利。而古道將進行整治，成為大周與番邦的交易地。番邦可用牛、羊、馬匹，抑或是番邦特色的飾品與大周交易，不限茶葉、菸酒或者胭脂水粉、布疋刺繡等等。

在施行茶馬互市的五年後，大周的經濟發展達到了鼎盛，國富則民強。當然，這都是後話了。

公主寢宮內，皇帝正坐高堂，九公主跪著低聲啜泣，身後則跪了一眾宮婢、宮人，連掌事嬤嬤也跪在一旁，不敢作聲。

「父皇，兒臣是知道大周有難，才出此下策。欺騙父皇是兒臣不對，還請父皇念在兒臣的一片孝心，不要再生兒臣的氣了。」九公主一邊傷心地哭著，一邊拉著皇帝的手搖晃。

左一口父皇、右一句兒臣，皇帝縱使再大的氣，也消了大半。他知道一切情有可原，可氣不過有人拿他最心愛的女兒來算計，甚至還搬出已故的皇后，騙得他心肝疼，情難控，讓人瞧了笑話。

「哼！妳是朕最愛的女兒，氣不過一時。可攛掇妳做這些事的人才最可惡，朕絕不輕饒！」皇帝怒氣沖沖道。

九公主一聽不好，忙將罪責攬下來。「父皇，事情是因兒臣起，那些唐氏宗親並未對兒臣無禮，不過是兒臣看不過他們平時作為，才小以懲戒，以致發生後來的事……蘇茶司是為大周著想，不願父皇背上誤信奸佞的罪名，才幫助唐少爺進宮的。」

皇帝沒有說話，神情卻有些鬆動。是啊！一切若無那丫頭暗中幫助，唐相予便無法輕易地進城呈遞罪狀，若讓孟大人搶先一步遞了契書，只怕如今又是另外一種局面了。

而他這個皇帝，也只會在史書上留下一個懦弱無能、聽信奸佞、誤民誤國的昏君之名……

九公主見皇帝怒氣漸消，又道：「父皇心急如焚，憂傷難過，都是因為擔心兒臣。而父皇對母后幾十年不變的情誼，也只會為世人所傳頌，直誇父皇是個癡情人！」

這話倒是說到皇帝心坎上了，心頭最後一絲鬱結散得一乾二淨。他低頭看女兒，這個小丫頭何時變得如此聰明伶俐，與往常那個只會仗著恩寵耍橫鬧事的九公主判若兩人，她真是長大了。

皇帝心頭怒氣已消，面色卻不顯，故意怒道：「這話，也是妳那師傅教妳說的？」

九公主大驚。師傅果然料想得沒錯，父皇在意這兩點，只要道清楚了，自然消氣，若他還繼續追問……

「妳就抵死不認，只道那些話是宮婢傳開的，皇上只是需要一個臺階下。」

耳畔響起蘇木的囑咐，九公主便往前跪了跪，抱住皇帝的大腿，撒嬌道：「哪能呢！父皇的情深，整個皇宮都傳遍了，想必母后在天上知道父皇這麼些年都還記著她、念著她，該有多幸福。」

提起先皇后，皇帝那裝出的怒氣都散了。華嚴寺出法事這件事，也就這麼揭過去了。

「芝兒，妳瞧我穿這件如何？顏色是否太豔麗？不夠莊重吧？」唐夫人在屋裡換衣裳，試了一套又一套，終究選定了暗紅枝紋的一套織錦裙。

唐相芝氣笑。外間的父親和哥哥都等老半天了，母親還在磨蹭。「這件極好了，顏色喜慶又莊重，提親穿著極為妥當。母親，今兒主角是哥哥，他選好衣裳備足了禮，不就可以了？」

「瞎說！」唐夫人在鏡子前轉了又轉，再三比較，終於定下來這件。「我穿得妥貼，才是對女方的重視，沒來由讓人家覺得咱怠慢，往後妳說親，我們見禮也是這般。」唐相芝的臉就紅了。「母親您快點吧！就等您了，可莫誤了吉時！」說完，逃也似地離開了。

唐夫人不由得大笑，對鏡理了理妝髮，這才跟著出去。

三人等得焦急，人一出來，便馬不停蹄往外走，急得不得了。剛至門口，就要上轎時，唐夫人忽而驚呼。「等等！」

兄妹二人相互看了看，甚是無奈。母親從來果斷，不拖泥帶水，今兒卻是磨蹭又磨蹭，這眼見吉時就要到了，莫誤了才好。

唐大人好脾氣，妻子這般著急慌忙的樣子，像極了新婚那幾日，也是如此手忙腳亂地伺候自己，便多了幾分耐心。「怎麼了？」

唐夫人忙道：「我想起庫房還有一套首飾，樣子和成色都極好，還是母親留給我的，一併添在禮盤裡。」

唐相予看看身後一長排小廝端著的紅綢禮盤上的東西，這還只是納采，是不是太多了些……

蘇府一家子見院中站了滿滿當當一堆人，驚得說不出話來。好傢伙，手上捧的納采禮，能趕上人家的聘禮了！

吳氏忙招呼。「快……快裡邊坐。」

不只唐家四口穿戴一新，極為隆重，蘇世澤一家也都默契地著了喜慶色，整個宅院佈置得隆重喜慶。唐夫人掖了掖手上的絹子，將手心的汗擦乾。好在趕上，未誤了吉時。她親暱地挽著吳氏，說著敘舊的話。幾日不見，有些想念，宅院瑣事多，還是懷念住在蘇府的日子云云。

進了堂屋，便得分開落坐。到底是正經日子，辦正經事。待人皆坐下，當家主子蘇世澤才對下人道：「去叫木兒出來吧！」

片刻，一襲桃紅羅裙的蘇木款款而至。她鮮少上妝，今兒略施了薄粉，整個人便顯得靚麗了幾分。雖說兩家人已熟識，她也不是扭捏的性格，可到底是說親，一股羞澀竟自發湧上心頭，在面上漫開。進了堂屋，喊了人，見了禮，便乖巧地坐在吳氏邊上，聽長輩們商議。

唐相予偷偷描了她好幾眼，就是不抬頭回應，惹得他心癢癢，卻又因著蘇木的羞澀，有幾分得意、幾分歡喜。

交換生辰八字，收下定禮，吳氏自然也備了回禮。她自覺已算豐厚，可見唐府送來的，嚇得她找了個理由，又去添置了一些。一番流程下來，便是商定下聘及成親的吉日。蘇世澤擬了幾個日子，都在三月後，也就是年後，他想讓女兒在身邊多留一段時日，好歹再過個年。

唐家自然想早點迎娶，選了下月的兩個日子。兩家人在選日子上起了分歧，誰都往自家想。最後唐大人夫婦讓了步，到底是嫁女兒，留在娘家的最後一個年，還是體諒了。於是最終商定在下月十八下聘，成親就定在次年一月十八。

時間過得很快，日子悄然來到歲末。

在危難解除的當日，蘇世澤便寫信回去。信只是寫給蘇青，京都所發生的一切禍事皆瞞了下來，不想一家子再受驚嚇。而後又陸續寄出幾封信，最要緊的一件事便是告知蘇木已經和唐少爺訂婚。

蘇青收到信時，悵然許久，好在自己當時沒有作錯決定，便也提筆回了信，細述了之前發生的事，又講述郡城家裡一切都好。最令人高興的是，虎子中了秀才，不必日日待在書院。他藉著農忙的田假，刻苦讀書，先生教授的學問已學得差不多，年末便多准了一月假期，明年就跟著先生遊學，是以除去路上的時間，能在京都待足足一月。

因著京都突發的事，吳大娘幾人上京的事被耽擱下來，這回一家子都收拾妥當，跟著虎子一道上京都。接到信的蘇家人都笑得合不攏嘴，早早準備起來了。

蘇家小院後頭，一棵茂盛的石榴樹旁是一扇小軒窗，陽光正好照射進去，將窗臺上的珍珠梅照得暖洋洋的，屋內正細聲說著悄悄話。

「木丫頭，這……我來縫……不合適吧？」

「沒什麼合適不合適的，我又不會……」

循聲望去，見吳氏坐在妝檯前，檯子上是齊備的針線簍子，懷中放著大紅嫁衣。她正手執一枚繡花針，面色糾結，無從下手。一旁的蘇木坐在搖椅上，手裡拿著話本，擋著小臉，身子隨著搖椅一搖一晃，看得極認真的樣子。

綠翹則立在一旁，時而蹲下身子，拿火鉗掏一掏炭盆裡的炭火，使其燃得更旺。

「姑娘出嫁都是自個兒縫嫁衣，離妳成婚還有月餘，不如妳先縫著，做不好的娘再替妳改？」到底是一輩子的大事，吳氏心有顧慮，不敢貿然縫這幾針，往後若傳出去，也是不光彩的事。

蘇木放下話本，苦著臉討饒道：「娘，您曉得我不喜歡這些活計。從前大姊跟您學繡活，我幾時待邊上瞧了？我是縫個帕子都不會，您讓我如何縫嫁衣啊！快饒了我這十根手指頭吧！」

吳氏有些為難。「到底是妳自個兒的嫁衣，哪有人替的道理……」

「我既不會縫補，與其縫得四不像被人笑話，不如由娘代勞。您是我親近的人，這嫁衣自然也代表您對我嫁作人妻的祝願，兩全其美呀！」

吳氏這才笑了，手上動作不再猶豫，熟練地穿針引線起來，一邊道：「數妳會說！」說著看向綠翹。「綠翹丫頭，這事可莫往外說一個字，就是老爺也不得說，可知道？」

「奴婢省得！」綠翹笑開了嘴，自是滿口應下。

第一百二十章　美好

這段日子就沒閒下來過。忙活完親事，又要準備趕廟會，唐、蘇、杜、魏四家今年齊聚一起，隊伍空前龐大，熱鬧至極。廟會過後，才算有些日子閒下來。

年末，蘇葉、虎子和吳大娘一行人到了京都。院子多了幾個人便熱鬧幾分，加上蘇葉的小娃子來了，同六月作伴，二人年歲差不多，能玩到一處。吳氏著人拿出花生瓜子、茶果點心擺在院中，一家人圍坐一起，吃著、聊著，何其歡樂。

蘇葉眼見著兒子在院裡跑來跑去，眼中滿是母愛，而後又拉起蘇木的手，問起親事。竟不想那個天不怕、地不怕的小丫頭害羞起來，問十句答兩句，大都是吳氏替她接上話。

吳大娘和牛秀兒則在一旁笑，時不時也說上兩句。

蘇木見蘇葉和吳氏將話題扯到旁處，便偷偷溜到虎子邊上坐下，用手肘碰了碰他。

虎子轉過頭茫然地望著她。「二姊，幹啥哩？」

他長相隨吳氏，小時候不顯，這幾年長開了，便越發相似，眉清目秀，眼大鼻挺，是個俊朗的小生。蘇木直勾勾地盯著他，似乎要望進他心底的意思。

然虎子仍是面色平靜，一點波瀾也無，反而有些摸不著頭腦。「二姊，妳這般瞧著我做啥？」

「我問你，可有事瞞著我？」蘇木問道。

虎子撓了撓腦袋。

「沒有哇，我有啥事都是第一個告訴二姊。」

蘇木眉頭挑了挑，見他不像說假話，頓時糊塗了。合著他與九公主之間，並無多深厚的情誼？比如那日在馬場，九公主意外墜馬，虎子恰巧救了她之類……否則，九公主沒來由地待自家這般好？說不通啊！

她不死心。

「我且問你，那日在馬場，你可還記得那個小姑娘？」

「小姑娘？」虎子抓耳撓腮，半天才想起。「哦，我想起來了，不過妳問這個做啥？」

蘇木見自家弟弟這副傻愣愣的樣子，不禁額上冒汗，忽而又燦爛一笑。「那小姑娘叫九兒，你覺得她怎樣？二姊撮合你二人可好？」

虎子驚得臉都變形了，顫抖著聲音道：「不、不好吧！我才十一歲啊！」

元宵剛過，京都又出了件大喜事，將這份熱鬧推向了高潮。茶鋪、酒樓坐滿了話閒事的人，這幾日整個京說的都是一件事，那便是御史中丞之子，如今的六部侍郎唐大人娶親。

此時的唐府，高朋滿座，熱鬧非常。

唐相予一身喜服，拿著杯盞，踉踉蹌蹌地穿梭在酒桌之間，所有敬酒的親朋好友，來者不拒。他身後跟了杜夫宴，也隨著陪話、斟酒。

終於，酒過三巡，見唐相予實在喝不下了，眾人才肯將人放過。杜夫宴並幾個小廝將人扛進後院，直至四下無人，才將人往前一丟。

「行了，別裝了！」

唐相予抬起頭，一張俊臉除了有些紅，哪裡像是醉酒的樣子？他揉了揉腦袋，看向那幾個小廝。「壺裡怎不多摻些水，再兩壺下去，我怕是真倒了！」

杜夫宴揉了揉痠脹的胳膊，無奈道：「你那些朋友不曉得多精明，若無酒氣，今兒還能放過你？得了，快去吧！蘇姑娘還等著呢！」

想起蘇木，唐相予頓時沒了多說話的念頭，轉身就朝後院奔去了。杜夫宴無奈地笑了笑，帶著那幾名小廝一起走開了。

紅燭搖曳，屋子似籠上一層昏黃的薄紗，四處掛滿了朱紅的帷幔，如夢幻般香豔。箱籠、框桌、窗櫺都貼上了大喜剪紙，繡著鳳鸞的大紅錦被鋪滿床。戴著紅蓋頭的人兒坐在窗前，似嬌羞似拘謹。

這麼多年了，她終於嫁給自己了。心裡的火熱快要將他吞沒，於是迫不及待上前，卻又生生站住，怕嚇著她，輕輕喚道：「夫人，為夫讓妳久等了。」

床邊人兒似瑟縮了一下，往旁側挪了挪。唐相予不由得一笑，手牽了，人抱了，如今是正經夫妻，怎麼還害怕起來了？

他心裡疼愛她、呵護她，自然不想嚇著嬌妻，於是挨在床邊坐下。

「怕什麼？往後我就是妳的夫君，是妳在這個世上最親密之人。」說著緩緩伸過手。

「夫人，為夫要揭蓋頭了……」

他手還沒觸碰到火紅的蓋頭，小人兒卻自己一把掀開了。只是，床上坐的哪裡是蘇木，是她的貼身婢子綠翹，忍不住在哇哇大哭。

唐相予嚇得一屁股坐到地上，酒醒了大半。「綠……綠翹?! 怎麼是妳？妳……妳家小姐呢？」

「小姐……小姐說拘得慌，往竹苑去了……我說不行，她非要我假扮，免得讓人……讓人笑話……」

綠翹哭得上氣不接下氣，唐相予好不容易將話聽明白，忙翻身而起，朝竹苑奔去了。

這個丫頭！竟胡鬧！

「木兒、木兒！」

唐相予怕驚動下人，便壓低聲音呼喊，回應他的只是滿院子竹葉的沙沙聲響。他將整個竹苑來回跑了兩圈都沒尋到人，伸手抹了把汗，喃喃道：「跑哪兒去了……」

忽地想起什麼，一拍腦袋，便朝竹苑的側門奔去。剛進月洞門，便瞧見百花叢中，一位紅衣少女盪在鞦韆上。

唐相予鬆了口氣，緩緩走過去，喘著氣道：「本想著過了二月再帶妳來。如今寒冬剛過，好多花兒都沒開。」

蘇木看著一身喜服的俊朗少年朝自己走來，嘴間笑意越發深了。「你幾時修得這花苑？」

「自第一次認識妳之時，便有了打算。我愛竹，妳愛花，想著某一天，妳我能挽手走過竹林，再觀花海。」唐相予一字一句說得認真，滿是真誠。「這個願望終於實現了。」

蘇木沒有說話，眼中的愛意明白，她戀著面前這個少年，於是伸出雙手索抱，頗有幾分調皮的意味。

唐相予低頭一笑，腳步慢慢挪了過去，於她面前停下，也伸出了手。只是手形忽而一變，在她的鼻尖刮了一下。「妳個小狐狸，如何想得出在大婚之夜偷偷跑出去，還讓丫鬟頂包，妳可知道我……」

見唐相予面上露出一絲紅暈，蘇木起了調笑之意。「可知道你什麼？」

人既找到，唐相予又豈會再饒她，於是將人打橫抱起。「可知道我會如何懲罰妳！」

見他要往外走，蘇木慌了。「別……」若是撞見下人，只怕不到半夜，整個唐府都傳遍了。

唐相予狡黠一笑。「別怕，我在花苑建了木屋……」

蘇木小臉一紅。

次日，唐氏宗親的幾房老夫人皆坐在唐府大堂，那模樣、那架勢，竟生出幾分氣勢。唐夫人低頭喝茶，似沒瞧見幾人的作派。

不過片刻，幾房老夫人便沈不住氣了。二老夫人先是看了看唐夫人臉色，遂道：「這都日上三竿了，那新媳怎還不來敬茶？這才嫁進咱唐家頭一日，便如此沒規矩，姪媳該是要好生教訓才是。」

唐夫人笑了笑。早在這幾人來時，她便吩咐下人遞信，讓夫婦二人晚些過來敬茶。她要清理門戶，免得人家日後當她唐家的門檻好踩！

「這可使不得，蘇家小姐是皇上御賜的女官，又與九公主交好，我是不敢拿婆婆姿態的。」

這話一出，二老夫人便有些犯怵。「……身分再不一般，到底是新媳，不拿出點作派，往後如何管教？妳就是太心軟了，且將人叫來，我們替妳說話！」

唐夫人忙搖頭。「要去您幾位自個兒去。」

「妳……」二老夫人氣急。這個素來雷厲風行的大姪媳平日膽子大得很，竟怕一個新媳，真是丟人。

只是她犯難了，自個兒什麼身分，如何將手伸到姪孫的後院？可若不將那姪孫媳喊來，又如何要她開口向九公主求情，放了自己的寶貝孫子？

她一時間想不到法子，便朝身側的四房看了一眼。後者會意，遂道：「姪媳啊，妳只當我們來瞧熱鬧、見禮，將人喊來就是了。」

「我這個婆婆的茶都不敬，還見妳們的禮？」唐夫人似覺好笑，又低頭飲茶了。

「這……」一句話將四老夫人的話堵在了嘴邊。

五老夫人是個急性子，見前頭兩位碰了壁，便沒了耐心。「姪媳婦，實話說了吧，咱們今兒來就是想讓姪孫媳在九公主那處說說好話，放了二房幾個小子。都是一家人，這點小忙，她該是會應下的。」

唐夫人似恍然大悟。「原是為著這事，妳們怎麼不早說？」

二老夫人一喜。這是有眉目了？

唐夫人再道：「當初老爺入獄是因著一封與他同樣字跡的書信，不曉得是唐府出了賊人還是內鬼，怕是偷了書信著人模仿才生了這些事。皇上說要徹查，那幾個堂姪還未放出來，不曉得是不是因著這事……」

三位老夫人一聽俱驚，險些坐不住了，紛紛道：「那個……家裡還有事，我們就先回去了，姪孫媳下回再見吧……」說罷，一溜煙似地不見了蹤影。

後來，那幾位唐氏子姪被放了出來，唐氏宗親長輩卻再也不敢踏進唐家門，自然也不敢來找蘇木的麻煩。綠翹將這事繪聲繪色地同蘇木講，她曉得自家小姐和唐少爺一條心，說閒話也不避諱。

唐相予倒是沒說什麼，一旁的雲青卻直勾勾地望著綠翹傻笑。起初綠翹瞪他還有用，如今次數多了，雲青也不怕了，要賴般將人望得臉紅才甘休。

綠翹不止一次同蘇木告狀，蘇木也確實覺得雲青的眼神太過炙熱，連她這個旁人都有些受不了，便同唐相予商量，擇了吉日讓二人成婚算了。

蘇木進了唐府後，唐夫人便將管家的掌印交給她，自己做起了閒散夫人，整日寫寫字、繡繡花、彈彈琴，好不愜意，偶爾還約上相好的官眷夫人一同打麻將。麻將如今已是風靡整個京都的新鮮玩意兒，也成了官眷圈的一大愛好。

蘇木接了管家，並非真的就獨自攬下來，她以不熟悉唐府的人事為由，央著唐相芝一塊兒學。唐夫人哪裡不知道她是故意這般說，就唐府剛獲釋那幾日她操持的事來講，那是各處周到，帳目清楚，饒是自己在那般年紀，也做不到如此，叫上女兒，不過是想讓芝兒跟著學。

芝兒那丫頭再過三個月也要出嫁了，杜府是大兒媳當家，杜二少爺成婚後，總有一日是要分家的，芝兒便得擔起管家的責任。上無婆婆教導，下無姑嫂幫襯，若是啥都不會，日子怎麼過得好？蘇木的做法無疑讓芝兒免了後顧之憂，那丫頭聰明卻不顯，居功卻不自傲，是個讓人舒心的。

而蘇府自從蘇木出嫁後，整個院子彷彿冷清下來，沒了往日那份熱鬧。「木丫頭平日話也不多，怎麼嫁出去了，這宅院彷彿也失去了精氣神？」這是吳氏經常說的話。

二月剛至，虎子便隨師傅遊學去了。蘇葉一家三口怕老倆口因蘇木出嫁而感傷，便多住了一月，有兩個小娃子鬧騰，確實驅趕了些孤單。只是再無法多待了，郡城的生意還做著，家裡老人也都盼著，蘇世澤兩口子不得不將蘇葉一家子送走。

好在已入春，那一千畝茶園有得一家子忙碌，蘇世澤也就無暇去想其他。至於吳氏，麻將是她傳開的，經常被唐夫人叫去一同玩，見女兒的次數多了，那份難受也就漸漸淡了。

次年四月，蘇家又有兩件喜事。一是蘇木有了身孕，兩家歡喜得不得了，擺了三天流水宴，還去華嚴寺添了香油錢，保佑這孩子大富大貴。

二是虎子殿試考得三甲，雖沒前三名來得風光，可他年紀輕輕便得了這般名次，已是極好。更令人驚訝的是，眾多才子中，皇帝獨獨選中他當駙馬，還是最受寵愛的九公主。京都譁然，這蘇家到底是走了什麼大運？簡直就是青雲直上啊！

然而有人歡喜有人愁，收到旨意的虎子彷彿失了魂，低著頭走在皇宮內。

「大膽，哪裡來的無知之徒，見到本公主還不行禮！」一個脆生生的聲音在面前響起，聽起來有點熟悉。

虎子頭回入宮，自是不懂那繁文縟節，但曉得宮裡規矩森嚴，一不小心就要掉腦袋，忙躬身道：「在下是今年科考中榜的三甲進士，請公主安。」

九公主嗤笑。「原來你就是我的未婚夫婿呀！」

虎子一驚，呆在原地六神無主。他想起馬場的九兒，想起二姊婚宴時同他談笑風生的九兒，想起第一個在心頭掀起漣漪的九兒，不禁大起膽子。「公主恕罪，可否請皇上收回成命，在下……在下已有心上人了，她叫九兒。」

那人咯咯笑得更歡。「傻子，你抬頭看看。」

陽光正好，微風不燥，九公主就那般背著手，笑望著他，一如在馬場初見，那樣美好。

——全書完

2019年8月出版

廢柴福妻

文創風 778～779

廢柴如她，雖然淪落到做工還債，
但姑娘家的骨氣，她絕對有——
不是誰想吃，就能吞下肚的！

馭妻有術 緣到擒來／龍卷兒

一覺睡醒便置身偏僻山村，還是被好賭的爹賣給人家當媳婦?!
渾身狼狽的洛瑾嚇傻了，苦苦哀求買主莫家放她一馬，
孰料人家的兒子根本瞧不上她，又不能白白放人，只好留下來幫傭抵債了。
可是……出身小戶千金的她完全沒碰過農活，堪稱廢柴一枚啊！
沒關係，她努力學，她會洗衣煮飯、燒火撿柴，外加繡花抄書寫春聯，
凡能生財的活兒絕不放過，總能掙夠銀子，把自己贖出去吧。
不過，這般做小伏低，竟又引起莫家次子莫恩庭的注意，
這個埋頭苦讀、原本要當她夫君的男子，不是挺嫌棄她的嗎？
如今卻將逗她當成日常樂趣，不看她臉紅心跳不罷休？
還在她出門做工被主家惡少欺負時，第一個跳出來護著她。
唉，她是廢不是呆，這下錢債未清，桃花債又來，要怎麼招架啦……

相見情已深 未語可知心／陌城

2019年9月出版

醫女出頭天

別人穿越都是吃香喝辣，日子過得好不快活，
怎麼輪到自己就倒楣透頂、令人傻眼啊？
一個嚴重營養不良、看起來隨時會掛掉的黃毛小丫頭?!
她居然還能淡定沈著地面對，已經算是厲害了吧？
雖然接了副爛牌，可她絕對會努力開創她的燦爛人生！

文創風 780 1

不就是腳打滑，摔進山谷裡嗎？這就穿越了？姚婧婧簡直無語問蒼天啊！
好，穿就穿了，她也不求大富大貴，或是身分背景多麼厲害，
但……穿成一個小農女，甚至還吃不飽、穿不暖的，這分明是坑她吧？
所以說，她若不好好想些法子賺錢，這日子還怎麼過啊？
幸好她前世多才多藝，光繪畫就學了十來年，還有個愛蒐集珠寶的姑姑，
因此，什麼珠寶首飾設計圖她是信手拈來，每張都能賣上不少錢，
雖說這錢賺得很容易，但無法久長，畢竟她前生見過的珠寶首飾有限，
看來還是得想些其他賺錢門路，要不，就走回她的老本行，從醫去？

文創風 781 2

姚婧婧在現代雖是個精湛的外科醫師，但想要在古代行醫動刀卻有難度，
畢竟男女大防擺在那兒，女子成天在外拋頭露面還與人有肢體上的接觸，
她擔心自己尚未賺得盆滿缽滿、名動天下，就先被人抓去浸豬籠了，
何況想要大紅大紫到病患慕名上門求診的地步，短時間內並不易達成，
還好在中醫方面她也算是個極厲害的人才，因此她決定雙管齊下——
默默行醫打出知名度，並靠著大面積栽植高價中藥草來販賣攢錢。
不料，在即將收成的那天，她家的金線蓮竟全讓殺千刀的歹人偷光了！
敢斷她財路？她定要讓對方哭爹喊娘、求爺爺告奶奶，後悔惹到她！

文創風 782 3

真沒想到，她不過是去一座千年古寺上香罷了，也能被人挾持？
更沒想到的是，替對方療傷後，他竟看上她的獨門傷藥，開口跟她下訂單，
這簡直是天上掉餡餅的好事，誰拒絕誰是笨蛋，姚婧婧二話不說地應下，
不料事後他連診金都沒付，只留下一塊「破爛鐵片」就消失不見了！
哼，這傢伙根本是在耍她，就別再讓她遇見，否則定要讓他好看！
哪知兩人像有孽緣似的，還真的又碰見了，可她卻不能拿他怎樣，
因為，他竟是那個浪蕩不羈、風流成性出了名的紈袴郡王蕭啟！
話說回來，怎麼都沒人發現這個閒散郡王其實不若表面上看來的平庸呢？

文創風 783 4 完

姚婧婧和蕭啟歷經波折與分合，好不容易互訴情衷了，
可她一覺醒來竟被人捉姦在床！這也太刺激狗血了點吧？
而且案發現場的「姘夫」居然還是她心愛男人最信任的屬下！
她明顯是遭人設計了，但凌亂的床、衣衫不整的兩人，她根本百口莫辯，
然而，蕭啟不僅沒有責備她、嫌棄她，反倒還承諾會一直陪著她，
他甚至當場揪出陷害她的壞心人予以懲治，還她清白，
嗚～～有個郡王相伴，又憑著自身醫術站穩腳跟，還被冊封為第一藥商，
看來她這個小小醫女總算苦盡甘來，要出頭天了啊！

文創風
787

賴上皇商妻 4 完

國家圖書館出版品預行編目資料

賴上皇商妻 / 頡之著. --
初版. -- 臺北市 : 狗屋, 2019.09
冊 ; 公分. --（文創風）
ISBN 978-986-509-044-9（第4冊 : 平裝）. --

857.7　　108013851

著作者　頡之
編輯　張蕙芸
校對　黃薇霓　簡郁珊
發行所　狗屋出版社有限公司
地址　台北市104中山區龍江路71巷15號1樓
電話　02-2776-5889～0
發行字號　局版台業字845號
法律顧問　蕭雄淋律師
總經銷　知遠文化事業有限公司
電話　02-2664-8800
初版　2019年9月
國際書碼　ISBN-13　978-986-509-044-9

本著作物由起點中文網（www.qidian.com）授權出版

定價250元
狗屋劃撥帳號：19001626
網址：love.doghouse.com.tw　E-mail：love@doghouse.com.tw